次元の裂け目に落ちた転移の先で
八英雄との弟子暮らし
I fell in a dimensional slit. Therefore I became the pupil of 8 heroes.
「なら、ちょっときつめに行くからね」
「へ？ あ、あの、何を？」
セルエス
seruesu
魔術のお師匠様
魔術の修行
田中太郎
tanaka taro
異世界に転移した青年

技工の鍛錬

※修行の合間に※
「ふふ、楽しいな」
「そうなんですか?」
「ああ、楽しい」

戦闘訓練
『この体、その可能性の全てを使う』
剣を構え、最初から思いっきり強化をかけていく。

次元の裂け目に
落ちた転移の先で
八英雄との弟子暮らし
I fell in a dimensional slit, Therefore I became the pupil of 8 heroes.
四つ目 ※ イラスト：流刑地アンドロメダ

口絵・本文イラスト
流刑地アンドロメダ

装丁
AFTERGLOW

Contents

I fell in a dimensional slit.
Therefore I became the pupil of 8 heroes.

Jigen no sakeme ni ochita teni no saki de
Hachieiyu tono deshigurashi

1. 見知らぬ世界、理不尽との邂逅《かいこう》

んん、何か、すっごい顔を舐《な》められてる。べとべとして気持ち悪い。ポチかなぁ。爺《じい》ちゃんが餌を忘れたのかも。今起きるからちょっと待って、餌なら用意するから。

思った事を伝えるつもりで寝ぼけながらポチを撫《な》でると、毛皮じゃない硬い感触を感じる。

「ん？　ポチ、何か硬い物つ……けて……ど、どなた様でしょうか」

不思議な感触を手で確かめながらゆっくり目を開けると、ティラノサウルスを四足歩行にした様な、若干不格好な巨大生物が俺を一心不乱に舐めていた。

まるで意味の解らない現状に、一瞬で眠気が飛んだ。

「ちょ、何これ、どういう状況!?」

あ、そうか夢だこれ。流石《さすが》に突拍子が無さすぎる。そう思い、焦りつつも状況を確認する。

手に触れる土の感触、風に揺れる木の音、顔にかかる生暖かい恐竜モドキの息遣い。

「……凄《すご》い、リアルなんですけど、何これ」

ちょっと待て。ちょっと落ち着こうか。俺、寝る前は何してたっけ？

確か、高二の夏休みに田舎の爺ちゃんの家に来て、近所のガキ共と川の傍で遊んでて、滑って川に落ちて、足つって流されて……。

「あれ、俺もしかして死んでて、天国か地獄にでも居るの？」

困惑する俺の事など気にせず、恐竜モドキは今も俺を舐め続けている。懐かれたのかな。

そう思うと、このでかすぎる図体も少し可愛《かわい》く見えてきた。目もクリッとしてるし。

なんて思ってたらガバァーッと口を大きく開けてきたー！

そうですよね、きっと味見とかだったんですよね。わーい食われる！

「ひゃ、ひゃすけえへ」

あ、駄目《ダメ》だ。混乱と恐怖で呂律《ろれつ》が回ってない。声量も無いし、体も動かない。

やばい、本当に、食われる。

「あいよー」

突然聞こえた軽いノリの声と共に、何かが振り抜かれる音とぶつかる音がして、恐竜が目の前から一瞬で消えた。少し遅れて、どこか遠くで木々をなぎ倒す様な音も耳に入った。

俺は目の前で起きた事実に脳の理解が追い付かず、動きも思考も完全にフリーズしている。

そんな俺の頭を、誰かがツンツンとつつくのを感じた。

「あれ？　生きてるよね？」

誰かに呼びかけられ、声の聞こえた方を恐る恐る振り向く。するとそこには赤いショートヘアと赤い目が強く印象に残る美人さんが、笑顔で俺を見下ろしていた。

そしてその美人の手には、明らかに女性では持てない大きさの金槌《かなづち》が握られている。自然体で持っているけど、槌部分は彼女の体の三倍はある。正直、得体が知れなくて怖い。

けど状況的に、きっと助けてくれたんだとは思う。礼は言わないと。

「あ、あの、えっと、ありがとう、ございます」

「ん？　ああ、はい、どういたしまして」

俺が礼を伝えると女性は笑顔で応え、そこで初めて冷静に彼女を観察出来た。

身長は百八十センチくらい。服装はホットパンツにポンチョと、金槌以外は至極普通だ。

そして彼女の後ろにもう一人、腰まで有る綺麗《きれい》な黒髪の女性が、眠たげな灰色の目で俺を見つめている事にも気が付いた。そちらの女性の身長は百七十程。二人共背が高い。

ただ彼女は服装が少し気になる。スカートは前側が短く、横から後ろにかけて長くなっている。

まあ、これはまだ普通だろう。

けど、ゲームに出てきそうな腕輪や足輪、首にも凄いのが付いている。その上『魔法使い』って感じのローブを羽織ってるから、何かのコスプレに見える。何なんだろうこの人達。

「あたしはリンっていうんだ。見ての通り剣士。あんたは何でこんなところに居たの？　見たところ丸腰だし、亜竜に食われかかってたみたいだけど」

……僕は目が悪くなったのでしょうか。彼女の手に在る物が金槌にしか見えないのですが。

俺が彼女の発言に困惑していると、眠たげな女性がリンさんの袖《そで》をくいっと引いた。

「リンねえ、その格好、剣士に見えない」

ええ、どう見ても剣士には見えないです。剣士を名乗るなら剣持ってて下さい。それ金槌です。

「ああ、そっか、今日鎧《よろい》着てないし、剣士に見えないねー」

眠たげな女性の突っ込みに、リンさんはあっはっはと楽しそうに笑った。

違うと思います。絶対に問題点そこじゃないです。

リンさんの言葉を心で否定していると、眠そうな雰囲気の女性がまた口を開く。

「そうじゃなくて、剣持ってない」

ですよね、そうですよね。良かった、隣の人はまともみたいだ。

「これ仕込み槌だよ。ミルカは知ってるでしょ？」

黒髪の人はミルカって名前なのか。それにしても、仕込む必要性を感じない仕込み武器だな。

「知ってる。アルネが凄く、愚痴ってたから。仕込み槌作れとか、バカじゃないのかって」

「そうそう、凄い愚痴ってたね。でも何でかなー。仕込み武器ってカッコ良くない？」

「持ち手が空洞の槌を、リンねえが使える強度にするのが面倒だから、愚痴ってた」

あのー、お二人様、段々元の話題から逸れてませんか？

「そうじゃなく、仕込み槌なんて普通考えない。ぱっと見で剣が無かったら、剣士に見えない」

「ああ、そっかそっか」

あ、意外とすぐに元の話題に戻ってくれた。なら、そろそろ知りたい事訊《たず》ねても良いかな。

「あのー、ところで、ここが何処《どこ》なのか聞いて良いですか？」

人に訊ねる時は丁寧に。これは昔から爺様とクソ親父《おやじ》に、耳にタコが出来る程言い聞かされた。

ともかく現状を把握したい。今の状況、完全に訳が解らん。

そんな俺の問いに、二人は不思議そうに返してきた。

「ウムル王国の北の樹海だよ。知らないで入ったの？」

「……最初に聞こえた叫びで他国の方とは思いましたが、発音がかなり珍しい言葉ですね、貴方《あなた》」

えっと、ウムルって何処ですかそれ。少なくとも俺は世界史や地理で聞いた事は無い筈《はず》。ミルカさんの言う珍しい言葉ってのもどういう意味だろう。言葉は通じてるじゃ……あれ？うん、今気が付きました。二人の言葉の意味は解るし、俺の言葉も通じる。けど二人が口にしてる言葉がまるで知らない発音です。

何だこれ。もう頭がパンクしそうです。助けてポチー！

「何で言葉が通じてるんですか⁉」

「え？　えっと、翻訳の魔術だっけ？　そんなのが使える、んだよね？」

こてん、と首を傾げながらミルカさんに聞くリンさん。彼女には解らないのか。

「かなりの田舎でなければ、この魔術自体を知らないという事は滅多に無い筈ですが……」

……魔術？　これは大事件です。僕は今、ファンタジーの世界に居るようです。

訳が解らなくて泣きそうになってきた。いや、泣く前に聞く事聞かねば。聞きたくないけど。

「えーと、もしかして、ここって魔物とか出ます？」

「え、うん、出るよ。というよりも、さっき食われそうになってたでしょ？」

俺の問いに、当たり前の様にリンさんは答えた。

そうかー、さっきの奴魔物だったのかー。もう解ってたけど、ここって完全に俺が知ってる場所じゃないですね。やっぱ泣いて良いかな。何だこの状況。

「あの、信じて貰《もら》えるか判らないですけど、俺、魔物とかが居ない所から来たんです」

「……貴方、ここに来る前は何処に、いえ、えっと……ここに来る直前の事、覚えていますか？」

自分の状況を彼女達に伝えると、ミルカさんが何かに悩む様子を見せながら俺に聞いてきた。

ここに来る直前の記憶っていうと、えっと……。

「川で溺《おぼ》れて……そうだ、何か引きずり込まれる様な感じがして、後は……覚えてないですね」

「そう、ですか」

何やら難しそうな顔をするミルカさん。そんな反応されると凄く不安になるんですが。

「もしかすると次元の裂け目に落ちたのかもしれません。そして偶々《たまたま》ここに辿《たど》り着いたのかも」

聞き覚えの無い単語に思わず首を傾げると、彼女は説明を続けた。

「何処に繋《つな》がっているのかも判らない、不安定な空間が現れる事が有ります。そこに呑《の》まれると基本帰って来れません。帰って来た事例も有りますが、同じ様な形で裂け目に呑まれたそうです」

えっと、じゃあ、もしかしたら俺、帰れる？

「ただ帰って来た事例は知る限り一件だけです。昔、裂け目を作り出す魔物が居て、かなりの量の人間が呑まれました。それでも帰還例は一件。貴方が元の世界に帰るのは難しいでしょう」

帰れるかもという希望は、瞬時に打ち砕かれました。よし、やっぱ泣こう！

「あ、えっと、その、ごめんなさい。げ、元気出して」

へこむ俺を見て、謝りながら励ますミルカさん。でもちょっと、この現実は流石にきついです。

そんな俺達の会話を眺めていたリンさんが、首を傾げながら口を開く。

「うーん。てことは君、多分行くとこ無いよね。このままだと簡単に死にそうだし」

「ソ、ソデスネ」

ズバッと言うリンさん。でもその通りだ。だって全然知らない土地どころの話じゃないし。

「でさ、君さえ良ければあたしが面倒見てあげようか？　あたしというか、あたし達かな」

「え、それは凄くありがたいんですけど、良いんですか？」

俺としては願ってもない話だ。強い人に助けて貰えるのは、物凄《ものすご》く助かる。

「うん、このままじゃ可哀《かわい》そうだしね。あ、そうだ、君の名前何ていうの？」

「太郎《たろう》です。田中《たなか》太郎」

書類記入の見本に書いてある様な名前だが、ここではきっと珍しいかも。

「タロウか。よろしくタロウ。君が一人で生活出来る様に鍛えてあげるからね！」

え、面倒見るってそういう事？　俺もさっきの恐竜倒せなきゃダメなの？　無理じゃね？

「あたし達の拠点が近くに在るから、とりあえずそこに行こうか」

「近くに街が在るんですか？」

「んーん、樹海の入り口辺りに、ポツンとあたし達の家が在るだけだよ」

きこりか狩人でもして生活しているんだろうか。でもさっき剣士って言ってたよな……。

「ほら、行くよー？」

うお、考えてたら即置いてかれた。待って待って、置き去りにされたら死んじゃう。

◆◆◆

「ここがあたし達の家だよ」

慌てて彼女達について行く事暫《しばら》く、息切れする程の距離を歩き、森を抜けた先の少しだけ開けた所に辿り着くと、大きな家が一軒ぽつんと建っていた。

ログハウスっぽいけど、丸太重ねじゃないからログハウスではないか。いや角ログってやつか？

二階建てで大きなバルコニーも有るし、下手な旅館より大きいんじゃないだろうか。

「二人共お帰……ん？」

「あら可愛《かわい》い子ー。リンちゃんその子どうしたのー？」

家の外観をぽけーっと眺めていると、誰かがリンさんに声をかけてきた。声の主に目を向けると、干されたシーツの間で、籠《かご》を持った女性二人が首を傾げていた。

一人は百三十か四十ぐらいの身長で、サイドテールが肩口まで有る茶髪の少女だ。袖の無い小さい上着とぎりっぎりのローライズミニスカっていう、物凄い露出の多い格好をしている。

もう一人は銀髪を後ろで纏《まと》めた温和そうな女性で、ロングスカートとチュニックっぽい服装だ。この人もミルカさんぐらいの身長って事は、基本的にこっちの人は背が高いのかな。

「樹海で拾ったんだ」

「リンちゃんー。誘拐は犯罪なのよー？」

「攫《さら》ったんじゃないよ！」

「あはは、そうよねー。いくらリンちゃんが馬鹿《バカ》でも、良い事と悪い事ぐらい解ってるわよねー」

柔らかく微笑《ほほえ》みながら、ゆるーい口調で毒を吐く銀髪の女性。笑顔なのに言動が酷《ひど》い。

「樹海で魔物に食べられそうだった所を助けた。次元の裂け目に呑まれたみたい」

ミルカさんが追加の説明を入れた瞬間、茶髪の少女が態度を変えた。説明が入るまではピシッとした感じだったのが、若干気だるげな、ありていに言えば不良少女の様な雰囲気に。

「……て事はもしかして、こっちの世界の人間じゃねえって事か？」

「うん。多分。言葉も聞いた事無い発音だし、彼の話を聞いた限り、間違いないと思う」

「ふん、成程。んじゃ、あんま気にしなくて良いか。ったく、気を張って損したぜ」

荒っぽい口調で喋《しゃべ》る少女に、物凄く違和感を感じる。見た目は凄く可愛いのに何だこれ。

何かもう、ミルカさん以外まともな人が居ない予感がしてきた。すげえ不安。

「おいお前、名前は何つーんだ？」

「えっと、太郎です。田中太郎って言います。よろしくお願いします」

名を問われたので丁寧に返答すると、少女は珍しい物を見る様な顔をしたと思ったら、にんまりと嬉《うれ》しそうに笑った。笑顔はとても可愛い。笑顔は。

少女は楽しそうに俺の頬に手を添え、体が触れそうな程近づいて下から顔を覗《のぞ》きこんで来た。

「ふーん、リンが拾って来たにしてはまともそーじゃねえか。気に入ったぜ」

「そんな子を拾って来たって事は、もしかしてリンちゃん、面倒見る感じー？」

「うん、そのつもりだよ」

「お前な、その辺の野生動物の子供拾ったのとは……ちっ、まあ今回は仕方ねえか」

「私もこのまま放置は可哀そうだし、少しぐらい、面倒見てあげようと思う」

ミルカさんも面倒を見てくれる気だったのか。良い人だな、この人も。

「それじゃ、自己紹介ぐらいしておこうかしらー。私はセルエスっていうの、よろしくねー」

「あ、はい、よろしくお願いします」

「あたしはイナイだ。一応今居る面子《メンツ》じゃ最年長で、家事全般面倒見てる。よろしくな」

「え⁉」

え、ちょ、最年長って、リンさんより年上って事？　嘘だろ⁉　どう見ても少女だよ⁉

「まあ、見えねえよな」

「ありゃ、怒らないの？」

俺の反応を見て苦笑するイナイさんに、リンさんが不思議そうに訊ねる。

「別にガキ扱いして来た訳じゃねえしな。怒んねえよ」

あっぶねー。完全に年下だと思ってたよ。きちんと返事する癖ついてて良かったー。

「おろ、誰よそいつ」

二人に挨拶《あいさつ》を終えると上から声が聞こえ、顔を向けるとバルコニーに男性が立っていた。

白衣を着ている短めの茶髪の男性。端整な顔立ちにモノクル眼鏡をかけ、ここからじゃ判り難《にく》いけど身長も高い様に見える。場所も相まって男性モデルの様だ。

「アロネス、仕事は終わり？」

「おう、今日はもう終わりだ。んでリン、何だそいつ」

「今日から面倒見る事になったタロウだよ。樹海で拾った。アロネスも面倒見てあげてね」

「……まあ詳しい話は後で聞くわ。俺は一旦《いったん》寝るから、起こさねーでくれよ」

リンさんの端的な説明に呆《あき》れた顔をしながら、部屋に引っ込んで行くイケメンさん。

「あいつはアロネスってんだ。挨拶はまた今度な。んで、あいつで今住んでる人間全員だ」

え、イケメン一人に、美人な女性四人って何てハーレム？

いや、さっき仕事って言ってたし、ここ仕事をする場なのかな。……聞いて良いんだろうか？

「あの、えっと、俺、お邪魔して大丈夫なんですか？」

バルコニーを見ながら聞くと、セルエスさんが何かに気が付いた様にクスクスと笑い出した。

「もしかして私達がアロネスの嫁だとか、その邪魔になるとか思ってるー？」

「あ、いやその」

慌てる俺を見て、尚《なお》楽しそうに笑うセルエスさん。これは遊ばれてるのでは。

「可愛いわねー、君。私は婚約者が居るからねー。居なくてもアロネスはごめんだけどねー」

「あたしもアロネスはちょっと……」

「アロにいと付き合うとか、絶対無い。あの人とは大違いだし」

「あいつと夫婦とか、死んでも嫌だな。考えたくもねぇ」

アロネスさん全拒否されとる。答え的にセルエスさんとミルカさんは相手が居る感じっぽいな。

「リンちゃんも心に決めた相手が居るしねー」

「独り身は寂しぃなぁ。良いなぁリン」

「う、も、もう、二人共そういうのやめてよ！」

セルエスさんの言葉に便乗して、リンさんを揶揄《からか》うイナイさん。楽しそうっすね。

て事は、イナイさんだけは相手が居ないけど、それでもアロネスさんは嫌だと。

……結局どういう関係なんだろう。

「それにしても君、今までの受け答え、全部しっかりしてるわねー」

結局解らないままの関係に悩んでいると、セルエスさんが不思議な事を言ってきた。

受け答えがしっかりしてるって、俺は普通に喋ってるだけなんだけど。

「この翻訳はある程度教養が無いと、小難しい話はあまり伝わらない事も有るんだけど、君の言う事はっきり解るし、こっちの言う事もはっきり伝わってるみたいねー」

「きょ、教養ですか、一応義務教育は終えて、高校に行ってますけど」

「義務教育？　そっちでは教育に義務が有るの？　へぇー」

「良い国なんだな。義務教育か。良いな、きっと平和な世界なんだろうな」

うーん、どうかな。うちの国が平和ボケなだけで、国外はそうでもない国も多いと思う。

「でもその言い方だと、リンねえにも高い教養が有るみたいで、違和感」

「あっはっは、言うねえミルカ！」

ミルカさんの言葉にリンさんが笑いながら背中を叩《たた》くと、ミルカさんは盛大に吹っ飛んで転がって行った。突然の事に驚きつつリンさんを見ると、やっちまったという表情で固まっている。

「あ、あのね、ミルカちゃん、力加減をね、その、間違えてさ、ご、ごめんね？」

正気に戻り、慌てて謝るリンさん。ミルカさんはそれに対し、黙ってゆっくりと立ち上がる。

どうするんだろうと様子を見ていた次の瞬間、ミルカさんの姿がその場からかき消えた。

「避《よ》けるな！」

いきなり怒声が聞こえ、驚いて声の聞こえた方を振り向く。するとさっきまでリンさんが立っていた場所に、拳《こぶし》を突き出したミルカさんが立っていた。

ちょっと待って、今どうやって移動したの。ミルカさんの移動が一切見えなかった。

てっきり常識人かと思っていたのに、この人もぶっ飛んでる。

「いやいやいや！　全力で殴られたら流石《さすが》のあたしも避けるって！」

「全力じゃない！　リンねえの軽くと同じぐらい！」

「嘘だ！　流石にそれは嘘だ！」

「ともかく一発殴る！」

そう叫ぶと、またかき消えるミルカさん。そしてリンさんも良く見えなくなった。そこに居るのは解るんだけど、動きが人外過ぎて何やってるのか判らない。二人の動きが全く目で追えない。

「待って待って！　悪かったから！　ごめんて！」

リンさんは謝っているが、ミルカさんは答えない。相当怒っているのだろうか。

この状況見覚えが……。あ、モブキャラが主役見て、あいつら何やってんだって状態だこれ。

わーい、非現実的な経験が出来たゾ。同時に俺はこの世界でモブだと認識出来てしまったゾ。

目の前の出来事に現実逃避をしながら死んだ目で眺めていると、二人が動きを止めた。

ミルカさんは肩で息をしているが、リンさんは軽く息を吐いた程度で余裕そうだ。

「はあ……はあ……一発ぐらい……掠《かす》ってよ……もう……！」

「いやー、成長したねミルカ。前より速くなってるね！」

その余計な言葉に、更にミルカさんは怒りが増した表情を見せる。

この人何やってんの？

「ほんと馬鹿だなアイツ」

「リンちゃんだからねー」

今のやり取りをそれで済ます二人も怖い。もしかしてこの世界ではあれが普通なの？

まともそうな人が一人も居ねぇ……先行き不安過ぎる……。

「タロウ、とりあえず家の中案内してやるよ。あいつらはほっといて良いから」

そう言うとイナイさんは本当に二人を放置して、俺の手を引いて家の中に招き入れた。背後ではリンさんがまた何か言っているが、完全無視の様だ。

家の中は外観通り広かった。居間らしき空間は吹き抜けになっていて、尚の事広く感じる。入り口から見渡した限りでも部屋数は多そうに見えるし、この家本当にデカい。

「二階の部屋がいくつか空いてっから、今日中にお前が寝れる様にしておいてやるよ」

「あ、ありがとうございます。その、手伝います」

「あー、良い良い。お前今凄《すご》く大変な状況でつれえだろう。それぐれえ甘えても問題ねえよ」

そう言って彼女は俺の頭を撫《な》でた。彼女の身長は低いが、俺も高くないので手を伸ばせば届く。

ちょっと恥ずかしいけど嫌な感じはしない。不思議な温かさを感じる、この人。

「そうだ、ざっくりとウチに有る家具類を教えておくな。つっても、技工具が多少有るだけだが。まずは台所行くか。付いて来な」

技工具って何だろうと思いつつ彼女に付いて行くと、細かい形等は違うものの、蛇口に冷蔵庫にコンロ、換気扇等も有った。これらがさっきの、技工具と言ってた物だそうだ。

でも、どこにもコンセントの類が無い。

不思議に思って彼女に聞くと、これらは全て魔力で動いている事を教えてくれた。技工具についている水晶に魔力を溜《た》めて、それを消費しているそうだ。やっぱファンタジーっすね。

ただその水晶が全部猫の形してるんだけど、これは決まりでも有るのかな。

その後の案内でも驚かされた。だって水洗トイレと風呂《ふろ》と給湯器が有るんですもん。蛇口に手を近づければ水が出るし、風呂にはシャワーも当たり前の様に付いていた。

何か凄く快適だぞこの家。山奥の何も無い家かと思ったら、良さげな宿みたいな感じだ。魔物とかいる世界だし、もっとこう、中世的な状況を想像してたんだけどな。

ただ、一部の部屋は勝手に入るなよと注意された。言われずともそんな怖い事は出来ないです。

「もし何か気になる事が有ればあたしに言いな。家の管理も技工士のあたしの仕事だからな」

「あ、はい、解りました……技工士？」

「ああ、職言っても解んねえよな。まあ、こういう生活の役に立つ道具を作る職業だよ。この家にある技工具も、水晶の削りも全部あたしお手製だぜ。上手《うま》く出来てるだろ？」

やべえ、この人高性能過ぎる。あの猫の水晶もこの人が作った物なのか。

しかし態々《わざわざ》猫の形に削ってる事考えると、口調と違って見た目通りの結構可愛《かわい》い人なのかも。

「リンねえ倒せる技工士ですよ、その人」

リンさんとの取っ組み合いが終わったのか、家に入って来たミルカさんが、イナイさんの言葉に怖い事を付け加える。

待って、あの人倒せるのこの人。こんな小柄なのに。

「技工具有りなら戦えるってだけだ。それに引き分けだ。勝ってねぇよ」

道具有りなら戦えるんですね。成程解りました怖いです。

因《ちな》みに俺は何をどういう風に思われたのか、この後イナイさんには子供扱いされました。

風呂を勧められたら入り方が解るかと中に入って聞きに来られたり、上がったら何故《なぜ》か頭を拭《ふ》かれたり、夕食時には食器の使い方が解るかと横で丁寧に教えられたり、凄く世話を焼かれた。

完全に小さい子に対する態度ですよね。

ただ不思議とそれが心地良いのが、この人が家事全般引き受けている理由なのかな。

彼女自身が好きでやってる感じがするし、住人の皆もどこか彼女に甘えている感じがした。

夕食後に二階の一室を自室として与えられ、色々あった疲れから、部屋に入るなりベッドに体を投げ出した。横になると一気に眠気が襲ってきたので、抵抗せずに目を瞑《つぶ》る。

とりあえず細かいことは明日考えよう。もう疲れた……。

2. 始まる日々、訓練と日常

「タロウー、朝だぞー起きろー」

ゆさゆさと優しく揺らされる感覚と共に、聞き覚えの無い女の声が聞こえる。誰かと思いながらゆっくり目を開けると、サイドテールの美少女が俺をゆすっていた。誰だっけ、この子。

……ああ、そうだ。俺昨日違う世界に来たんだった。

現状を認識した重い気分を誤魔化しつつ起き上がり、彼女に挨拶をする。

「おはようございます、イナイさん」

「おう、おはよう。朝食出来てっから、降りて来いよ」

「あ、ありがとうございます。今行きます」

俺の返事に笑顔で応え、部屋を出て行くイナイさん。

昨日も思ったけど、やっぱどう見ても少女だよな。年上には見えねぇ……。

とりあえず昨日イナイさんが用意してくれた服に着替えて、とっとと行くかね。

今後寝泊まりする為にと与えられた部屋を出て、吹き抜けになっている通路から居間を見下ろす。

住人達は皆集まっているみたいだ。どうやら俺だけ寝過ごしていたらしい。

遅れた事に少し慌てて一階に降りると、皆が俺の方に顔を向けた。

「おはよー、タロウ」

「おはようございます、タロウさん」

「タロウ君お寝坊ねー」

「おはようございます。その、すみません」

皆笑顔で朝の挨拶《あいさつ》をくれたので、寝過ごした事を謝りながら返す。

疲れてたのかなぁ。いや、疲れてるよな。こんな訳の解らない事態に遭遇したんだし……。

「まあ、訳の解らん事に巻き込まれて疲れてたんだろ。おはようさん」

俺のフォローをする様に、昨日のイケメンさんが爽《さわ》やかな笑顔で挨拶をくれた。昨日はどこか不機嫌そうだったのだけど、今日は良い笑顔だ。昨日のは疲れていたせいだったのかな。

「あ、はい、おはようございます。アロネスさん、ですよね」

「おう、よろしくな」

やべえ、この爽やかイケメンの笑顔すげえ。男が見てもかっけえ。

「あ、タロウ、食べ終わったら出かけるからねー」

「あ、はいリンさん。……え?」

「ほら、タロウ、食器類はこれで大丈夫か?」

「あ、ありがとうございますイナイさん。向こうにも同じ様な物は有ったので大丈夫です」

反射的に「はい」と言ってしまい、出かける内容を聞けないままイナイさんに応える。

まあいっか、後で説明して貰《もら》えるだろ。とりあえず食事をありがたく頂こう。下手したら昨日の時点でまともな食事は出来なかったかもしれないんだし、感謝して食べよう。

「美味《うま》い」

一口食べて出た言葉に、イナイさんが嬉《うれ》しそうな顔をした。そういえば家事全般をイナイさんがやってるって言ってたっけ。料理も基本的にはイナイさんの作った物なのかな。

「セル、今日は時間有るよね。タロウが食べ終わったら付き合ってね」

「うん、大丈夫よー」

リンさんの口ぶりから察するに、俺が食べ終わったらどこかに連れて行かれるっぽい。セルエスさんも一緒みたいだけど、何するんだろう。肉体労働的な手伝いとかかな？

彼女達の会話に疑問を持ちつつも、とりあえず食事を終える。すると一息つく間も無くリンさんに剣を持たされ、外に連れ出された。

「んじゃ、しゅっぱーつ」

そして彼女はその宣言だけをして歩を進める。結局何をするのかも教えられずについて行く事になった。セルエスさんは横でニコニコしながらリンさんについて行っている。

もしかしていきなり真剣で訓練させられるのだろうか。それはかなり怖過ぎるんですけど。

「あのー、リンさん、一体何するんですか？」

「ん、鍛えてあげるって言ったでしょ。訓練訓練」

じゃあ別に森の奥にずんずん進んで行く必要は無いような。めっちゃ奥まで入って行くけど、これ大丈夫なんだろうか。リンさんが何を考えているのかが解らなくて怖い。

「大丈夫よータロウ君。おねーさんが怪我しないようにちゃーんと魔術で守ってあげるからねー。これでもおねーさん純正魔術師としてはとっても強いんだからー」

魔術師ですか。セルエスさん魔術師なのか。魔法って言い方じゃないんだなー。

「魔法使い、じゃないんですね」

その一言を発した瞬間、周囲の空気が冷えた気がした。あれ、何か凄く怖い雰囲気なんですが。

「タロウ君、魔法っていうのはね、簡単に届く物じゃないの。魔術と違って本物の奇跡を呼び起こす物を魔法って言うの。私は魔術師だから間違えないでね？」

笑顔のままなのに何故か逆らえない圧力を感じ、コクコクと慌てて首を縦に振る。するとすぐに圧力は霧散し、穏やかな空気に戻ってくれた。やばい、この人めっちゃ怖い……。

リンさんは私しーらないと言わんばかりの態度だった。この人出会ってから間もないけど、段々人となりが解ってきたぞ。解ってきたから凄く心配だぞ。大丈夫かこの人。

「お、居た居た。タロウ、とりあえずあれと戦って来て」

リンさんに若干訝《いぶか》しむ目を向けていると、彼女は俺に声をかけて何かを指さす。指示された方向を見ると、四、五メートルは有りそうな、鬼みたいな化け物がそこに立っていた。

腕は丸太どころか、丸太を何本も重ねたのかっていう程デカいし、足は腕の倍はデカい。片手で人間が包めるぐらい手もデカい。その上全身筋肉質だ。何だ、あれ。いや、その前にだ。

「今、絶対無理な事言いましたよね。あんなのと俺が戦えるわけが無いでしょう」

「無理じゃないって。行ける行ける。グオスドゥエルトぐらい平気平気」

「行けないから無理って言ったんです！　後グオスドゥエルトって何ですか！」

気軽に言うリンさんに必死になって食い下がる。だってあんな化け物と戦ったら絶対死ぬって。

「あの魔物の名前だよ。今じゃ使われない古い言葉から取られてるらしいよ。それに大丈夫だって。セルの魔術で防御だけは堅くなってるから、死にゃしないって」

「うん、ここに来る間に魔術はかけ終わってるから、痛いだけですむわよー」

リンさんに続く様に、セルエスさんが緩ーく言い放つ。リンさんがこの人誘ったのはこの為か！

「そもそも俺、何の訓練もしてないんですよ⁉」

「実戦に勝る訓練は無い！」

「無茶苦茶だー！」

言い合っていると、鬼が向かって来ているのが視界に入る。ちょ、速い速い。何あれ怖い。

「あいつ図体でかいけど、速度は大した事ないし頭も悪いから、樹海では弱い魔物だよ？」

「まじ……すか……」

この世界、俺には難易度が高過ぎる様だ。あれが弱いとか、この世界狂ってる。

「ああもう、やればいいんでしょう、やれば！」

俺は剣を抜き、やけくそになりながら化け物に向かって行く。だが、剣を上段から振り下ろそうとした瞬間、ペイッて感じで振り払われ、簡単に吹き飛ばされた。

軽く二十メートルは吹っ飛ばされ、そのままゴロゴロと転がって木に激突。痛い。凄く痛い。

「あいてて……、あ、凄い。痛いけど、痛いだけですんでる」

受身も取れてないのに怪我がない。魔術ってすげー。いや、それよりもやっぱ無理じゃんか。

「リンさん、やっぱ無理じゃないですか！」

「ほんとだねー。想像以上に弱いね、君」

叫んで訴えると、鬼を殴り飛ばしながら心底びっくりした感じで言うリンさん。

いやだって、俺ただの一般人ですもん。そんな事が出来る貴女《あなた》と一緒にしないで下さい。むしろあれを何の問題も無く殴り飛ばせる貴女の方が、俺にとっては驚きだよ。

「ねー、リンちゃん。とりあえずタロウ君に強化かけて、実戦もどきさせてみるー？」

「まあ最初だし、それで行こっか。タロウー、こっち戻って来てー！」

リンさんの呼びかけに応え、トボトボと戻る。これからずっとこんな無茶が続くのかなぁ。

「落ち込んでるねー。よしよし、お姉さんがもうちょっとだけ、力を貸してあげるからねー」

そう言って俺の頭を撫でるセルエスさん。貴女も俺を小さい子扱いですか、そうですか。

「はーい、準備完了ー。もう良いよー。これで少しは戦えるからねー」

今のでもう何か魔術をかけ終わったのか。さっきもそうだけど、何かさらっとしてるな。

「さっきも思ってたんですけど、魔術って詠唱とか要《い》らないんですね」

「うん、要らないよー。きちんとイメージが出来てたら、詠唱は必要無いよー」

セルエスさんはこう言っているが、横に居るリンさんが『そんなわけねえ』って顔してる。

でもリンさんだしなぁ。もはや何を信じて良いのか解らん。

「さって、強化も終わったし、第二回戦行ってみよう！」

「え、さっきリンさんが殴り飛ばしてましたよね？」

「吹っ飛ばしただけだよ？」

つまり距離稼いだだけという事ですね解ります。これっぽっちも解りたくないけど。

見ると確かに、鬼みたいな化け物は既に起き上がってこちらに向かって来ていた。

「良いですよ！　行ってきますよ！」

俺はまた剣を握って走り出す。そして風になったかの様に、物凄《ものすご》い速度で鬼に肉薄した。

「……は？」

驚いて間抜けな声が出た。何この速度。鬼の方も驚いた様子で狼狽《うろた》えているが、一瞬で気持ちを切り替えて殴って来た。俺はそれを焦りながら避《さ》ける。

あれ、待って。今避けれた？

続けての攻撃も見ていれば難なく避けられた。さっき払われたのが嘘の様に、鬼の動きが全部見える。強化ってもしかして、全能力強化？　本当に魔術って凄《すご》いな。

いや、リンさんの反応から察するに、セルエスさんが異常なんだろう。実戦もどきっていうのはこういう事か。確かに俺の力じゃないもんな。

とりあえず避けてばっかじゃどうしようも無いので、剣で切りつけてみる。すると、そうなるのが当たり前の様に一刀両断してしまった。嘘だろ、俺適当に振っただけだよ？

「あー、ちょっと強化かけ過ぎたかー。剣に強化は要らなかったわねー」

どうやら持っていた剣も、何かしらの強化がかかっていたらしい。いくら身体能力高くても、普通あんなに綺麗《きれい》には切れないよね。俺は剣の振り方も知らないんだし。

「んー、あたしは同じくらいに強化して、戦闘って物を軽く理解して欲しかったんだけどなぁ」

「ごめんねぇ、落ち込んでる姿が可愛かったからつい〜」

「え、セルってタロウみたいなのが好みだったの？　恋人と全然種類違うじゃない」

「ああいう感じの弟が欲しかったのー。実弟は殺し合いする様な仲だからねー」

うん、セルエスさんは絶対に逆らってはいけない人認定。いや、どうせ逆らえないけど。

あの人怖い。あの鬼より怖い。あと弟さん可哀《かわい》そう過ぎる。

「まずはリンちゃんが剣を教えてあげるんじゃ駄目《ダメ》なのー？」

「うーん、あたしの剣技ってほぼ我流だし、教えるには適してないと思うんだよねぇ」

「リンさん、我流なんですか？」

「うん、なんていうか、決まった型が肌に合わないというか。教えられたんだけど、結局実戦形式の打ち合いで肌に染み込ませた感じでさ。完全我流じゃないけど、そんな感じ」

「それどんな天才ですか……」

「リンちゃんは直接戦闘のみなら本当に天才的よー。他は全然ダメだけどー」

天才だったらしい。そりゃあんな無茶言うわ。名選手が名監督じゃないパターンだこれ。

「あたしとしては、簡単な物で良いから魔術を使える様になりたかった」

「リンちゃん馬鹿《バカ》だもんねー？」

酷《ひど》い発言をしてクスクス笑うセルエスさん。えーと、仲が良いからこその軽口ですよね？

「その馬鹿力が魔術障壁を破るから、規格外の馬鹿よねー」

仲、良いんだよね？　若干不安になる会話なんですけど、喧嘩《けんか》しないでね？

「でも、そうだとしても、リンちゃんが手加減して稽古《けいこ》してあげれば良いのにー」

「弾みで怪我させるのが怖い。少なくとも殴っても大丈夫な程度になるまでは相手したくない」

「ああ、成程それでー。ミルカちゃんが居れば良いんだけど、今日はあの子デートだしねー」

あ、それでミルカさん居ないのか。後、案外リンさんもちゃんと考えてくれてたのね。

「この感じだとミルカに教えて貰うか、セルに魔術を教えて貰った方が良いかなぁ」

「リンちゃんよりは魔術の才能有ると思うし、頑張ればミルカちゃんくらいにはなれるかもねー」

ミルカさんは教えるのが上手なのかな。でも、そっちはともかく魔術なんて俺に使えるのかな。元の世界ではそんな物、ただの夢物語なんだけど。

「ミルカ程度になれば普通に生きていけるだろうし、それも良いかもね」

「ミルカさんで普通なんですか……あの人も凄い動きだったんですけど……」

やはりこの世界の難易度高い。過酷過ぎる。

「タロウ君の弱さも解った事だし、一旦《いったん》帰ってタロウ君の貧弱さ前提で鍛える方法考えよっかー」

確かにその通りだけど、弱い貧弱と連呼されると流石《さすが》に悲しい。しょうがないか……。

少しへこみながら帰宅すると、イナイさんが笑顔で出迎えてくれた。けど俺の様子を見て今日の事を訊《たず》ね、素直に答えるとリンさんが関節を極《き》められて怒られた。

怒っていたイナイさんの言葉を聞くに、どうやら今日の事は本当に無茶だったらしい。一方セルエスさんは我関せずでお茶飲んでいた。狡《ずる》い。

明日は今日みたいな無茶させられないと良いなぁ。

◆◆◆

「今日は私がタロウさんの鍛錬の面倒を見ます。リンねえにも、大体のやる事は教えておくので、今後は私が居ない時も安心して下さい」

先日イナイさんに叱られたリンさんは、暫く自分の思う通りの訓練をするのは禁止となった。なので今日は時間が有るらしいミルカさんに、そのお鉢が回って来た。

ミルカさん曰《いわ》く「だと思った」との事でした。どうやらこの事態を予想していたらしい。なら最初からあの人止めて欲しかったなぁ……。まあ、今更言っても仕方無いか。

「タロウさんがどの程度なのかはセルねえから聞いてますので、まずは体作りから始めましょう。単純な基礎鍛錬と……そうですね、私の使っている武術の型を覚えて貰《もら》いましょうか」

やっぱりミルカさん、武術家なのか。リンさんともめた時にそんな気はしてたけど。

「では、始めましょうか」

そう告げると、ミルカさんは俺に指示を出して行く。リンさんの事も有り、最初こそとても不安だったのだけど、ミルカさんの訓練はとてもまともな物だった。

彼女の言う通り単純な基礎鍛錬をして、少し休憩した後に牙心流《がしんりゅう》という流派の型を教えて貰い、最後に柔軟という、本当に、本当に普通の訓練だった。凄い安心した。

ただ気になったのが、彼女が一人で体を動かしていた時の速度が、そこまで速くなかった事だ。

勿論《もちろん》目の前に立たれたら対応出来ない速さだが、傍から見ている分には目で追えた。

不思議に思って訊ねると、以前リンさんとやった時の速度は魔術で強化しての速度らしく、素の速度はこれが限界らしい。それでも何やってるのか何となく解る程度だけど。

「私の拳《こぶし》は弱者の拳。力無き者が力有る者に、才能有る者に勝つ為の牙。強者を屠《ほふ》る弱者の技。なのに強化に頼っては本末転倒です。普段はあんな事しませんよ」

そう、力の籠《こも》った眼で彼女は語った。

生まれながらの才能など無い、鍛え上げた体と技。それを教えてくれると。

そんな彼女の訓練も昼前には終わりと言われ、一日中無茶をやらされる様子もない。ミルカさんに訓練をして貰えば、順調にやってける感じがしてきた。頑張ろ。

ただ、訓練中にもう一つ、少し気になった事が有った。

ミルカさんは俺との会話で翻訳の魔術を使っている。先日もセルエスさんが使っていたらしく、それで会話が出来ていた。けど時々、聞こえる単語が同じなのに、違う意味の物が幾つか有った。

これはどういう事なんだろう。意訳的な事になってるのかな。

その事をミルカさんに訊ねると、彼女は普段の眠そうな目を大きく開いて驚き、悔しそうな顔をして肩を落とした。あれ、俺もしかして何か余計な事言ったのかな。

「私が説明するよりもセルねえの方が本領なので、セルねえに説明をお願いしましょう……」

ミルカさんはちょっと悲しそうな顔をしながら、とぼとぼと家に帰って行く。

あ、あれ、何であんなに落ち込んでるんだろう。と、とりあえず俺も帰ろ。

家に入るとミルカさんは既に居らず、代わりにセルエスさんが笑顔を向け、ポンポンとソファを叩《たた》いて座る様に意思表示している。逆らえる筈《はず》も無いので素直に座る。だって怖いし。

「えっと、今から何が始まるんでしょうか……」

「ただの魔術講座よー。と言っても本格的な物じゃなく、大体こういう物なのよって話ねー」

えっと、さっきの意訳みたいな事になってた理由を教えて貰う感じなのかな。

「まずはそうねぇー。確か昨日、魔法と魔術は別って話はしたわよね。この違いは、自力でやっているか、そうでないかが大きな違いなんだけどねー」

いきなり意味が解らない。予備知識の無い俺にも解るようにお願いします。

「その、違いが解らないんですけど……」

「そうねぇ、魔術は自分の魔力だけじゃなくて、世界に力を貸してねーってお願いして、世界の力の一部を使って結果を導く物なの。自分の力だけでやってるわけじゃないのよ」

良く解らないけど、魔術は神に力借りてるとか、そんなイメージで考えれば良いのかな。

「だから魔術は、世界が許容出来る範囲の事しか出来ないの。世界に力を借りてるからねー。そしてその力を貸して貰う交渉が上手《うま》ければ、魔術の技量も高いという事ねー」

んーと、魔術はやれる上限が有るって感じなのかな。多分そういう事だよね？

「技量が高ければ、それだけ思った通りの事が出来る。これは何においても同じ事かもしれないけどねー。料理だって裁縫だってそうでしょー？」

何か違う様な気もするけど、想像通りを形にするって意味では似た様な物、なのかな？

「そして翻訳の魔術は技量しだいで、世界を通して伝えてくれる意志の量が変わってくるの」

「世界を通して？　この言葉って別の所を通して伝えてる感じなんですか？」

「そうよー。世界が認識している存在を、君が解る様に変換して伝えてるのよー。だから技量が低いと、ある程度の意思は伝わるけど、細かい意味は伝わらないって事が起こるのー」

この説明を聞いて俺は、ちょっと怖いと思った。

その意思疎通の齟齬《そご》で、大事な事に気が付かなかったりするのではないかと。

「ただミルカちゃんは、けして技量は低くないのよー？」

リンさん以外は翻訳魔術を使えるので簡単な物だと思っていたのだけど、話を聞くにどうやらそうじゃないらしい。使える事自体がミルカさんの技量の高さを証明しているそうだ。

因《ちな》みにミルカさんはこの魔術の発動に詠唱が要《い》るらしい。やっぱ詠唱要るんだ……。

翻訳の魔術が在る世界だし、言葉を学ばなくて平気かと思ってたんだけど、世の中そう上手くは行かないなぁ。この魔術自体難しいって話なら、それに頼れないって事だしな……。

「言葉の勉強もした方が良さそうだなぁ……」

「なら俺が教えてやろうか？」

ぽそっと独り言を呟《つぶや》くと何故《なぜ》か後ろから返事が聞こえ、振り向くとアロネスさんが飲み物を片手に立っていた。何時《いつ》からいたんだろうか。全然気が付かなかった。

「どうせ俺も時間あるし、空いてる時間に教えてやるよ」

「そうねー。アロネスは座学を教えるのは上手だから良いかもねー」

成程、アロネスさん教えるの上手なんだ。なら甘えさせて貰おうかな。

「えっと、じゃあ、良ければお願いします」

「おう。あっという間に喋《しゃべ》れる様にしてやるよ」

快諾してくれたアロネスさんは、さっそく公用語を少しでもと教えてくれたのだけど、本当に教え方が上手だった。何だか不思議なぐらい頭に入ってくる。

それにこの人、翻訳魔術を微細にオンオフし、かつ無詠唱である。この魔術難しいって聞いたのになー。ここの人おかしい人ばっかりだなー。まあ、そのおかげで勉強はしやすいけどね。
三、四ヶ月も有れば普通に喋れる様になる、との目測だそうです。早くね？
あ、因みにこの世界、元の世界と一日の時間が違う。腕時計が防水で生きてたので解った。

一日が二十七時間程有り、一ヶ月を三十六日として、十八日を境に上半日、下半日というややこしい感じの呼び方らしい。一年は九ヶ月という中途半端な数だそうです。

まあ、そっちは特に気にする程でもないので、とりあえず言葉をしっかり喋れる様に頑張ろう。

「あ、そうだ、明日は私が魔術教えてあげるねー」

ただ、セルエスさんが思い出した様にそう言った事で、楽しみな様な怖い様な気分でその日は終わる事になった。使える方が助かるから期待してるんだけど、セルエスさんが怖い。

◆◆◆

「はーい、ではー、今から魔術の授業を始めまーす。授業中は、私の事は先生と呼ぶよーに」

朝の新鮮な森の空気の中、ぽやっとした声が響く。

「はい先生」

「クスクス、君は素直で可愛《かわい》いねぇー」

素直に先生と呼ぶと、セルエスさんは楽しそうに笑う。いつもこんな感じだったら素敵なのに。

因みに今日のセルエスさんは完全武装である。理由を聞くと、一応一回ぐらいちゃんと魔術師らしい所を見せておこうという事らしい。

上はシンプルなワンピースで、下は袴《はかま》っぽい裾《すそ》が広いだけのズボンにも見える物を穿いている。肩や肘《ひじ》、手首などの関節部分には、綺麗な玉のついたサポーターみたいな物と、指にも綺麗な指輪がいくつか。普段は紐《ひも》でくくっている髪も、髪飾りで纏《まと》めていた。

最後にもう一つ黒い外套《がいとう》を纏って、まさに魔術師という感じだ。全て自分達で作ったお手製だそうだ。ただ、何で手に持ってるのは片刃の剣なんだろうか。杖《つえ》とかじゃないのか。

「あのー先生、その剣は何なんでしょうか」

「わたしの愛刀、クヌルイアスでーす」

「セルエスさん魔術師ですよね。杖とかじゃないんですか？」

「不思議な事聞くのね。杖じゃ致命傷与え難《にく》いよー？」

あ、杖は単純に鈍器扱いですかそうですか。ここでは「魔法使い＝杖」の概念は無い様だ。

とりあえず納得していると、コホンと咳払《せきばら》いをしてセルエスさんが授業を始め出す。

「では魔術講座を始めます。まず魔術の基礎の基礎は、自身に流れる魔力を理解する事です」

まあ、それは当然な気もする。理解出来なかったら魔術使えなさそうだし。

「体に流れる、外に自然に出てる、内に気が付いたら溜《た》め込んでる、そういう流れを認識して、自分の意思で動かせる様になるのが、まず最初」

いつもの緩い感じではなく、真面目な語りで授業を進めるセルエスさん。

顔は笑顔のままなんだけど、普段と違い真剣さを感じる。

「それが出来たら次は、体外の魔力の流れ。この世界には強弱はあれど魔力が流れているの。その流れを感じ取って、操作出来る様になる訓練」

「空気中にも魔力が有るんですね」

「うん。そして次は、体内の魔力と体外の魔力を混ぜ合わせる訓練。これは場の魔力の流れに逆らわない訓練ね。流れを無視すれば、思い通りの結果は得難いの。外の魔力と自分の魔力を綺麗《きれい》に混ぜる事が出来るなら、ちゃんと効果を発揮出来る魔術を使えるわ」

川の流れに逆らっても流される的な事だろうか。

「その次は、世界の力の流れを感じる訓練。これは魔力とは違うから勘違いしないでね」

これがイマイチ解らないんだよなぁ。世界の力って何だよって感じだ。

「昨日、魔術は世界の力を借りる物って言ったでしょ？　その力の流れを感じ取って、そこに自分の魔力を流し込む。まずは流し込める様になる事が必要なの」

「魔力を流し込めない事は有るんですか？」

「有るよ。リンちゃんがその典型だね。世界の力と、その流れを処理出来ないから、そこに魔力を通せない。だからリンちゃんは魔術が一切使えない。ほんと馬鹿《バカ》よね～」

リンさんって、完全に魔術関連駄目《ダメ》なんだな。

「そこまで出来たら、魔力に自分の意思を通す。そして世界から力を借りて、何らかの現象を発生させる。これが魔術師の最初の訓練。ここまでで、普通の人で数年はかかるかな」

「数年かぁー、やっぱり難しいんですねぇ」

「そだね。アロネスみたいな、基礎飛ばしていきなり上位魔術使う様な人間は希《まれ》だね」

今さらっと言ったけど、アロネスさん本物の天才かよ。イケメンで天才って二物与え過ぎだろ。

「セルエスさんはどれくらいかかったんですか？」

「私は劣等生でね。普通は最低でも四、五年も経てば初歩の魔術なら当たり前に使えるんだけど、その頃にまだ基礎も出来てなかったんだ。八年程かかったかな」

今のセルエスさんを見ていると信じられないけど、苦労人だったんだ。その割に最初の頃の魔術に関しての説明が適当だった気がする。真面目に返事する気が無かっただけかな。

「諦《あきら》めようと思った事も有ったけどね。リンちゃんが馬鹿みたいに付き合ってくれてさ。ほんと、馬鹿なのよ。使えない魔術の訓練に良く付き合ってくれてさ」

セルエスさんは懐かしい昔を思い出す様に、遠くを見ながら楽しそうに笑い語る。いつもの様な大人な笑顔ではなく、どこか子供の様な顔で。

二人は幼い頃からの友人関係だったのか。バカバカ言ってるのは照れ隠しなのかも。

「脱線しちゃったね。えっと、一連の流れが出来る様になるまで数年、ってとこまで話したっけ」

「はい、数年でも使える様になればかなり助かると思うので、教えて貰えるなら頑張ります」

生き死にがかかってるしね！　つーか、魔術が使えないとマジ生きて行ける気がしない。

「ん、良い心構えね。なら、ちょっときつめに行くからね」

セルエスさんは俺にそう告げると、何故か俺の背中に手を回して抱き付いてきた。

「へ？　あ、あの、何を？」

その行動に驚いている俺など意に介さず、セルエスさんは唇を俺の首筋に近づけてくる。

そして、思いっきり、首に噛《か》みついてきた。

「――――いってえええええええええええええええええ⁉」

痛い痛い！　めっちゃ力入れて噛んでる！

「おひょこのひょなんひゃからはまんしなひゃい」

「いや、痛いですって！　せめて説明をお願いします！　あだだだだ⁉」

「いいひゃらひっとひてる！」

セルエスさんは俺の訴えを無視して、一層歯を喰《く》い込ませて行く。冗談じゃなく痛過ぎる。

けど次の瞬間、更に強い痛みが走った。首にじゃなく、頭に。

知らない情報が頭に一気に流れ込んで来る。体の魔力の流れ、外の魔力の流れ、その質、世界への接続、引き出し方。明らかに、今の俺には制御出来ない異質な情報が叩き込まれている。

「くう……っ！　あっ……か………」

意味の解らない、抵抗出来ない負荷が体を駆け巡り、視界が真っ白になって行く。

そして視界が戻った時、俺は地面に横たわっていた。どうやら少しの間気絶していたらしい。

自分の状態を確かめながら、ゆっくりと体を起こす。

「う……頭痛い……さっきの何ですか？」

「私の魔術行使を、君の体を通してやったの」

説明が簡素過ぎて俺には理解出来ず、首を傾げる。すると彼女は続けて語る。

「本来数年かけて辿《たど》り着く基礎を、無理やり省略させたの。あれで大体流れは解ったでしょ？　その身で体験したんだし。ただ規模が私基準だったから、ちょっときつかったみたいね」

俺とセルエスさんでは魔術師としての規格が違い過ぎて、オーバーヒートしたって事かな？

いや、そりゃそうだろ。だって俺は、まず魔力の流れ自体解らないんだもん。

……あれ、何か体に、今まで感じた事の無い力が流れてるのが解る。世界にもこの力が溢《あふ》れてる。世界の力の大きさも、その流れへの身の任せ方も何故か解る。

「うん、上手《うま》くいったみたいね。実は試すの初めてでちょっと怖かったのよねー」

え、何か今、聞こえてはいけない事が聞こえた様な。

「あ、あの、セルエスさん今何て」

「さー、とりあえず今日はお開きにしようかー。君もさっきので疲れただろうしー」

あ、これ話を聞く気が無いわ。上手く行かなかったらどうなってたんだ。

……考えない様にしよう。怖い。

◆◆◆

魔術授業の翌日から、セルエスさんもリンさんの友人なんだなと思える指導が始まった。

魔術が使える様になったと言っても、使いこなせるわけじゃない。ただ使える様になっただけなので、泣きそうになりながら無茶に応える羽目になった。

こういう魔術が有るからと手本を見せられ、見様見真似で使うという理屈もくそも無い感じだ。後、俺は日本語で詠唱しないと魔術が使えない事が解った。教えて貰《もら》った発音だと何も起こせないどころか、何故か体が痛くなったのでもう二度とやらない。

他には大怪我しない程度にぼこぼこ魔術をぶっ放されて、頑張って防げなんて言われる事も。

でもまあ、何とか応えて頑張っている。

ちょっとした罪悪感も無茶に応える理由の一つだ。だってセルエスさんは何年もかけて頑張って手に入れた技術を、一日で使える様にしてくれたんだから。

セルエスさんに聞いても「気にしなくていいのよー？」という返事しか返って来ない。

本当に気にしてないのかもしれないけど、やっぱりそこは気になるよなぁ。

その後は毎日、何かしらの訓練か勉強の日々が続いた。暫くして中途半端ながら強化魔術を使える様になった辺りで、リンさんの訓練も解禁されてしまった。

リンさんは俺に木剣を持たせ、とにかく受け切れと言って、只々《ただただ》打ち込んで来るだけの訓練だ。

彼女は時々加減を間違えて、食らうと悶絶《もんぜつ》するような剣撃を打ち込んで来る。そして倒れている俺をセルエスさんが魔術で治してやり直しという、若干拷問じみた訓練である。

後は時々狩りに連れて行かれたり、獲物を捌《さば》いたり、野営をしたり等もした。

一人で生きて行くなら出来た方が良いとの判断らしい。

狩りは大変だし大型の動物を捌くのも大変だけど、捌く事自体に嫌悪は無かったのが助かった。爺《じい》ちゃんの家で鶏しめてたからなぁ。

ミルカさんの訓練も段々と訓練量自体が増え、組手もする様になった。相手を見て効率良く体を動かせと言われながら、毎日ボコボコにされている。

それとセルエスさんは最初こそ適当な事を言って来たが、日が経つにつれて割と真面目に指示してくれる事も増え、魔術師として必要な基本もある程度きちんと教えてくれた。

この時に魔物と普通の動物の違いを教えて貰った。

無意識に魔力を外に放出している生物を総じて魔物と呼ぶらしく、魔術が使える今の俺なら違いが解る様になっている。

攻撃する際に魔力が先に流れるから、それを感じて躱《かわ》すという技術も有るそうだ。

難点は、魔物が強ければ強い程大きな魔力の乱れが生じるので、乱れた魔力内で魔術を使おうとすると、未熟な魔術師は自滅するとの事だ。

段々苛烈《かれつ》になってる訓練の中、言葉の勉強時間は癒しになっている気がする。そのせいなのか、はたまたアロネスさんの教師としての才能か、勉強が一番順調かもしれない。

いや、癒しはむしろ毎日の食事と風呂《ふろ》と、ふかふかのベッドか。毎日世話を焼いてくれるイナイさんには感謝しか無い。洗濯の類も全部任せてるのは、少し申し訳ない気がするけど。

そんな感じで、毎日かなりきつい訓練になっている。

きついけど、この居場所をどこか楽しみ始めている自分が居るのも事実だった。

◆◆◆

朝に騒々しく鳴く鳥の声という目覚ましが聞こえ、もぞもぞとベットから這《は》い出る。

「ふあ～……朝か……今日は休みだったっけか」

実は最初の頃に、十日に一日は完全な休みを取るようにと言われていた。

けど俺は、毎日の訓練でその事が完全に頭から抜けてしまっていた。するとある日、イナイさんに「いいかげん休め！」と思いっきり怒られた。

それ以降は、イナイさんがそろそろ怒りそうだなと思った次の日を休みにしている。彼女には、俺が新しい事にはしゃいで無茶をする子供に見えてるっぽい。

あながち間違いではないな。

ここに来てからもう数ヶ月経ってんだっけか。やる事が多いと時間が経つのが本当に速い。

今ではそこそこの体力と体術、魔術も使え、言葉もある程度話せる様になった。

とはいえ、ここの人達みたいなとんでもない事は、やっぱり出来ないけど。

「ふあ～……とりあえず顔でも洗いに出るか」

まだ何となく寝ぼけてる気がする。サッパリして頭を起こそう。

「あ、タロウさん、おはよう」

部屋を出ると、眠そうな感じのミルカさんの声が横から聞こえて来た。

「おはようございますミルカ……さん……」

挨拶《あいさつ》を返そうとして、顔を向けた瞬間言葉に詰まった。いつもの眠そうな目を更に細めた彼女が、下着姿でそこに立っていたせいで。

彼女の体には確かな筋肉が有るけど、それでも女性らしさを損なわない綺麗な体躯《たいく》をしていた。

いやそんな感想を抱いてる場合じゃないって。これ絶対寝ぼけてるでしょ。

「あ、あの、ミルカ、さん、下着、姿、ですよ？」

「んー？　うんー、そうだね」

何とか絞り出す様に彼女に伝えるが、反応が鈍い。思ってた反応と違う。

きゃ、ごめんなさい的な感じが、ミルカさんのイメージなんだが。

「コラ、ミルカ！　下着で歩き回るなっていつも言ってんだろ！」

すると同室のイナイさんが、怒りながらワンピースを持って出て来た。マジか、ミルカさんそういうの気にしない人だったのか。そこはリンさんのポジションだと思ってた。

けどリンさんは多少露出の多い服は着てても、下着姿で出て来た事は一回も無いな。

「んーうー、今日は、何も無いんだから、良いじゃない」

「タロウの事考えろ！　そんな格好で歩き回ってたら、このぐらいの歳《とし》の男は気になんだよ！」

その通りですが、そのお言葉は何かこう、とても恥ずかしいし悲しい。つらい。

「私や、イナイみたいな貧相な体、平気」

「なっ、あたしの体の事は関係無いだろうが！」

「貧相なのは、事実」

ミルカさんは貧相ではないと思うんだけどな。胸がちょっと、うん、無いだけで。ちょっとね？

「ったく、とにかくタロウの目に毒だから、こういう事はすんな！」

いや、眼福ですけどね。とか考えてたらイナイさんの目がスゲエ怖かった。

スミマセン、お願いなのでミルカさんは服着てて下さい。イナイさんが怖いです。

「むう……」

面白くなさそうに唸《うな》るミルカさん。最近は段々俺にもこんな感じになって来てる。

でも目の毒って言うなら、イナイさんもだと思うんだけどな。ギリギリのミニスカとか、胸元だけ隠してる様な服とか、物凄《ものすご》く過激なのが多い。

「目に毒って言うなら、イナイさんもちょっと過激ですよね」

素直に思った事を口にすると、イナイさんは「え？」と呟《つぶや》いた後に俺を見て、少し見つめた後に俯《うつむ》いて「そう、か？」と小さい声で聞いて来た。

あれ、俺もしかして何か地雷踏んだ？

ちょっと待って、リンさんに匹敵する人怒らせるとか、俺したくないぞ。

「え、あ、その、イナイさんなら、もっと、こう、可愛《かわい》い方が、似合うんじゃない、かなって」

滅茶苦茶焦ってフォローを入れるが、俯いて小声でそうかって言った後の反応が無い。

やめて。この沈黙やめて。怖過ぎる。

脂汗だらだらで反応待ちしていると、イナイさんはそのまま振り返って部屋に帰って行った。

ヤバイ。ピンチだ。最初の恐竜が有るからここに来て二度目の大ピンチだ。

そんな俺を置いてのんびり下に降りて行くミルカさん。しかもその上。

「プッ……くく……」

と笑っているのが聞こえた。信じてたのに！　貴女《あなた》だけは優しい人だって信じてたのに！

とりあえず俺もトボトボと降りていくと「おはよーさん」というアロネスさんの声が聞こえた。

「おはようございます……」

「おー、タロウ、もう日常会話なら問題無く話せる様になったなー」

「さっきの聞いてたんですか？」

「おう、こっちゃ仕事してんのにやかましいなと思ったけど、タロウの成長加減を見れたから良かったかな。今も何喋《しゃべ》ってんのか大体は解ってんだろ？」

「ええ大体は。解らない所は前後の言葉で何となく脳内補完してます」

「上等上等」

そう言ってニカッと笑うイケメン。この人本当にカッコ良いな。

「そういえば仕事って、何やってるんですか？」

「ん？　ちょっと薬が至急欲しいって言われてな」

俺の疑問に応える彼の手元には、怪しげな色の液体が入ったフラスコっぽい物や、色んな葉っぱや粉末の何か、それを混ぜるのであろう器や乳鉢などが並んでいる。

「こんな所でやってて良いんですか？」

「密閉空間じゃないと作れない物作ってるわけじゃないからな、平気平気」

「いや、その、危なくないんですか？」

「危ないよ？」

笑顔でフラスコっぽい物を揺らすアロネスさんに、俺は思わず顔を引き攣《つ》らせてしまう。

「冗談冗談。本気で危ないもんなら、全部自室でやるって」

質《たち》の悪い冗談だ。この人基本的に良い人なんだけど、こういう所有るんだよなぁ。

割と最近知ったのだけど、彼は薬師《くすし》らしい。けど初めてそれを聞いた時、他の四人からはその場で『錬金術師』と異口同音で放たれた。

だが皆にそう言われても、それでも薬師とアロネスさんは言い張っていた。そんな彼にリンさんが「一番使い、作った物は何？」と聞くと、アロネスさんは若干目を泳がせながら口を開き。

「……ま、魔術傷薬」

と答えた。あの時のアロネスさんはとても悔しそうだったな。

その時の俺は、普通の薬を作るだけの人ではないのだな、という程度の認識だった。なので後日実際に薬を使って貰って、とんでもない物を見せられて驚いた。

それは傷口に薬を塗って、拭《ふ》き取るともう傷が消えているという、効きが良いという物を超えたとんでも薬だった。

その際に補足でミルカさんが「錬金術師って数が少ないんですよ」と教えてくれた。つまり貴重な能力の持ち主という事だ。何で薬師と言い張るのかね？

魔術の天才、レア技術持ち、イケメン、性格も冗談の質が悪い以外は問題無い。何この勝ち組。

そんな事を思い出していると、上から足音が聞こえて来た。リンさんとセルエスさんの部屋は一階なので、今二階から降りてくる人は一人だけ。

イナイさん、だけだ。

俺は錆《さ》びたロボットの様に首を動かして階段に振り向き、さっきの事を謝ろうと口を開いた。

「――――イナイ、さん？」

けど、目の前にいる人の姿がいつもと違い過ぎて、言葉が出なかった。

「あたし以外に誰に見えんだよ」

そんな俺に、若干口をとがらせながら応えるイナイさん。

「いえ、イナイさんにしか見えませんけど……」

いつもと違い、露出が全く無いどころかあまりにも真逆すぎる格好。

可愛らしいフリルとレースのあしらわれた服を着たイナイさんが、そこに居た。

見慣れない格好のせいなのか、イナイさんが似合い過ぎてるせいなのか、見惚《みと》れてしまったせいで謝罪とか焦りとかが一瞬で吹っ飛んでしまった。

そこでふと、もしかして怒ったのではなく、気を遣わせたのかもしれないと思った。ここに来て数ヶ月、彼女がこんな可愛らしい服を着ていた所は一度も見かけていないのだから。

「に、にあうか？」

俺が考え込んでいると、彼女は顔を逸らしながらそう聞いて来た。

似合うかって、そりゃ似合いますよ。だってイナイさん、見た目は美少女なんですもん。明らかにこの格好の方が、いつもより遥《はる》かに似合ってる。

「似合ってますよ。凄《すご》く可愛いです」

「そ、そうか、なら良い。あたしは朝食用意するから、顔洗ったら待ってろ」

そう言って、パタパタと台所へ向かうイナイさん。

大丈夫そう、かな。とりあえず怒らせたみたいじゃなくて良かった。

でも、いつもの格好を止《や》めさせたみたいな感じが、ちょっと罪悪感。

そう思いつつ顔を洗いに行こうと反対を向くと、アロネスさんとミルカさんがクッションに顔を押し付けて震えていた。何してんのこの人達。

「……っ！　く……くく……！」

「ブッ……うくく……」

何やら笑いを堪《こら》えてるっぽい。俺の焦りっぷりはそんなに可笑《おか》しかったんだろうか。

まあ良いや、洗面所に行こ。

「いっっっったあああああああああ！」

「……は？」

洗面所に足を向けた瞬間、家の外から叫び声が響いて来た。

今のはリンさんの声だ。あのリンさんが痛いと叫んでる？　そんな馬鹿《バカ》な。

あまりに驚いて動けないでいると、三人が滑る様に外に出て行った。凄い勢いと形相だった。

あのアロネスさんすら怖い顔をしていた。

俺はそれを見て正気に戻り、追いかけようとする。と、三人ともぞろぞろ戻って来た。あれ？

「何だよ、驚かせんなよ。あーあ、いっこ薬パアになっちまった」

「焦げる焦げる」

「……人騒がせ」

それぞれ呆《あき》れる様な、もう興味が無くなった様な態度だ。因《ちな》みに今も「痛い痛い！」とリンさんの叫びは続いている。と、とりあえず見に行ってみよう。

そろーっと外に出ると、見覚えの有る光景が、俺は良く知っている光景が目に入って来た。

「ふるひゃい！　ひゃまっへへ！」

「無理！　痛い痛い！　頭も痛いし体も痛い！　これ絶対ただ痛いだけじゃないって‼」

「ひょんひゃのあひゃりひゃえでひょ！」

「当たり前って、無理だって、情報量もおかしいって！　頭が割れるー！」

一瞬言葉も無く、目に入る光景に見惚れてしまった。

これは最初の魔術講座で俺がされたのと同じ魔術だ。けど、説明されていた物とまるで違う。

リンさんの体に流し込まれている魔力の規模がおかしい。暴発すればこの一帯が吹っ飛ぶ様な魔術になる程の魔力がとても緻密《ちみつ》に、綺麗《きれい》にリンさんの体の中で駆け巡ってる。

勿論《もちろん》セルエスさんは暴発なんてさせない。絶対にするわけがない。

だってあの彼女が、制御に全力を注いでいるのだから。

彼女は今、必死な形相で魔力を操作している。普段の余裕な笑顔は見られない。

自分の魔力と世界の魔力。リンさんの魔力と世界の力。全てを混ぜ合わして流れを作っている。自分の体じゃなく人の体で、相手の体を壊さない様に細心の注意を払って。

「真似しようとしちゃ、ダメですよ」

その光景をぼうっと見ていると、いつの間にか後ろに居たミルカさんに声をかけられた。

「出来ませんよ」

ミルカさんに苦笑しながら応える。

俺は自分の魔力操作もまだ未熟だ。なのに本人が使えない、操作出来ない魔力を、本人の魔力のまま使うなんて絶対出来ない。今なら解る。俺がどんなに凄い事をして貰《もら》ったのか。

「上手《うま》く行くと良いですね、リンさん」

以前二人の関係を聞いていたので、本心からそう思う。

「どう、かな」

けどミルカさんは意思を読み取れない表情で、何処《どこ》か否定的な言葉を発した。ミルカさんの言葉に疑問を覚えるも、それを問うよりも先に術をかけ終わった様だ。

リンさん達に視線を戻すと、リンさんは普通に立っていた。

「痛かったー。うーわ、まだ頭ぐわんぐわんしてる」

マジか。痛いだけなのか。あれで普通に意識保ってるとか、やっぱあの人おかしい。

「……リン、どう？」

どこまでも普段通りのリンさんに対し、セルエスさんは真剣な顔でリンさんを見つめていた。

「ごめん、無理っぽい」

「……そっか、そんな気はしてた」

申し訳無さそうに答えるリンさんと、残念そうだがしょうがないという感じのセルエスさん。

魔術は綺麗に出来てた様に見えたけど、駄目《ダメ》だったのか……。

「まあー、リンちゃん馬鹿だからねー。しょうがない、しょうがないー」

「良いもん！　あたしには剣があるもん！」

すぐにいつもの二人に戻り、ホッとした。どっちかが落ち込むんじゃないかなと思ったよ。

「リンねえ、朝の食事、もう出来るよ」

ミルカさんが声をかけると、リンさんは「今日は何かなー」なんて言いながら家に戻って行く。

するとミルカさんは「ごめん、そっち任せる」と言ってリンさんに付いて行った。

俺は何の事かと首を傾げたが、その言葉の意味はセルエスさんを見てすぐに解ってしまった。

「う……ひっく……」

リンさんが見えなくなると同時に彼女から笑顔が完全に消え、嗚咽《おえつ》を漏らして泣いていた。

いや、任せるって言われても俺にどうしろと。女性の扱いなんてこれっぽっちも自信が無いぞ。

だからって放置は無理だよなぁ。俺が居るの解ってる筈《はず》なのに泣いてるぐらいだし。

「セ、セルエスさ――――」

近づいて声をかけようとすると、彼女は俺の胸に顔をうずめて思いきり泣き始めてしまう。

二人の関係は聞いている。だからこそ慰めの言葉が出ない。大の大人が泣き出す程、彼女にとっては大事な事だったのだろうから。

俺は狼狽《うろた》えるだけで、そのまま好きにさせてあげる事しか出来なかった。

そうして彼女は俺の胸で暫《しばら》く泣き続け、泣き止《や》むと俺に笑顔を向けた。

「ごめんねータロウ君。胸貸してくれてありがとねー。こういう時はいつもは一人で泣いてるんだけど、あんまり心配そうにこっち見てる君に甘えちゃったー」

礼を言ってにっこり笑った彼女は、俺の知っている普段のセルエスさんだった。

ただ、ほんの少し照れくさそうだったけど。

「ああいう時は抱きしめるぐらい出来ないと、男の子失格だよー」

ついでにダメ出しもされました。すみません、誰か女性の扱い方の説明書下さい。

多分照れ隠しだとは思うけど、何だかなぁ。

3．魔導技工剣、貰った力と自分の力

「タロウ、ちょっと来てくれ。そんなに時間は取らねえから」

ある日、朝食を食べ終わって本日の訓練に行こうとすると、イナイさんに呼び止められた。

「あ、はい、解りました。すみませんミルカさん、ちょっと行ってきます」

「ええ。私は先に外に出ています。終わったら来て下さい」

ミルカさんが家を出て行くのを見届けて、イナイさんに向き直る。

「えっと、何でしょうか」

振り向くと、以前勝手に入るなと言っていた扉の前で彼女は待っていた。

そして俺が向き直ったのを確認して扉を開く。

「ちょっとお前に見せたい物が有ってな、ついて来い」

彼女は俺の返事を待たずに、すたすたと部屋の中に入って行く。何が起こるのか若干不安になりながらついて行くと、扉の向こうは下り階段になっていた。

明かりがしっかりとついているので、暗さで足を滑らす様な事は無さそうだ。

途中に一個扉が有ったがそこはスルーされ、地下二階分程降りた所の扉が開かれる。まだ地下が在るみたいだけど、今は良いか。

イナイさんが扉を開いたその先は、工場の一室という感じの部屋だった。様々な工具や何だか良く解らない道具具、加工前らしき木材や金属の塊等、色んな物が沢山有った。

「ここはあたしの仕事場だ。危ねえもんも有るから、勝手に入らないようにって言ったんだよ」

成程、それで最初注意されたのか。

見た所ネジとか歯車も有るし、種類も多い。家の中で使ってる所は見かけないけど、掃除機っぽい物も有る。やっぱこの世界、結構技術進んでるな。動力が魔力前提だけど。

良い機会と思ってイナイさんに技工の事をもう少し詳しく聞いてみると、魔力が動力の物以外の家具や衣服、細かい部品等の製作も技工士の仕事の範疇《はんちゅう》らしい。すげー幅広いな。

「お前を呼んだのはこれを見せたくてな」

俺が周囲を観察していると、彼女は何やら厳《いか》つい物を持ち出して、作業台らしき所に置く。

それは、何と言えば良いのか悩む物だった。あえて言うなら剣なんだろう。けどこれを剣と呼ぶのもどうなのかというデザインだ。

大きな杭《くい》の様な物が中央に一本有って、その周りに刃が螺旋《らせん》状になって付いている。それも螺旋の向きが剣先に向かってではなく、手元に向かっての螺旋状だ。

昔テレビで見た、地下掘削の平たいドリルを思い出した。

ちょっと可愛《かわい》らしいのは、柄尻《つかじり》に猫がいる事だ。やっぱ猫好きなのかなイナイさん。

「えっと、あの、これ何ですか？」

「これは魔導技工剣って物だ。まだまだお前の実力は低いからな。少しでも助けになる武器が有れば違うだろうと思って作ったんだよ」

魔導技工剣。軽く説明を聞くと、魔力を使って様々な力を振るう事の出来る剣だそうだ。

魔力の制御が甘いと無理やり魔力を奪われるので、ある程度の魔術の技量が要《い》る道具らしい。

魔剣みたいな物と思えば良いのかな？

「ただこの剣の全力を使うには、多分まだお前じゃ無理だと思うんだ。だから出力を二段階式にしてる。お前を呼んだのは、折角だから低出力時の名称を決めて貰おうと思ってな」

俺が使える様に調整してくれてるのか。この辺の気遣いがこの人に皆が甘える理由なのかね。

それにしても名称か。名称、ねぇ。

『……逆螺旋剣？』

見たままの名前が日本語で口から出ていた。ネーミングセンスが無さ過ぎる。

「『ギャクラセンケン』か。お前の世界の言葉だよな。どう書くんだ？」

「あ、はい、えっと……こうですね」

紙とペンを渡されたので、漢字で書いて見せる。書いておいて何だけど、書けた自分に驚いた。

「……何だこれ」

「俺の国の文字です」

「マジかよ。お前の国の文字すげー書きにくそうだな」

偶々《たまたま》この文字がややこしいだけで、簡単な漢字も有るんですけどね。俺もこの漢字良く書けたと自分で褒めてやりたいぐらいです。無理だったらカタカナで書いてた。

「じゃあ、低出力時はこの名称が剣の起動の鍵《かぎ》だ。後はこれで起動する様にして、細かい出力調整をしたらお前にこの剣やるよ」

「ありがとうございます。あれ、でも、高出力時の名前は？」

「そっちは今からあたしが決める。訓練が終わる頃には出来るから、その時を楽しみに待ってな」

笑顔で俺の背中を押して、俺を部屋から追い出すイナイさん。何だか凄《すご》く楽しそう。俺もあの剣がどんな事が出来る物なのか、ちょっと楽しみだ。

締め出されたので素直に上に戻り、外に出てミルカさんを捜す。すると今日は皆勢揃《せいぞろ》いだった。アロネスさんも何故《なぜ》か居る。

「あれ、アロネスさんが居るのは珍しいですね」

「おう、偶にはタロウの体術の実力見るのも良いかと思ってな」

アロネスさんは見学か。他の皆は何で居るんだろう。まさか今日は全員相手とかかな……。

「あのー、もしかして、今日は全員と組手でもする感じですかね」

「それも有るけど、最近タロウも段々体力ついてきたし、訓練の内容の相談してたの」

「今後昼までは私とリンねえが体術の訓練をし、昼から夕方まではセルねえが魔術訓練をします」

「ただ時間を詰める分、今までより訓練内容はきつくなるけどねー」

「夕食後は俺とお勉強だ。頑張れタロウー。まあ言葉はもう大体は大丈夫だと思うけど」

今まではその日居る人の内の誰かの訓練や勉強だったのが、全部一日にやりましょうと。つまりそういう事ですよね。マジかよ。最近やっと一日訓練やっても勉強する余裕出てきたのに。

「み、皆居ない日はどうするんですか？」

「勿論その分、他の訓練をします。密度は上げたまま」

ミルカさんはいつもの眠たげな、読めない表情で俺に言い放った。

ここから更に訓練がきつくなるのか。でもきつくてもやるしかないか。あの鬼みたいな化け物を気楽に倒せないと、この世界で生きて行くのは難しいんだし。

イナイさんが作ってくれてる物も、使える様にならないとだしな。

「解りました、よろしくお願いします」

「お、良い返事ねー」

セルエスさんがニコニコしながら俺の頭を撫《な》でて来る。この人本当に俺の事子供扱いだよなぁ。

いやまあ、イナイさんとかリンさんも似た様な感じか。

「じゃ、話も纏《まと》まったし、やろっかね」

「そうねー、一番手誰にするー？」

「リンねえは最後」

ミルカさんはそう言って、俺の前に立つ。一番初めはミルカさんか。

「今日は組手だけで終わるつもりです。安心して全力で来て下さい」

これから全員にボコボコにされるのに、何を安心しろと言うのか。勿論全力で行くけどさ。

そして全力で行って、いつもより強めにボコられた。何か今日は容赦が無い。

リンさんとセルエスさんも同じく容赦が無かった。リンさんの一撃は受け損ねると当然の様に骨折するし、セルエスさんの魔術は俺の肌を焼くわ裂くわ凍傷にするわ、えげつなかった。

唯一の救いは骨折しようが大きな裂傷が出来ようが、セルエスさんが治してくれる事だろうか。

明日からこれ毎日かぁ……怪我は治して貰えるとはいえ、きっついなぁ……。

三人の容赦の無い扱《しご》きにぐったりして倒れていると、小さな影が俺の上に落ちる。顔を上げるとあの剣を手に持ったイナイさんが傍に立っていた。調整終わったのかな？

「ほらほら、疲れてるとこ悪いが、使い方教えるぞ。良いよな？」

「あ、はい」

何か気のせいか、イナイさんのテンションが高い気がする。

「じゃあさっき軽く説明した通り、この剣の低出力の起動の際の名前は『ギャクラセンケン』だ。動かそうと思ってその名を口にするか、心で浮かべればこういう風になる」

イナイさんがその名前を口にすると、剣は薄く光り、魔力を纏っていく。

「この状態であれば、使ってる本人が刃に手を触れても怪我をする事は無い。攻撃の際の威力は上がるし、受けた際はクッションが効く。軽くだが使い手本人に保護もかかる」

おお凄い、何だその不思議剣。そして説明してるイナイさんが楽しそう。めっちゃ笑顔だ。

「とりあえず、お前が使えなきゃ意味が無いから試してみな」

イナイさんがおもむろに突き出したグリップを、俺はゆっくりと握る。俺が握った事を確認すると、イナイさんは手を離した。

「げっ、何だこれ！」

彼女が手を離すと同時に、剣に魔力を吸い取られる感覚が襲って来た。

「タロウくーん、制御制御。魔術と一緒よー」

慌てているとセルエスさんのアドバイスが聞こえ、素直に魔力の流れの制御を試みる。

「お、っと……いけた、かな？」

まだ多少吸い上げられている感じはあるけど、さっきよりはましだ。これなら行けるかな？

「うん、ちゃんと使えそうだな。調整した甲斐《かい》が有った」

剣の制御が出来てる様子を見て、嬉《うれ》しそうに笑うイナイさん。でも低出力で何とかって事は、高出力だと今の俺じゃ使えないって事ですよね。

「ああ、そうだ、その剣の真名《しんめい》を教えとかなきゃな」

「高出力の方の名前ですよね」

「おう、名前は『ステル・べドルゥク』だ。柄《つか》に二つとも名前彫ってるからな」

イナイさんに言われて柄をよく見ると、確かに二つの名前が彫ってある。それを確認して顔を上げると、何か皆の様子がおかしかった。

リンさんはポカンとした顔をして、ミルカさんとアロネスさんはニヤニヤしている。セルエスさんは普段通りのニコニコ笑顔なんだけど、彼女もどこか様子が違うような。

皆の様子を不思議に思っていると、アロネスさんがイナイさんの耳元で何かを囁《ささや》いていた。するとイナイさんは急に慌てた様子を見せる。何言われたんだろう。

「あのー、どうしたんですか？」

「なっ、何でもない！　気にすんな！　と、とりあえず高出力の方試してみろ！」

「あ、はい」

何か凄い迫力なので、突っ込まない方が良さそう。とりあえず言われた通り試してみますかね。

『ステル・ベドルゥク』

――――あ、だめだこれ。

名を口にした瞬間、全てを持って行かれる感覚が体を襲い、暴力的に魔力を吸い上げられた。剣が唸《うな》りを上げている気がするけど、それを視覚情報として入れる余裕が無い。

心配そうに俺の名前を呼ぶイナイさんの声が聞こえたのを最後に、俺は意識を失った。

次に目を開けた時最初に視界に入ったのは、イナイさんの安心した様な顔だった。倒れた後ソファまで運んで、ずっと様子を見てくれていたそうだ。

「起きたか。ごめんな、タロウ。ちょっと出力が強過ぎたな」

「それは違うわー、イナイちゃん。今のタロウ君なら一時持つだけなら制御出来た筈《はず》よー」

「うん、出来た。慌てたせいで、上手《うま》く対処出来なかっただけ」

俺が起きたのを確認して謝るイナイさんの言葉を、即座に否定するセルエスさんとミルカさん。

この二人はずっと俺を鍛えているし、二人が言うならそれはきっと正しいのだと思う。

そして俺もイナイさんが謝る事は無いと思ってる。

「ありがとうございます。使いこなせる様に頑張りますね」

感謝の気持ちをイナイさんに伝える。それにさっきほんの少しだけでも剣を起動させて解った。

あの剣の力はとんでもない物だ。それを俺の為に作ってくれたのに、感謝以外有るわけがない。

「……そか、良かった」

俺の言葉に笑顔になるイナイさん。うん、良かった。

大体いつもお世話になってるんだし、そもそも俺が文句とか言える様な立場じゃ無いよ。

「そうそう、タロウが倒れている間に決まったんだけど、タロウ一人でグオスドゥエルトを倒すの試してみる事になったから。明日はその剣使える様にして、明後日《あさって》頑張ろうね」

「……は？」

リンさんが何かおかしな事言ってる。グオスドゥエルトってあの鬼みたいな奴ですよね？

「え、一人で？」

「うん、一人で」

リンさんが有無を言わさない笑顔で言い切った。俺、明後日死ぬのかな……。

◆◆◆

本日、快晴でございます。先日の予定通り、森の中に入りグオスドゥエルト退治と相成ります。

やりたくねー。逃げてー。しかも一人で樹海の奥とか怖過ぎる。

でも既に、俺を叩《たた》き潰《つぶ》さんと殺気を放っている鬼と会敵しています。きっと手加減とかしてくれないでしょう。だって明らかに全力で走って来てますもん。敵対判断がはえーよ。

『逆螺旋剣』

俺は覚悟を決めて逆螺旋剣を青眼に構え、剣の力を起動させる。

昨日一日かけて何とか剣を使える様にしたのだが、結局高出力の『ステル・ベドルゥク』の常時制御は出来なかった。

正確に言うと、高出力でも一発ぶっ放すだけなら出来る。その威力は凄《すさ》まじかったし、今の俺の魔術じゃ絶対無理な威力の攻撃だった。けどその後倒れちゃうんですよねー。

今回はそれは使えない。使っちゃいけない。

技工剣を使っても良いから、鬼を倒して自力で家に帰る。それが今回課せられた試験だからだ。

ぶっちゃけギリギリまで拒否した。だって勝てるビジョンが浮かばなかったんだもん。

けど渋る俺に、皆は逃げ道を塞《ふさ》いできた。

「タロウさんの実力は、鍛えた私達が良く解っています。リンねえの理不尽と私の基礎鍛錬、セルねえの魔術講義を受けてきたんです。大丈夫ですよ」

「この魔導技工剣が有れば、攻撃は問題ねえ。ぶっ殺して来い」

と、ミルカさんとイナイさんまで倒す前提のお言葉を下さった。完全に逃げ場が無かったです。

「オオオォォオォオオオ！」

昨日の事を思い出して現実逃避している間にも、鬼は迫って来る。リンさんは以前こいつを遅いと言ったけど、俺にとってはやっぱり速い。俺より段違いに性能が上だ。だけど対策は有る。

「ふっ！」

俺は巨大な拳《こぶし》が振るわれる軌道に『事前に』剣を置いて受け、鬼の拳をずらす。逆螺旋剣の力で受ける衝撃は緩和され、奴の腕に滑らす様に剣を動かす事で鮮血が舞う。

予想外の傷を負った鬼は一瞬の戸惑いを見せるが、その目には怒りが見えた。自分より格下の小物に負傷させられた怒りが。

そしてその怒りに任せた連撃が、両の拳で俺に振るわれる。俺は全神経を集中して奴が動く前に自分の体を全力で動かし、その全ての攻撃を躱《かわ》すか、剣で受けてどうにかいなす。

鬼の速度は俺なんかより段違いに速い。攻撃を見てから避《さ》けるなんて今の俺には不可能だ。けどこいつなら、魔物の攻撃なら対処する事が出来る。

魔物は無意識に魔力を放っていて、攻撃の意思にその魔力は反応する。その流れを見れば、魔物の攻撃は動く前にある程度の軌道が判る。セルエスさんの授業で学んだ事だ。

「っし、これならいける！」

ただ、軌道を多少予測しただけで躱せる程、化け物と俺の身体能力の差は小さくない。けど俺にも積み重ねた物が有る。相手の動きを良く見て、効率良く体を動かす様にと言われながらの組手と基礎鍛錬。速過ぎるリンさんの動きを見て、ただひたすらに受け切る訓練。

あれらのおかげで、全ての予備動作がちゃんと解る。足運び、腕の振り、体の捻《ねじ》り、それら全てが行動予測の判断材料になるおかげで戦えている。

勿論《もちろん》技工剣のおかげも大きい。躱すのはともかく、受けは技工剣が無かったら無理だ。けど戦えている。以前ゴミみたいに払われた化け物相手に、素の身体能力でも戦えている！

「っ！」

化け物の放つ強烈な前蹴《げ》りを、片手を刃に添えて威力を殺す様に後ろに飛びつつ受ける。

かなり吹っ飛ばされたが上手い事着地は成功。刃面を触っていた筈の俺の手は痺《しび》れただけで全く傷ついてない。逆に蹴った奴の足はズタズタで、ここに至るまでに両腕も傷だらけだ。

「ふう、距離が空いたおかげでひと休憩出来るな」

この間に呼吸を整えつつ、俺の無事を見て走って来る化け物を見据える。

あの化け物、もう手足は傷だらけなのに動きが落ちる気配が無い。悔しいけど致命傷を与える前にこっちの魔力が尽きそうだ。魔力が保《も》つならこのままでも勝てそうなんだけどな。

強化魔術を使っての持久戦も無理だな。あいつの歪《ゆが》みまくった魔力の中で強化を維持する場合、剣に割く魔力が足りな過ぎる。剣の力が無いと、俺はあいつとまともに戦えない。

出来れば完全に剣頼りの戦法は取りたくなかったけど、やるしかないか。

全力で奴の懐に潜って不意を突き『逆螺旋剣《らせん》』を完全起動しての一撃で決める。

「一撃で決めないと、完全に後が無いけど」

逆螺旋剣状態でも、機能を完全開放すれば魔力をほぼ使い切る。それ以上の戦闘は無理だ。ここまで強化魔術無しで戦っていたのも、その一撃と立って帰る魔力の確保の為だ。

まともにやって倒せない時の為にだったんだけど、結局使うしかなくなったか。

『この体、風を纏う様に疾《はや》く』

詠唱をして強化魔術をかける。俺の詠唱は基本的に単純だけど、その方が想像し易いし素早くかけられる。代わりに効果も弱いけどね。

因《ちな》みに魔術に決まった詠唱は無い。

想像を顕現し易い様に想いを言葉にして魔力を乗せるので、人それぞれ違う詠唱になるそうだ。

「……うし、魔術は上手くいってる。残り魔力の調整もＯＫ」

化け物は多分、さっきまでの俺を相手にするつもりで突っ込んで来ている筈だ。その隙を突く。

今かけた強化は、前にセルエスさんがかけてくれた様な強力な強化じゃない。いつもよりちょっと速く動ける程度の強化だ。けど、あの時の俺と今の俺は違う。

リンさんとミルカさんに扱かれて、人の体の使い方を学び理解した。まだまだあの域にはこれっぽっちも達していないが、今の自分を最大限に使う程度はやってみせる。

「ふっ！」

走って来ている化け物の下まで全力で駆け、俺と化け物の距離を一気に詰める。

化け物は面食らってたたらを踏むが、そのまま殴って来た。体勢を整えないまま振るわれたその拳をギリギリでいなし、がら空きの懐に踏み込んで剣を思い切り突き出す。

『開け！　逆螺旋剣！』

俺の言葉に応える様にごっそりと魔力を奪い、逆螺旋を描いていた刃が花の様に形を変えて回転を始める。回る刃の花は淡く光りながら鬼の懐を抉《えぐ》り、硬い肉と骨を裂いていく。

「このまま吹っ飛べぇ!!」

花は俺の叫びに応え、その真価を見せんと唸りを上げながら魔力の刃を打ち放つ。そして空に大きな魔力の花を咲き誇らせると、ゆっくりと消えていった。

その後には、腹から上が全て吹っ飛んだ鬼の下半身が、力無く倒れて行くだけだった。

「はぁ、はぁ……や……った……やってやったぞこんちくしょ――――！」

一人であれを倒せた事実に、思わず叫んでガッツポーズ。

だが喜ぶ俺に後ろから大きな影が落ちる。何か嫌な予感がするぞー？

振り向くと予感通り、もう一体別の鬼が立っていた。慌てて逃げようとするが消耗は誤魔化せず、その場に倒れてしまう。

まずい、逃げられねぇ。

死の恐怖を感じながら再度鬼を見ると、今まさに拳を振りかぶっている。俺はそれに対し、ただ目を瞑《つぶ》る事しか出来なかった。

その直後、大きな打撃音だけが耳に入る。けど俺には何の衝撃も無い。不思議に思いながらそっと目を開けると、目に映ったのは俺を守る様に立つミルカさんの後ろ姿だった。

「危なかったですね。最後まで油断しちゃダメですよ？」

そんな風に言って、彼女は魔物に止《とど》めを刺しに行く。何で素手であんな事出来るのあの人も。

「いやー、無事倒したけど、それで逃げる力残さず使ったらいかんね」

「そうねー、使い切らなかっただけ良いけど、戦場だったら終わりだったものねぇー」

後ろを見ると、リンさんとセルエスさんも居た。

「もしかして、ずっと傍に居たんですか？」

「いや、あたしらは家に居たよ」

「うんー。ただずっと覗《のぞ》いてたけどねー」

覗いてた？　まあ、セルエスさんならそういう事が出来ても、あんまり不思議でもないか。

「じゃあ、ここにはどうやって？　いくらなんでも駆けつけるの早過ぎますよね？」

「転移魔術よー」

俺の疑問にセルエスさんが短く答える。転移魔術まで有るのか。ん……転移？

もしかしてそれ突き詰めれば、次元の裂け目とやらを飛べるんじゃないの？

「何か期待してるみたいだけど、それは無理よー」

「まだ何も言ってないですセルエスさん」

心を読まないで下さい。いやまあ、顔に出てたんだと思うけど。しかしそうか、無理なのか。

「お疲れタロウ。今日は及第点にしてあげる。今度はちゃんと余力を持って戦える様になろうか」

「は、はい、ありがとうございます」

良かった、一応合格の様だ。あー、でも手が震えてる。情けないのは変わらないな。

その後はセルエスさんに転移で先に家に送って貰《もら》い、家の扉を開けるとイナイさんが満面の笑みで出迎えてくれた。

「お帰りタロウ。疲れたろう。風呂《ふろ》沸いてるから入ってきな」

「あ、イナイさん、ありがとうございます」

普段通りのイナイさんの優しい顔に、震えが少し消えた様な気がした。着替えもタオルも用意してくれている様なので、素直に甘えさせて貰う。

体を洗って湯船に入ると、どっと疲れが表に出てきた。思ったより消耗していたみたいだ。

そりゃそうか、一歩間違えれば死ぬ様な事してたんだから。

……いや、最後は助けて貰えなかったら死んでた。間違いなく、どうしようもなかった。

手の震えは治まったけど、まだ恐怖は残っている。

もっと強くならないといけない。あの鬼程度は容易《たやす》く倒せないと、一人で生きて行くのは厳しい世界なんだから。

幸いにも今後の訓練はもっと厳しくなる予定だ。今度はもっと余裕で戦える様になるまで鍛えて貰おう。いや、そうならないといけない。

「理不尽に死ぬのはごめんだし、理由も解らず死ぬ様な目にも二度とあいたくない」

頭に思い浮かぶのは元の世界での出来事。理不尽に死に直面させられたふざけた状況。くそ親父《おやじ》のせいで死はすぐ傍に有ると、死の恐怖を理解させられたあの時の事。

死ぬのは怖い。怖いからこそ、生きていく為に必要なら何でも覚える。

この世界は元の環境より死が間近にある。戦えなきゃ、覚えなきゃ生きて行けない。だからこそどれだけ訓練が大変でも受け入れているんだ。

それに俺にはもう『戻る場所』なんて無い。やるしかないんだ。

ただ、今はそんな重い考えは頭から抜こう。あんな化け物に勝てたんだ。それを喜んでおこう。

たとえ剣の力が大きいとしても、今までの訓練の成果が見えたんだから。

気持ちを切り替えて風呂から上がると、すでに食事の用意がしてあった。夕食にはまだ早い気がするけど、おそらく俺の為だけに用意してくれたのだろう。量的にも一人前だし。

「今日は多分疲れてすぐ寝るだろうからな。早めに食ってた方が楽だろ」

イナイさんの気遣いが嬉《うれ》しい。この人は本当に優しいし気が回る人だな。今回みたいに試験を止めなかった過激な所も有るけど、それはあの剣が有ったからなんだろう。

ありがたく食事を頂いて一息つくと、気が抜けきったのか眠気がいきなり襲って来た。

「あはは、お腹《なか》いっぱいになったら眠たくなったみたいです。先に休ませて貰いますね」

「ん、解った。じゃあ今日は頑張ったし、あたしが気持ち良く寝させてやろう」

「へ？」

「ほれほれ、部屋に行くぞ」

イナイさんは俺の背を押す様に、俺の自室まで一緒に付いて来る。一体何なのかしら。

「とっとと転がりな。体ほぐしてやっから。結構上手《うま》いんだぜ？」

ああ、気持ち良くってそういう。何事かと思った……。

イナイさんに促されるままに転がると、背中に暖かな重みを感じた。そして彼女は俺の体の形を確かめる様に触ったかと思ったら、肩からゆっくりと降りていく様に指圧を始める。

あ、これ物凄《ものすご》く気持ち良い。元から有った眠気も相まって間違いなく寝るわこれ。

「眠たかったら寝て良いからなー」

イナイさんの言葉に従わなくても、単純にその気持ち良さに意識が落ちそう。

「……今日は本当に頑張ったな。お疲れ、タロウ」

意識が落ちる直前に頭を撫《な》でられながら、とても優しい声音でそんな事を言われた気がした。

◆◆◆

「今日ぐらい休みでも良かったんですよ？」

試験翌日の朝、訓練前のストレッチをしている俺に、ミルカさんがそんな言葉を投げかける。

「あー、まあ、昨日はぐっすり寝たんで大丈夫ですよ」

彼女達的には昨日の事は予想の範疇《はんちゅう》だったんだろう。けど俺は助けが無ければ死んでいる事実が頭から離れず、どうにもゆっくりと休む気にはなれない。

「……では、予定通り今日からは訓練を増やしますが、少し変わった技も教える事になります」

俺の心境を読み取る様な笑みをしながら、ミルカさんは今日の訓練内容を告げる。

ふむ、訓練が増えるのは予定通りだけど、予定外の事もやるって事かな。

「もはや今の時代、少なくともウムルでは私以外使う人の居ない廃れた技です。初めに言っておきますが、これは使い所を間違えるか、使い過ぎると自滅します」

廃れた自滅技って何それ怖い。防御捨てた一撃狙いの技とかかしら。

「技というか、武術の一つなんですけどね。この武術は、他の武術と併用して使う物です」

他の武術と併用する武術って、何ですかそれ。訳が解らない。

「自身の生命力を糧に、身体性能を上げたり、体外に放ったりして戦う物で、『ガウ・ヴァーフ』と昔は呼ばれていました。現代の言葉では、気功仙術、でしょうか」

もしかして、武術と言っても型とかが無いから、そっちは他の武術を使うって事かな。

「それは魔術の身体強化とは違うんですか？」

「強化だけを見れば似た様な物ですが、少し違います。魔術強化の場合、身体補強も付いてきますが、こちらの強化は肉体を鍛えずに使用すると、体が耐えられない場合が多く有ります」

おお、まさに闘士の為の技って感じだ。無手で戦うミルカさんっぽい技だ。

「ただこれは習得難易度が高く、魔術と併用し難いため廃れた武術なんです」

「え、一緒に使えないんですか？」

「使えないわけではなく、少し難しいだけです。勿論《もちろん》私は併用出来ますよ」

「でも、頑張れば併用出来るなら、廃れずに残りそうなものですけど」

「仙術は魔術が使えないと習得がほぼ不可能な上、魔術より有用性が低い。そも習得に至るまでが難しく、魔術と併用も難しい。となると魔術を極めた方が効率が良い。何より仙術は世界の力を用いませんので、負荷は全て自身で受ける上に、用途はほぼ戦闘用。廃れるのは必然ですね」

普通はまず習得すら辛《つら》いのか。あれ、それ俺にも難しいって事じゃないの？

「黙っていましたが、仙術を使う為の下地を、今までの訓練で既に作らせて貰っています」

「え、そうなんですか？」

「タロウさんがセルねえに、短期間で魔術を使える様にされた事を利用させて貰いました。あの魔物相手に戦え、あの剣をちゃんと制御出来る今なら覚えられる筈《はず》です」

説明をしながら、ミルカさんは俺の胸に手を当てる。

「セルねえの魔術程ではないですが、痛いですよ」

その言葉と共に俺の体に何かが流し込まれた感覚を覚え、体中に鋭い痛みが走った。痛いけど、確かに魔術の時程じゃなく、魔力とはまた違う何かが流れる感覚だった。

「これが気功仙術。身体強化だけではなく外に向けても使える、魔術とはまた違う力です」

自身に意識を向けると、さっき感じた力と似た、自分自身に流れる気功の力が何となく解った。魔力の流れを認識した時に似てる気がする。力を感じ取る力が要《い》るって感じなのかね。

「魔術が使えないと、この力が感じ取れないいんですね」

「はい。世界の力を認識出来ないと、気功の流れを認識し難いんですよ」

成程ね。ただ理由は解らないけど、この力を使うのが怖い感じがするのは何故《なぜ》だろう。

「体内での気功の流れは一定で、流れを速めたり、一点に集中する事で身体強化や対象破壊に使います。治療も出来ない事はないのですが、治癒力を高めるだけですね」

魔術と違って世界の補助無しだから、自然治癒力を高めるだけしか出来ないって事かね。

「何より魔力と大きく違うのは、使い切れば死に至ります。これが一番の廃れた原因でしょうね」

うおお、こええ！　まさかそれでさっき何か怖かったのか！

「故に使い所を間違えるとただ消費し、倒れて終わる。その代わり強化魔術より戦闘時の応用は利きますし、即座に使えます。最終的には魔術と併用して使って貰おうと思ってます」

さっきそれ難しいって言っていた様な、と疑問を口にしたけど「出来ます」とぶった切られた。

いやまあ、事実目の前に使ってる人が居るわけですけど。

「この技の戦闘面での何よりの強みは、使いこなせないと外に放たれた力を認識出来ないし、防御が出来ない。つまり認識外からの防御無視の一撃を与える事が出来る事でしょう」

マジかよ。防御無視って反則じゃね。そんな利点が有るなら危険でも覚える奴居そうだけど。

それに見えないって言ったけど、今は意識すれば体の中で光る様な力自体は見えてる。

「では、さっそく訓練を始めましょう」

俺が自分の体の感覚を確かめているのを見て、ミルカさんは訓練の開始を告げる。

そして早速の仙術訓練で、少し使うだけで体が引き千切れる様な痛みを味わい、仙術が廃れた理由をよく理解した。

こんな激痛味わいながら覚えようとする奴、そりゃ滅多に居ないだろうさ。

酷《ひど》い時は体が痙攣《けいれん》し出し、呼吸もままならなくなる。だがミルカさんは倒れた俺を無理矢理立たせ「もう一度」という鬼教官っぷりだ。その上予告通り、普段の訓練も当然の様に行われた。

剣の訓練も同日午前中に行ったので、昼には既にげっそりだ。

リンさんの攻撃も厳しくなってきて、受け損ねると骨折する様な威力が当然になった。骨折して痛みでのたうち回って、セルエスさんに治して貰って、また骨折して治しての地獄のループ。

午後のセルエスさんの訓練も更に密度が増えて、基礎訓練と高位魔術の習得を同時進行とかさせられている。訓練という名のいじめかと思うレベルだ。

魔術戦の訓練で全身大火傷《おおやけど》した事も有ったけど、魔術が無い世界だったら絶対死んでるよな。

何か皆、本当に前より容赦が無くなってきてるなぁ……。

◆◆◆

「……何やってんのタロウ？」

容赦の無い訓練に慣れ始めたある日の休日に、居間で錬金術の基礎のおさらいをしてる俺を見て、イナイさんがそんな事を言ってきた。

「え、何って、錬金術の復習ですけど……」

「はあ⁉　おい、アロネス！　アロネース！」

イナイさんが凄《すご》い形相でアロネスさんを呼ぶ。何かしら、私不味《まず》い事しちゃったのかしら。

「んだよ、うっせえなぁ、どうしたイナイ」

アロネスさんが二階の通路から顔を出す。面倒くさそうな顔してるなー。

「どうしたじゃねえ！　何でタロウが錬金術覚えてんだよ！」

「良いじゃねーか。俺言葉しか教えてなくて、仲間外れ気分だったんだよ。魔剣作ってやろうかと思ったけど、もう技工剣お前が作っちまったし」

へえ、てっきり魔導技工剣が魔剣の立ち位置だと思ってたんだけど、魔剣は別に有るんだ。

「ぐぬぬ……！」

イナイさんが唸《うな》っておられる。何だろう。俺、錬金術覚えちゃダメだったんだろうか。

「タロウ、技工教えんぞ！」

「は、はい！　……はい？」

驚いて思わずはいって言ってしまった。いや、教えてくれるのは良いんだけど、何故急に。

「いくらなんでも技工士の技は、教えたからってすぐどうにかはなんねえだろ」

アロネスさんがそう言いながら、一階に下りてくる。その顔は若干呆《あき》れ顔だ。

「んな事言ったら、錬金術なんか極めんのどんだけかかんだよ」

「俺はここまで十年かかんなかったぜ？」

「お前と一緒にすんじゃねえよ」

「技工極めるよりましだろ」

「ふん、それこそ十年かかんねえよ」

「お前こそお前基準で考えんなよ……」

えーと、お互いがお互いに突出し過ぎてるせいで、何やら論点がずれてる様な。

「えっと、俺としては教えてくれるなら、楽しそうなんで教えて欲しいんですけど」

「そ、そうか！」

ぱあっという感じでイナイさんが笑顔になる。この人、コロコロ表情変わって可愛《かわい》いな。

「……タロウ、技工やるなら怪我は覚悟しろよ？」

アロネスさんが物凄く珍しく、真剣な顔で忠告して来た。ちょっと待って怖い。

いやでも、技工具って大工的な物とかもあるから、怪我に気をつけろって意味かな。

錬金術は普通に毒薬なんかの危険物も使うから、どっちかっていうと錬金術の方が危ない様な。

「よし、タロウ、行くぞ！」

凄く楽しそうなイナイさんに水を差せず、俺は素直について行った。結果としては、単純に工具を使った作業が多いから、怪我に気をつけろ的な意味で間違っていなかった。

技工と錬金術は違う様で似ていた。結果として魔術寄りか、道具寄りかの違いな感じだ。

ただ錬金術師は新しい鉱石や金属、素材等の発見も仕事らしいけどね。

後、アロネスさんは結局魔剣を作った。

懐に入る様な短剣で、攻撃対象が内側から魔力で破壊されるという、とんでもねー物渡してきた。その際に必要な魔力は全て周囲から集めるらしい。

これ、手加減とか出来ないじゃないですかヤダー。本当に危ない時だけに使おう。

何だかんだ全員の得意分野教えられてるのか、今の状況。ああでも、リンさんだけはちょっと違うな。剣技を教えて貰《もら》ってるというより、恐怖を叩《たた》き込まれてる感じだな。

戦う怖さと、それでも動かないと死ぬという心を叩き込まれている気がする。最近反射的に体が動くレベルになって来てるからなー。ありがたいやら怖いやら。

4．慣れ始めた日常、師事の真実と新しい師

鬼を倒す試験から半年程経ちました。相変わらず体術訓練、魔術訓練、技工、錬金の勉強と頑張ってます。そんな中、今特に力を入れてやってるのは料理です。

「出来ましたよー」

俺はそう言って、鍋《なべ》をテーブルに移す。リンさんがヨダレを垂らしそうな顔で待っているな。

「しっかし、覚えがはえーわ。元々やってたってのが理由だろうけどよ」

「先生も良いですしね」

「世辞はいらねえよ」

褒めると大体こうやって否定するけど、その際のテレ顔がちょっと可愛いイナイさんである。

俺は最近料理も作る様になった。一人で生活するなら自分で作れた方が良いだろうと、イナイさんに教わっている。元々家事はやる方だったし、調味料を覚えるのが少し大変な程度だけど。

似た様な物は向こうと同じ名前で覚えてしまったので、咄嗟《とっさ》に名前が出ないのはご愛嬌《あいきょう》。

「いやー、しかし、タロウは異常なまでに物覚えが良いな」

食事の最中に、アロネスさんがそんな事を言い出した。

「偏見が無いというか、思考の柔軟性が良いわよねー。魔術でもその傾向は現れてるわねー」

「うん、教えた事をどんどん吸収しようとする」

「もぐもぐ」

みんながのんびり会話をする中、リンさんは我関せず黙々と食べ続けている。

この人ホント欲望に忠実だなーと眺めていると、イナイさんが口を開く。

「そうだな、まるで知ってたのかって思うくらい、あっさりこなす時も有るしな」

彼女はそんな事を言うが、そこには少し理由がある。

技工や錬金術で教わる内容には、道具や技術に元の世界と似た様な物が在るからだ。特に錬金術は魔術に寄っているので、製作時のイメージに一役買っていると思われる。

「物凄《ものすご》く詰め込み式で色々教えたのに、投げずに全部覚えちゃったわねー」

「私は教えた内、どれかが肌に合えばと思ってたけど、全部覚えようとするとは思わなかった」

「そう、だな。技工はホントは教える気、無かったんだけどな……」

「いや、まあ、俺も元々はそうだったんだけどな……」

アロネスさんとイナイさんが、どこかイタズラがバレた子供の様な雰囲気を出している。

「でも、楽しいですよ」

「そう言って貰えると幸いだ。結構心配だったんだよ」

俺の言葉にほっとした顔を見せるイナイさん。技工に関しては本当に楽しんでるんだけどな。

「そいやよ、タロウは技工の技はどれぐらいの事が出来る様になったんだ？」

アロネスさんの言葉にイナイさんが一瞬ぴくっと動いたけど、何も言わないで固まっている。

えっと、俺が答えた方が良いのかな？

「この間、技工剣作りましたよ。ナイフ程度の物ですけど」

「おおすげえな。技工剣なんて普通、そうそう簡単に手を出すもんじゃねえぞ」

「すごい。私、技工はすぐに投げた」

「手先が器用なのねー。それでどんな剣作ったのー？」

「………………」

何かイナイさんの反応がおかしいな。さっきから黙って固まったままだ。

「サイズ可変式の剣です。通常はナイフで、起動すると使い易いサイズに変えられる感じで」

あんな物、元の世界では作るのは不可能だと思う。大きさの変わる不思議金属とか無いもん。

「本当は水晶に魔力を通して起動したら、離れた相手に魔力の刃を飛ばせるように作りたかったんですけどね。刃を魔力で強化する事しか出来ませんでした」

俺がそう言った瞬間、リンさん以外の動きがビタッと止まった。彼女は食い続けている。

「……おい、イナイ」

「イナイちゃん？」

「イナイ、何してるの」

「いや、うん、お前らの言いたい事は良く解る。よーく解ってる」

へ？　どういう空気これ。俺何か変な事言ったの？

「お前、魔導技工剣作らしてんじゃねーか！」

「いや、だってこいつすげえ勢いで色々作るからさ。ちょっと、こう、やり過ぎたんだよ！」

アロネスさんの言葉に、良く解らないがイナイさんが若干逆ギレ気味だ。

「はぁ……、タロウ、お前自分が作ってる物が、どれだけ危ない物か理解はしてるか？」

その言葉に俺は首を傾げる。刃物も扱うので危ないとは思うけど、それは最初からそうだし。

「これは解ってないわねー」

「だね。多分、セルねえの魔力制御を学んだ所が大きいのかも」

確かに魔術系の部品を作る制御は、セルエスさんの訓練が無ければ無理だったな。

あれが有ったおかげで、技工も錬金術も、魔術に繋《つな》ぐ部分の機構がスムーズに出来たのが余計に楽しかった。

「あのなタロウ、魔力水晶は通常の技工具なら、ただの動力源の貯蔵器になるだろ？」

アロネスさんの言うそれは、イナイさんに教えて貰った。別に猫の形にする必要は無い事も。

「でもな、魔導技工剣みたいな、出力を用途によって変動させる物に使うには、その使用時の変動に耐えられない作りにすると水晶が爆発する可能性も有るんだよ」

え、何それ聞いてない。あれって爆発するの？

「すまん、タロウ。あたしが傍に居れば最悪の可能性は無いかと思って……いや、それでも言うべきだったな。すまない」

アロネスさんの言葉に驚いている俺を見て、イナイさんは眉尻《まゆじり》を下げながら頭を下げた。

「あ、あの、気にしないで下さい。事故を防ぐ為に、いつも傍で見てくれてたんでしょうし」

実際技工剣を作り始めた時に、それはあたしの管理下でしか作るなって言ってたし。

「そっか、ありがとう」

そう言って、イナイさんはふわりと笑った。良かった、俺としては気にして欲しくないしね。

「しっかし、とんでもねえな、その短期間で魔導技工剣に手を出しちまうなんて」

「出来上がった物は、普通の剣の方が頑丈でしたけどね」

ギミックは出来たものの、その完成品はかなりお粗末だった。

「それでも、凄い。普通は作る事自体、無理」

ミルカさんが感心した様に言うけど、作ってた感じ、魔力制御さえどうにか出来れば何とかなりそうだけどな。後、今のやり取りで初めて知ったけど、技工剣と魔導技工剣は別物なのね。

「そいや、あたしはともかく、アロネスの錬金術はどんなもんなんだ？」

「錬金術ですか？　この間、精霊石の作り方を教え――――」

答えようとすると、今度は途中でアロネスさんに口を塞《ふさ》がれた。

「おい、アロネス」

「人の事言えないわねー」

「アロにい、さっきよくイナイにあんな事言えたね」

この流れはもしかしてさっきと同じパターンですか、そうですか。

でもアロネスさんなら何も驚かない。だってこの人、質《たち》の悪い冗談を言う様な人だし。

「あたしを責めておいて、お前の方もシャレにならねぇもん作らしてんじゃねえか。精霊石の威力なら、魔力水晶の爆発力なんざ可愛《かわい》いもんだろうが！」

「いや、タロウさ、魔術制御、最近すげー上手《うま》くなったじゃん？　いけるかなーって」

「いけるかなーじゃねえよ！　お前、あれこそ暴発したらこの家が簡単に吹き飛ぶんだぞ！」

うえ、水晶よりえげつないじゃねーか。精霊石は基本は単品で使う物じゃないって、アロネスさんは言ってたんだけどなー。

そんな非難の心を込めてアロネスさんを見つめると。

「あれぶん投げて中に詰められた力解放するだけでも、とんでもねー威力なんだよ。普通の奴は作るコストと見合わないから、最後の手段で使うんだけどな」

と教えてくれた。そういうの先に教えて下さい。めっちゃ怖いです。

「ったく。んで、タロウは上手く出来たのか？」

「アロネスさんには上出来って言われました」

「使った材料にしては、かなり質は良かったぜ。こっちの才能有るんじゃねえかな？」

セルエスさんの魔術訓練のおかげだと思います。だって薬品調合はあんま上手く出来ないし。

「本当に多才ねー」

セルエスさんが手放しで褒めてくれるのがこそばゆい。

「アロネスはもうそれで良いとして、セルはどうなんだ？」

「私は相変わらずよー。タロウ君は素直で真面目だから楽しいわー。もう結構な魔術が使える様になったし、ミルカちゃんみたいに一部は無詠唱も出来る様になったしねー」

そう、ミルカさんは自分の得意な魔術に関しては無詠唱だったりする。イメージし難い物は詠唱込みという感じらしく、俺もそれを真似してみたら強化だけ出来た。

そこからコツを掴《つか》んできて、ちょっとずつ他の魔術も無詠唱で出来る様に頑張ってる。

「セルの授業は普通に魔術訓練だからな。ただそれがきついんだけど」

「あたしはコイツの本気の教えについて行く自信はねえぞ……」

「セルねえの本気の訓練は過酷……」

みんなもセルエスさんの授業を受けた事が有るのかな。この人時々無茶苦茶言うからなぁ。

「もう広域破壊系の魔術も使えるわよー。それよりも制御に重きを置いてやってるけどねー」

「魔術は効率大事だからな。錬金術は効率だけじゃ上手く行かねーが」

「あたしはその辺、多少道具に頼ってる所が有るからなぁ」

同じ魔術でも、得意分野が有るのかな。けど俺、魔術関連はあんまり違う気しないんだよな。

「ミルカはどうなんだ？　まあ、お前はあたしやアロネスみたいな事は無いと思うが」

「もぐもぐ」

さっきからリンさんずっと食ってるだけだな。別に良いけどさ。

「私も普通。基礎鍛錬と私の技を教えてるだけ。牙心流《がしんりゅう》とガウ・ヴァーフの技を」

ミルカさんの言葉にガタッと音を鳴らし、アロネスさんとイナイさんが勢い良く立ち上がった。

「「お前が一番大馬鹿《バカ》じゃねえか！」」

二人が口を揃えて叫び、俺は驚いて器を落としそうになった。

「何なの？　お前タロウ殺す気なの？　俺でもあれには手を出さなかったんだぞ？」

「お前、仙術とか、あんなくっそ使い難い上、死ぬ様な技何で教えるかな！」

あれ？　何かミルカさんに教えられた時より、二人の反応が激しいんですけど。

「し、死なないもん、私使えてるもん」

「お前はな！　普通はあんなもん習得できねーんだよ！　俺は早々に諦《あきら》めたわ！」

「セ、セルねえも協力してくれて、大丈夫って言ってくれたもん」

「おい、セル！　お前さっき知ってて黙ってたな！」

「わたし、しーらなーい」

セルエスさんが黙っていた事にイナイさんが怒鳴るが、当の本人は涼しい顔である。

「お前、その無駄にでかい胸引きちぎんぞ！　あー、もう、誰もまともじゃねえじゃねえか」

「……リンは？」

「もぐもぐ……ん？　呼んだ？」

リンさんはアロネスさんに呼ばれて顔を上げるが、それを見て俺以外の全員が溜《た》め息を吐《つ》く。

「え？　なに？　なんで!?」

その返事に応える者は無く、困惑するリンさんを放置して食事は再開されるのであった。

「リンさん、良いんです、気にしないで食事して下さい」

俺はそんなリンさんに、生暖かい目で食事を勧める。だってリンさんだし。

◆◆◆

「全く、全員揃《そろ》って何考えてんだかな」

そんな風に呟《つぶや》きながら、薬を調合するアロネスさん。先日の事を思い出しての呟きだ。

「でも、アロネスさんも責められていた様な。精霊石、危ない物でしたよね」

「うっ、い、いやでも、俺の場合はちゃんと、タロウが出来る範囲見定めてたから」

「それを言い出すと、皆同じだと思うんですけど……」

リンさんは自分が殴って大丈夫だと思うまで、俺と剣を合わせる事は無かった。

セルエスさんは、あれで意外とちゃんと加減を心得ている。ただ一切の容赦が無いだけで。

ミルカさんは俺の基礎を叩《たた》き上げてくれた。その上での仙術の鍛錬だ。

イナイさんも、教える所はちゃんと丁寧に教えてくれるし、傍で見ててくれる。

「意外なのはイナイだな。よっぽどお前に教えるのが楽しかったのかね。俺が言うのもなんだが、その道では優秀過ぎて、人の出来ないを理解出来ない人間だからな。今は昔よりマシだけど」

出来過ぎて出来ない人の気持ちが解らない感じかな。でも今のところそんな事無いけどな。

「俺、そういう風に感じないんですけど」

「ああー、それは多分、お前が予想外に出来るからだよ」

アロネスさんの言葉に、俺は更に首を傾げてしまう。

「自覚は無いんだろうが、理解力が高いのか、理解出来ないって反応が少ないんだよな」

あれかな、元々俺の世界に在る物に似た様な物作ったり、錬金術で作る物も、ゲームとかアニメの知識が有るせいで、何となく受け入れちゃうせいかな。

だって魔術が有るんだし、不思議道具も不思議動力源もあんまり気にならない。

「その辺りは俺が教えてる時も有るからな。薬の分量なんかの細かい調整は流石《さすが》に甘いけど」

それは当然かなぁ。魔術に頼らない事に関しては経験が要《い》るし、流石に薬の調合を簡単に覚えられる様な都合の良い話は無い。

今手元にある勉強ノートには、今までの事をびっしりと書いているし、材料になる植物や動物、材料の質から量の調整等、一度では覚えられない事でいっぱいだ。

「あ、タロウ、そっちの毒草切ってくれ。素手でやるなよー」

「あ、はい。この手袋使えば良いんですよね」

因《ちな》みに今日はアロネスさんの部屋でやっている。

アロネスさんの部屋には、色々良く解らない道具が沢山有る。この手袋もその一つ。

ぱっと見は何の変哲も無いんだけど、毒素を防ぐ事が出来る植物の性質を混ぜ込んで、毒に触っても平気な手袋を作ったらしい。

素材の性質を引き出して、その性質を本来以上の物に変える。それがこの世界の錬金術でもある。もはや疑問とか持つよりも、そういう物なのかーと思った方が早いレベルで意味不明だ。

「これぐらいですか?」

「ああ、ここに入れてくれ」

指示通り、アロネスさんの手元でぐつぐついってる怪しげな液体の中に入れる。

それと同時にノートにメモを増やしていく。今日のこれは手伝いでもあり勉強だ。

魔術的な錬金術より、自分としてはこういう普通の調合技術の方が楽しかったりする。まあ楽しいと出来るは別だけど。でも簡単な傷薬や、合成金属とかは多少は空でも出来る様になった。材料の判別も、特徴を書き込んだノートとにらめっこしてれば間違える事は少ない。

「いやー、助手が居るって案外楽だな。今まで基本一人で作業してたから、知らなかったわ」

「指示された事やってるだけですけどね」

「それをこっちの不満なく出来る様になってるから、助かってんだけどな」

まあその辺は、上手く出来れば手伝えるかなーって少し思ってたので。

小さくても恩返しが出来ればと、結構頑張った。

「多分、イナイの奴も似た様な感じなんじゃねえの？」

「そうなんですかね。でもイナイさんの場合は、手伝いをした事は無いんですけど」

俺が地下の作業場にいる時に、イナイさんが仕事をしていた事は一度もない。只々《ただただ》俺の面倒を見てくれている。彼女の補助無しでやってる時も、楽しそうに俺を眺めているだけだ。

「あー、まあ、うん。あいつは多分、お前に教えんのが楽しいだけなのかもな」

何か言い難《にく》そうな感じだな。不思議に思ったけど突っ込む理由も無かったので、そうなのかなと納得しておいた。だってあの人俺に教えてる時、完全に子供扱いだし納得出来る。

一個出来たら頭を撫《な》で、次が出来たら笑顔で褒められ、完全に子供に教える態度だ。極めつけは俺が疲れてる時は居間で膝枕《ひざまくら》をされ、頭を撫で、偶《たま》に爪切りや耳掃除等もして来ようとする。

間違いなく子供の世話焼いて楽しんでると思う。

問題はそれが凄《すご》く心地良くて、抵抗出来ない自分かもしれない。だって気持ち良いんだもん。

「まあ、そのうち難しい事出来る様になったら、手伝えって言ってくるだろ」

「だと良いんですけどねー」

何となくその未来はそう簡単に訪れない気がする。でもまあ、それ目指して頑張りますかね。

「さて、こっからはちょっと危ねえ作業も有るから、残りは一人でやるわ」

「あ、居ない方が良いですか？」

「んー、今はまだな。また今度教えっからそん時はよろしく頼む」

「解りました。じゃあ失礼します」

魔術だけならともかく、技術や知識面で未熟なのは自覚しているので、素直に従ってアロネスさんの部屋から出る。作業で強張っていた体を伸ばしながら居間に行くと。

「帰って来たぞー⁉」

なんて、帰宅の言葉と共に玄関のドアを開ける人物が現れた。その人物は筋骨隆々の大男で、プロレスラーみたいな体格をしている。つーか、半端なくデカい。二メートル以上有るだろあれ。

角刈りの様な茶髪にタンクトップに長ズボンという、体格にぴったりな格好だ。

「おー、おかえりー」

驚いて固まっていると、イナイさんがパタパタと歩いて迎えに来た。

という事は以前はここに住んでた人なのかな。何で今まで家に居なかったんだろう？

「ああ、イナイただい……服の趣味変わったか？」

「……気にすんな」

イナイさんが可愛《かわい》くふいっと顔を背けると、男性は首を傾げる。

彼女は今日もフリルの付いた可愛らしい服だ。これでエプロンもフリル付きなら凄く可愛いのだが、実用性重視なのか革っぽいシンプルなエプロンだ。明らかに仕事用。

「いやー、やっと帰って来れた。疲れたぞ」

「早く帰って来れた方なんじゃねーか？　あたしは二年ぐらい帰って来れなかったぞ」

「お前は張り切りすぎだ。教えたって出来ない事は有る。後は本人の研鑽《けんさん》しだいだ」

「耳が痛いな」

んー、誰かに何か教えに行ってたのかな。んでイナイさんもやってた感じなのかな？

「んで、これ誰だ？」

そう言って俺を見る男性。デカい指が俺をさしている。近くで見ると一層デカく見えるな。

「初対面の人間にこれって言うな。指をさすな。相変わらずだなそういうとこ」

「そっちこそ相変わらず母親みたいだな。いやー、お前の説教聞くと帰って来た気がする」

そう言って、わははと豪快に笑う男性。イナイさんは少し困った顔をしてる。

「こいつはタロウ。どうやら次元の狭間に落ちたらしくてな、別の世界からこっちに来ちまったらしい。んで、リンが一人で生きられる様に鍛えてやるって言って、連れて来たんだよ」

「田中太郎です、よろしくお願いします」

「はー、そりゃまた災難だな」

「確かに災難でした。でも最近は帰れない以上、この世界を楽しもうと開き直ってます」

そう伝えると男性は少し驚いた後に、楽しそうに笑った。

「あっはっは、お前面白いな！」

「そうなんだよな。最近は嬉々としてあいつらの理不尽な訓練を受けてるし」

やっぱ理不尽だったのか。リンさん以外はきついだけで、まともだと思い始めてた。危ない。

「俺が居ない間だから、長くても一年くらいか」

「そうですね、それぐらいでしょうか」

「そういえばタロウは、まだそれくらいしか居ないんだよな……」

イナイさんが、何か神妙な顔をしてこちらを見つめている。何だろ。

「その程度の期間じゃやれる事なんてたかが知れてるだろうけど、ここの連中は皆自分の得意分野に関しては突出してるからな。良い先生になってるだろ？」

「ええ、おかげで色々出来る様になりました」

男性に応える俺を見て、イナイさんが男性に声をかける。

「なあアルネ」

「ん、どうした？」

「一年かからずで広域殲滅《せんめつ》魔術を習得し、仙術を覚え、本気じゃないとはいえリンの訓練についていき、魔導技工剣の製作と錬金術を完全じゃないとはいえやってのけるって、どう思う？」

「何だその天才」

この人アルネさんっていうのか。どっかで聞いた事ある様な。

そう思っていると、イナイさんが俺の方を親指でくいっと指さした。さっき指さしちゃいけないって言ってなかったかしら。

「マジか？」

「マジ」

ああ、そっか、さっきの俺の事か。天才ではないと思うなぁ。だって最初にズルしてるし。

魔術と仙術は、自分の力で習得したわけじゃない。セルエスさんの魔術の賜物《たまもの》だ。

そして魔術の習得が無ければ、多分他の技術も碌《ろく》に使えてないと思う。

「凄いな。俺は魔術の習得はかなり時間かかったぞ」

「魔術に関しては、セルエスさんのおかげです。あの人じゃなきゃ最初の訓練も終わってません」

「いや、それでも凄いだろう。基礎終わった後も結構大変だ」

そう言って、はぁ～という感じで感心して俺を見るアルネさん。

よく考えたら俺、この世界の人ってこの人達しか知らないんだよな。

世間のレベルはどの程度なんだろ。流石に戦えない人は居ると思うけど、戦える人の平均的な実力ってどんなもんなのかね。

「しかし、イナイが技を教えるのは珍しいな。国に依頼されない限りやらなかっただろう」

今聞き流しちゃいけない言葉が聞こえた。国に直接依頼される様なレベルなのかイナイさん。

「コイツは物覚えが良いし、何より楽しそうにやるから、こっちも楽しくなっちまうんだよ」

「ほう、じゃあ、俺も教えてみるか。イナイ、整備はやってくれているのか？」

「いつでもどーぞ」

教える？　アルネさんは何をしてる人なんだろう。

「あの、スミマセン、何するんですか？」

「ああ、すまん、自己紹介はまだだったな。俺はアルネ。鍛冶《かじ》師だ。そんな堅っ苦しい喋《しゃべ》り方じゃなくても良いんだぞ？」

「これは癖みたいなもので、目上の人には丁寧にって、子供の頃から言われてたので」

「あたしに初めて会った時も、こういう感じだったんだよな。しかし言葉も上手《うま》くなったなー」

そう言って、座ってる俺の頭をくしゃくしゃっと撫でるイナイさん。ちょっと恥ずかしい。

「……ふ～ん」

アルネさんは何か、得心がいったような顔をしてイナイさんを見ていた。

「ま、それは後で聞くとして、タロウ、鍛冶師の技を学んでみるか？」

「良いんですか？　是非お願いしたいです」

「あっはっは、この面子《メンツ》に詰め込まれてるのに即了承か！　やっぱり面白いなお前！」

アルネさんは俺の答えを聞いて豪快に笑う。

この人本当に見た目通りな感じの人だなー。

そしてそんな彼に誘われるままに付いて行くと、以前は見るだけだった地下三階に下りて行く。

どうやらここが鍛冶場らしい。

地下が鍛冶場って大丈夫なのかと思ったけど、換気というか、空気の入れ替えは問題無く出来てるらしい。イナイさんの道具が大活躍してるおかげだ。

炉も技工具で、魔力を通して火を上げる作りらしい。普通の炉も在るらしいけど、こっちの方が便利で楽との事だ。

最初は見てるだけで、基本的な事を横で見て教えて貰《もら》う。

けどすぐに「やってみな」と道具を渡された。無茶をおっしゃる。

とりあえず見様見真似で頑張ってみたけど当然出来る筈《はず》も無く、ひしゃげた鉄くずが出来ただけだった。形が整わないです。

「あっはっは、流石にいきなりやれって言われても無理か」

解っててやらせたらしい。そりゃ当然でしょう。出来ないですよ。

「ま、俺はあいつらと違って気は長いほうだ。のんびりやろうか」

にかっと、良い笑顔で気軽に言ってくれるのはありがたい。本当に気楽にやれる。

「はい、ありがとうございます」

こうしてまた覚える物が増えたのであった。大変だけど、ちょっと楽しい。

そういえばアルネさんに言われて気が付いたけど、もうそろそろ一年たつのか。毎日が濃すぎて、一年もたつと思えない程あっという間だったな……。

5．成長の確認、自覚と自惚《うぬぼ》れ

珍しく一人留守番だったある日、居間で寛いでいるとコンコンと玄関を叩《たた》く音が聞こえた。

「スミマセン、どなたかいらっしゃいませんか？」

何だろうと思い玄関に近づくと、知らない女性の声が聞こえて来た。とりあえず扉を開けると、ボロボロな服装の女性が立っていた。誰だろう。リンさん達に用なのかな。

「不躾《ぶしつけ》で申し訳ありません、ネーレス様はご在宅ですか？」

女性の口から出た名前に首を傾げる。誰それ。

「ここにはネーレスって方は居ないですけど……」

俺の答えに、女性は解り易い絶望の顔を見せる。その、何かごめんなさい。

「そう、ですか、ご迷惑をおかけしました。では」

女性はがっくりしながら去ろうとするが、そこで俺は彼女がただ服がボロいのではなく、傷だらけな事に気が付いた。いやいや、このまま行かせられないでしょ。

「ちょっと待って下さい。怪我、してますよね」

「え、ええ」

「手当てするんで中にどうぞ。それに少し休憩した方が良いですよ」

そう言って俺は彼女を家に招き入れた。少し警戒されてるけど、そこはしょうがないか。

「怪我、どこにしてるかとか、全部判ります？」

とりあえず女性を座らせて、怪我の具合を聞いてみる。

「いや、色々有りすぎてよく判らない」

彼女を良く見ると結構服が裂けてる所が多いし、見えない打ち身も有るのかもしれないな。

「ならもう全身やった方が早いかな……」

「え？　全身？」

俺の言葉に驚く女性。胸を腕で隠されてしまった。いや脱がしたりとかしませんて。

「ちょっとだけじっとしてて下さいね」

そう伝えて治癒魔術をかけていく。骨折とか有ると嫌なので、昔学んだ人体図を思い出しつつ。

「どこかおかしい所とか無いですか？」

治癒をかけ終わって彼女に問う。問題無いとは思うけど、ちょっと不安だし。

「なお……った……」

彼女は腕をぐりぐり回しながら状態を確かめている。良かった、大丈夫みたいだ。

「少年は、かなりの魔術の使い手なんだな。あの短時間で全く何ともなくなってしまうとは」

やった褒められた。かなり嬉《うれ》しい。最近のセルエスさんの厳しい扱《しご》きの成果かな。

「少年、君の治癒魔術の腕を見込んで、一つ頼みたい事が有るんだが、聞いて貰えないか？」

頼み？　何だろ。この流れで頼みってなると、さっきのネーレスって人、魔術師なのかな？

「それは、さっき言ってた人と関係有るんですか？」

彼女は俺の問いに頷《うなず》く。

「私が捜してる人は隠居した錬金術師でね。というか、有名な人なのだが、知らないのかい？」

「すみません、なにせ世間知らずで」

錬金術師かー。アロネスさんが居れば何か解ったかもなぁ。

「そうなのか、すまない、馬鹿《バカ》にする気はないんだ。ただ不思議に思っただけで」

「いえいえ気にしないで下さい」

「ありがとう、話を戻すね。私はその有名な錬金術師に薬を買いに来たんだ。母が病気で、最近特に調子が悪くてね。藁《わら》にもすがる思いでここに来たんだが、噂は所詮《しょせん》噂だったな」

「成程、お母さんの為ですか」

「そう、それで先程の君の治癒魔術は素晴らしかった。もし良ければ母を診て貰えないだろうか。勿論《もちろん》謝礼は払う。薬を買う為に持って来た金を渡そう」

「お金……あっ！」

そういえば俺、この国の金の価値とか知らない。全然聞いてなかった。そりゃ有るよな、お金。

あ、いかん。急に声上げたから彼女驚いてる。

「あ、すみません、気にしないで下さい。えっと、良いですよ。行きましょうか」

「良いのかい？」

「でも役に立てないかもしれませんよ？」

「構わない。噂に縋《すが》り付いたぐらいなんだ。君の様な魔術師に助けて貰えるだけでも有難い」

なら決まりだ。彼女には先に出て貰い、俺は書き置きをテーブルに残しておく。

後は何が有るか解らないし、技工剣を念の為に持って行こう。剣を専用の筒に入れて腰に下げ、外に出て彼女に声をかける。

「さて、行きましょう。道案内お願い出来ますか？」

「……少年、いくらなんでも軽装過ぎやしないか。ここから一番近い村が私の村だが、最低でも三日はかかる。保存食等は持っているのかい？」

「あ、そうか、そうですね」

こんな危ない所のすぐ傍に村なんてそうそうないか。じゃあどうしよ。三日はちょっとなぁ。

よし、強化して走るか。試しに飛び跳ねて行ってみよう。

以前と違って今の俺の魔術なら、ちょっとした曲芸じみた事も出来る筈だ。

「なら、ちょっと早めに行きましょうか、貴女《あなた》のお母さんも早く助けてあげたいですし」

と言って女性を抱える。ついでに念の為に彼女に保護魔術もかけておこう。

「あ、やってからすみません、ちょっと抱えます」

「み、見たら解る。な、何をするつもりだい」

「魔術で身体強化と貴女への保護をかけているので、これでぱぱっと村まで行ってしまいましょう。どっちに向かえばいいですか？」

俺は彼女を抱えたまま、一際高めの木のてっぺんまで飛び移る。

「し、身体強化か。君は凄《すご》いな。あっちだ。あっちに向かってくれ」

しっかりと彼女を抱え、指示された方向を、時々方向修正してもらいながら飛び跳ねて行く。

『はは、まるで忍者だ』

思わず久々に日本語が出た。ちょっと楽しい。

暫《しばら》く飛び跳ねて進むと、半日かからずに村に着いた。体力的な意味でも強化魔術様々だ。

「凄いな……あっという間に着いた」

「家はどちらですか？」

「あ、ああ、こっちだ」

若干呆《ほう》けている彼女に声をかけ、家まで案内してもらう。高所の移動で驚かせちゃったかな。

「母さん、ただいま。大丈夫？」

彼女が声をかける先には、若干不安になる寝息を立てている女性がいた。

「寝てた、か」

「この方ですか？」

「ああ、お願い出来るかい？」

「やるだけやってみます」

彼女は家に来た時、傷だらけだった。それだけ頑張ったんだ。なら俺はその頑張りに応えたい。

全力で魔力操作をして、治癒魔術をかけて行く。治って欲しいという願いを込めて。

その想いに応えてくれるかの様に、少しずつ、でも確かに彼女の母の顔色は良くなってくれた。

「……やれるだけはやってみました。少なくともさっきよりは良いと思いますよ」

「ありがとう少年！　見て解るよ！　こんなに顔色が良い母を見るのは久しぶりだ！」

良かった。完治はしてないかもしれないけど、大分良い状態になってる様子だ。

その後もう少し様子を見て、悪くなりそうな変化が無いのを見届けると、女性は報酬を渡そうとして来たが断った。貰っても使い道無いしな、今。

「少年、本当に良いのかい？　君は君の仕事をしたんだよ？」

「貰っても使い道が無いんですよねー、今のとこ」

「だが、金は有って困る物ではないよ？」

それは一応流石《さすが》に解ってるんですけどね。現代日本で暮らしていたわけですし。

「治ったのは一時的かもしれません。次悪くなった時に薬を買う為に、取っておいて下さい」

何の病気か解らずに治癒魔術かけてるし、魔術で一時的に治っただけかもしれないからね。

「ありが――」

彼女が礼を言おうとした瞬間、カンカンカンと、警鐘が鳴る音が聞こえた。ただ金属を打ち鳴らす音がめいっぱい響き、それに素早く反応して外に出る彼女に俺もついて行く。

外に出ると、あの鬼が村に向かって来てるのが見えた。あいつここまで降りて来るのか。

「少年、あれは騎士団が複数人で倒す様な魔物だ。私は母を連れて逃げる。君も逃げるん――」

おそらく世間知らずと伝えた俺の為に説明をしてくれた彼女は、途中で言葉に詰まった。多分、筒から抜いた技工剣に驚いたんだろう。大分武骨だし。

さて、あんなのが暴れたら戦えない人はシャレにならないし、放置は出来ないよな。

「ちょっと行ってきます。あれは一度倒した事が有るので、多分大丈夫ですよ」

安心させる為にそう伝え、剣を起動させる。以前と違って今なら通常起動状態の維持は余裕だ。伊達《だて》にセルエスさんの扱きに耐えてない。今日は以前の様な無様は見せないぞ。

「少年――――」

彼女が何か呟いた様だったが、俺は既に魔物に向かって走っていたので聞き取れなかった。

鬼は迫る敵を殴り潰《つぶ》そうと拳《こぶし》を振るう。俺はそれに対し、真正面から剣で切りつけた。

『回れ！　逆螺旋《らせん》剣！』

俺に応えた剣は高速回転を始め、魔力を内包した刃は容易《たやす》く鬼の腕を吹き飛ばす。

だが鬼は片腕が吹き飛んでも怯《ひる》まず、残った腕で殴りかかって来た。俺はその下に潜り込む様に避《さ》けて、掌打に気功を乗せて肘《ひじ》に叩き込み、骨をぶち折る。

よし、行ける。

鬼は攻撃を止めずに蹴《け》りを放って来たので、仙術の身体強化をかけて素早く射程外に下がる。

『土の槍《やり》よ、貫け』

詠唱と共に地面から複数の土の槍が現れ、魔物は足を貫かれて動きを止めた。今だ。

『穿《うが》て！　逆螺旋剣！』

逆螺旋を描いていた刃は閉じて一つの杭《くい》と化し、その杭を鬼の頭めがけて思い切り突き出す。

杭は回転して唸《うな》りを上げながら、一直線に伸びる魔力の刃を放ち鬼の頭を穿つ。そしてそのまま雲すら穿ち、空に一本の綺麗《きれい》な光を残す。

光が消えると同時に、頭の無くなった鬼が力無く崩れ落ちる音が響いた。

鬼が動き出さないか、ツンツンと触って確かめる。流石に頭吹っ飛んでるし、動かないよね。

「ん、大丈夫そうだな」

ひと安心して雲が割けた空を見ると、もう日が落ちそうだった。

「やっべ、早く帰らないと真っ暗になる」

俺は慌てて女性に別れを告げる様に手を振って、来た道を急いで戻る。ちょっと別れがおざなりかもしれないけど、帰れなくなる方が困る。

今回は残り魔力に余裕が有る。来た時と同じ様に強化して森の上を跳ねて帰ればまだ間に合う。と、思っていたが甘かった。

途中で日が完全に落ちた事で先が見えなくなってしまい、その後は暫く記憶を頼りに移動していたのだけど、結局家には辿《たど》り着けなかった。

「まずい、迷った。魔力も使い過ぎたし、魔力切れで動くのも危険だし休憩した方が良いな……」

丁度良さそうな木に寄りかかって座り、深く息を吐く。ちょい疲れた。

これなら慌てて去る事も無かったな。まあ、結果論か。

しかし、今日は新事実を知ってしまった。リンさんは樹海では弱い魔物とか言ってたけど、村の彼女の言葉から察するに、あの鬼とんでもない化け物じゃないですか。

あーでも、嘘はつかれてないのかな。樹海ではって言ってたし。まあ、嘘でも良いんだけど。

俺は心の強い人間じゃない。生きるのに必要だと信じてたから、ここまでになれたんだ。普通の強さを見ていたら、ある程度で普通に強いんだと枷《かせ》を作ったと思う。

彼女達に追いつける気はしないけど、目指したい気持ちが今は有る。皆に感謝しなきゃな。

でもそれなら、もうある程度は出来る様になったと思って良いのかな？

今回の一戦は大分余裕が有った。前より成長したかを試す為の真正面からの打ち合い、相手の攻撃をいなしての仙術、魔術、そして攻撃に力を込めての技工剣の完全起動。

それでもまだ走れるし、魔力もある。大分、強くなった、かな。

ぐっと手を握り、今日の出来を噛《か》み締《し》め、息を吐く。少し、この気分に浸っていよう。

「っ、何だ⁉」

唐突に、尋常じゃない魔力の何かが近づいて来るのを感じた。何だこの化け物。

あの鬼なんて話にならない。戦ったら死ぬしかないと思える程の何かがこっちに向かって来る。

俺は慌てて、月明かりの陰になる様に、息を潜めて隠れた。

見つかったら死ぬと本能が訴えている。頑張って戦えば善戦出来るとかいう次元じゃない。今感じる魔力だけで、俺の全力の魔力開放より遥《はる》かに大きい。

どんどんこっちに近づいて来てる。くそ、何でまっすぐこっちに来るんだよ。

恐怖で震えていると、大きな物が落ちる音と震動が響いた。近い。すぐそこに居る。震える体の音でバレないかという気持ちが、更に恐怖を誘う。頼む、早くどっかに行ってくれ……！

「―――――こだー？」

怯《おび》えて縮こまっていると、何故《なぜ》か聞き覚えがある声が、耳に入った。

「おーい、タロウどこだー。っかしいな、この辺なんだけどな。そっちから見えるか？」

え、今の、イナイさんの声だよ、な。誰かと話してるし、他にも居る?

「そっか成程、それは有り得る。タロウー、あたしだー。イナイだぞー」

その呼び声に、今もまだ震えている体をどうにか動かし、やって来た物を見る。

「お、居た居た、お前何やってたんだ?」

ロボットの様な外装を身に纏《まと》い、尋常じゃない魔力を溢《あふ》れさせてるイナイさんが居た。

ロボットには、両手首、両足首、背中、頭、胴に縦に二つ、合計八つの魔力水晶が光っている。

「うん、見つけた。おう、すぐ帰る」

イナイさんが腕を触ると、ロボットはどこかに消え、彼女は地面に降り立った。

「わりーな、もしかして怖がらせちまったか?」

「イ、イナイさん、だったんですね」

「おう、捜しに来るのに一番早いと思ってな。あたしの一番の魔導技工外装で走って来た」

さっきの彼女からは、隔絶した力の差を感じた。あれが、あの外装がイナイさんの本気。あれがリンさんと渡り合う力。つまり、リンさんもあれクラス。

「魔力抑えらんねーから、魔物と勘違いして怖がらせたんじゃないかって言われちまったよ」

「そ、そうですね、すみません、怖かったです」

「あ~、ごめんな」

頬をかきながら謝る姿がいつもの優しい彼女だった事で、やっと体の力が抜けた。

「あの、さっき誰かと話してませんでした?」

「ああ、通信機で話してたんだ」

通信機も在ったのか。やっぱこの世界、普通に現代で通用しそうな道具が多いな。

「つーか、何でお前はこんな所に居るんだ」

「すみません、迷子になりました」

「……手のかかる奴だな。んで、上手《うま》くいったのか？」

さっきの人助けの件かな。テーブルに書き置きを残しておいたので、それを読んだんだろう。

「ええ、何とか。そうそう、あの『鬼』その村に出て来ましたよ。一応退治しましたけど」

「何⁉ タロウ、すまん、ちょっと待っててくれ」

イナイさんは慌てた様子でまた腕を触り、どこからかイヤホンっぽい物を取り出し耳にはめる。

「セル、すまん、近くの村に樹海の魔物が現れたらしい。そいつはタロウが倒したから問題ねえが、不備が有るかもしれねえ。わりいけど、ちょっと確認して来てくれ。あたしもすぐ行く」

ん、不備って何の話だろう。その疑問を口にする前にイナイさんの腕が差し出される。

「タロウ、腕に掴《つか》まれ」

言われた通りに腕に掴まると彼女はまた腕を触り、次の瞬間には俺達は家の前に立っていた。

「これ、転移魔術ですよね。イナイさんも転移魔術使えたんですか？」

「やろうと思えばな、基本は面倒だから道具頼りだ。同じ所飛ぶならその方が楽だしな」

彼女はそう言って腕を上げ、身に付けている腕輪を見せる。さっきから触ってたのはこれか。

「技工具なんですね、それ」

多分これもイナイさんが作ったんだろう。猫のマークが付いている。

「おう、便利だぜ。アロネスに手伝って貰《もら》って錬金術の技術もかなり組んでるけどな」

そう言った後、イナイさんは樹海に目を向ける。

「聞きたい事は有るとは思うが、仕事が先だ。終わったら話すから、ちゃんと家に居ろよー！」

彼女は樹海に走り出し、手を振って消えて行った。

完全に子供扱いだ。いや、実際そうなんだろうな。

俺はあの魔物を倒せた事で彼女達に近づけているつもりだったけど、それは間違いだ。彼女達は本当の実力を一度も見せていなかったんだ。本当に、子供と大人なんだな。

「ただ今帰りましたー……」

「おー、おかえり……どうした？」

少々落ち込んだ気分で玄関の戸を開け、帰りを告げる。迎えてくれたのはアロネスさんだった。

「あれ？　アロネスさんだけですか？」

「そうだな。リンとセルは一緒に出て行ったし、ミルカとアルネはまだ帰ってない」

二人とは玄関で会わなかったから、転移で行ったんだろうな。

「んで、どうしたんだ。えらく気落ちしてるじゃないか。上手く行かなかったのか？」

「自分の自惚《うぬぼ》れ加減と未熟さに、ちょっとへこんでいます」

本当の『力の差』を見せつけられてしまった。鍛えるのを止《や》める気は無いし、追いつけるなら追いつきたい気持ちは有るが、とりあえず今日は情けなくて辛《つら》い。

「あー、イナイの外装か。アレはちょっと特別だ。気に病むなって」

アロネスさんが励ましてくれるけど、流石《さすが》にちょっと立ち直りに時間がいる。これで一人前になれたかなとか思った瞬間に、現実見せられたんですもん。

「しゃーねえなぁ……とりあえず、冷たい物でも飲みな。んで気が紛れる話でもしてやるよ」

そう言ってアロネスさんはお茶を用意してくれた。彼はお酒のようだ。

「えーと、まず、だ。置き手紙にあった錬金術師の話なんだが」

「あ、そうか、アロネスさん錬金術師ですし、同業の有名人なら知ってますよね」

「あー、何と言うか、それ俺なんだわ。アロネス・ネーレス。それが俺のフルネームなんだよ」

ファミリーネームが在ったのか。何か勝手に、名乗らない人は無いのかと思ってた。

「て事はあの人が聞いた噂って」

「ホントの事だな。ただ隠居してるってのとは違うんだがな」

「もしかして、イナイさんが慌てていたのと何か関係有ります？」

イナイさんは不備とか確認とか言っていたし、そこに皆が樹海に住んでいる理由が有るのかな。疑問に思った事が無いわけじゃ無いけど、聞いて良いものか悩んでたんだよな。

「正解だ。俺達は、実は国に仕える人間でな。仕事でここに住んでんだわ」

アロネスさん公務員だったんだ。え、まさかのリンさんも公務員？

「んで空いた時間に自分のやりたい事やって、偶《たま》に国から来る仕事をやって暮らしてる」

て事はアロネスさんが仕事で作ってるって言ってた道具や薬も、国の仕事だったのかな。

「セルとミルカなんかはちょくちょく家に居ない時が有ったろ。あれも仕事だ。ミルカはデートも結構有ったけどな。んでその仕事ってのが、この樹海に関してだ」

「樹海……開拓とかですか？」

「逆だな。誰も入れず、魔物が出て来れない様にしてる。ここの魔物は結構強い。街に降りたら大被害だ。だからって簡単に開拓も出来ない。広過ぎるし、人手を入れるには魔物が多過ぎる」

あ、やっぱこの森の魔物強いのか。初めてその事実をここの住人に言われた気がする。

「後は北に有る国がウムルに攻めて来ないのは、この樹海が有るからってのも理由でな。樹海からウムルの方に魔物が降りて来ない様に、結界を作ってる。最近それもほぼ終わりかけてて、山を下りる魔物は大分居なくなった筈《はず》、だったんだが」

そこでアロネスさんは溜《た》め息を吐《つ》いた。もしかしなくても今回の事かな？

「今日タロウが倒したのが、はなから結界の外に居たはぐれなら良い。けど結界から出て来たなら、不備が有ってまだまだ出て行く可能性が有る。結界の装置は俺とイナイとセルで作った自信作なだけに、もし不備が有ったんならちょっと落ち込みそうだ」

そう言って苦笑するアロネスさん。その三人の合作で不備って、もはやどうしようもない様な。

「ま、その結界で樹海を完全に分断出来るまで設置して行くのが、今の俺達の仕事だ」

「あれ？　じゃあ他の皆は何で一緒に？　今の話なら三人だけで良い様な」

「この仕事をするもっと前に、俺達全員戦場で張り切り過ぎてな。国内では結構有名人になって、面倒な事も多かったんだよ。だからこの仕事でもやって、一旦《いったん》のんびり養生してくれってな」

アロネスさん戦争経験者だったのか。他の人達と違って、戦闘系の雰囲気あんまり無いのに。

しかし戦争か。やっぱりどこにでも有るんだな、そういうのは。

「それから八年程、ここの生活が心地良くて皆普通に自分の家にしてる。用が有れば転移使えば良いし、使えなくても技工具で普通に王都に行けるしな」

「リンさんやミルカさん、アルネさんとかは、道具で移動してる感じですか？」

「そうだな。ミルカの奴はデートや式の準備も有って、最近は良く出かけてたな」

「ミルカさん、結婚予定なんですか？」

彼氏が居るのは知っていたけど、そこまでとは思ってなかった。ミルカさん結婚するのか。

「まあ、この仕事が終わってからだけどな」

「へえ、こっちの結婚式ってどんな感じなんですか？」

ちょっと興味が有って式の内容を聞くと、新郎新婦で墓前に向かい、ご先祖様に添い遂げる事を報告するのがウムル式の結婚式らしい。神様の前とかじゃなく、ご先祖様なんだな。

そういえばこの国の宗教とかどうなってんだろ。

「話が逸れたな。えーっと、俺達がここ家にしてる理由だったな。さっきの事以外にも、樹海が広過ぎて設置した結界装置の整備をこまめにやらないと、ってのが今は一番の理由だな」

成程。設置してはい終わり、には出来なかったのか。

「まあ、今は大分改良出来て、おそらく四十年に一回整備すれば良い程度にはなった、と思うが今日の事が有るからなぁ、ちょっと不安だ」

実際どうなんだろう。不備とかじゃないと良いんだけどな。

「後、あいつらがここに居る最大の理由は、俺達が居ない時の緊急要員って扱いでも有る」

「え、でもイナイさんやアロネスさんに直せない物は無理なんじゃ……」

リンさんに直せるとは到底思えない。いや絶対無理だろ。

「そりゃ無理だ。けど、あいつらの強さは知ってんだろ。抜けて来た魔物がいた場合の退治と状況維持の為さ。ここの魔物を単独で倒せる人間はけして多くない」

アルネさんも樹海の魔物余裕で倒せるのか。あの全身筋肉は伊達《だて》じゃないんだな。

「国からの連絡も簡単に取れるから、こんな所でのんびり暮らせてるんだけどな。あれ、見てみ」

そう言ってアロネスさんは玄関にある石を指さす。精霊石……じゃない。何だったたっけ。

「あれはまだ教えてなかったな。魔導結晶石っていう物だ」

まだ教えて貰ってなかった。名前的に精霊石とかと似た様な物なのかな。

「王都にも同じ物が在って、有事には連絡を取れる。あれを媒体にすると魔力の通りが良いから誰でも使えるんだよ。イナイの腕輪にも連絡が行くから、誰にも伝わらないって事は無い」

魔力って便利だな。ただそれだと、アロネスさん達仕事してない的な感じに思われてるんじゃ。

「でも八年って、そんなに離れてたら、職場的にはずっと休んでると思われるんじゃ？」

「俺達はここを大した脅威と思ってないが、弱くて転移使えなかったら、かなりの苦行だぜ？」

「あ、そうか」

こんな山奥で、かなり危険な魔物がいて、しかもそこで寝泊まり。普通なら無理か。

「ま、知ってんのは国の上層部だけで、結界が完全に出来て初めて俺達の仕事と公表するつもりの筈だから、連中の誰かがポロッと口滑らしたのが噂になったんじゃねえかなぁ」

噂の出処《でどころ》はそういう事かもしれないけど、それは滑らしちゃいけない事なんじゃ。

「その作業の一環と、確認中にタロウを拾った、ってわけだな」

「その節は本当にありがとうございます」

「拾ったのはリンとミルカだけどな」

でも、この人にもいっぱいお世話になってる。感謝は同じぐらいしてますよ。

「これが俺達がここに暮らしてる理由なんだが、今まで一回も聞いて来なかったな?」

「いやー、聞いて良いのかどうか悩んでて」

「あっはっは、何だそりゃ」

カラカラと笑うアロネスさん。特に隠してたわけではなかったのか。

そこでふと、一つ疑問に思った。樹海の向こうの国の話だ。

「さっき樹海の向こうの国が攻めて来ない様にしてるって話でしたけど、危ない国なんですか?」

「ああ、あそこは怖いな。俺達も全員揃《そろ》ってないと喧嘩《けんか》売りたくないな」

「全員?」

「俺達と肩並べてた奴が後二人居るんだよ。セルの弟のグルドウルと、陛下の護衛として常に王城に勤めてるウームロウって騎士なんだけどな」

ここの人達以外にも、まだ規格外の人が居たようです。何それ怖い。

「グルドは行方不明なんだよなー。よっぽどセルに負けたのが悔しかったんだろうな」

「あ、もしかして、セルエスさんが前に言ってた弟って」

「ん？　聞いてたのか。それはグルドの事だな」

「殺し合いしたって言ってましたけど……」

「それも聞いてんのか。そうそう、お互いに本気で殺す気でやりやがってよ。一歩間違えたら本当に死んでたな。勝負した場所が荒野じゃなかったら、街が更地になってただろうな」

何ですかその世紀末な戦闘。つーか、やっぱセルエスさん怖い。

「そ、そんな人達が恐れる国なんですね」

「まあ、リンだけは嬉々として突っ込んで行きそうだけどな」

あ、解る。すごい目に浮かぶ。

「フドゥナドル。多くの国で、北の国の王はそう呼ばれてる。魔物の名と似た様な物で、古い悪魔の名前でな。今の言葉に直すなら『魔王』だな。そう言われるに相応《ふさわ》しい奴が居る」

魔王が居るのか、この世界。

「とはいえ、魔物を従えてるってわけじゃない。亜人の国の王。ただ俺達と違う種族ってだけだ。名付けた連中にとっちゃ、害意有る人族以外の物は『魔物』と思いたいんだろうな」

何か思ってた魔王と違った。亜人さんか。その考え方で魔王と呼んでいるなら、とても寂しい話な気がする。ん、でも今の言い方だと、アロネスさんは違うのかな。

「アロネスさんはそう思ってないんですか？」

「あの国はちっと怖いが、種族自体は意思疎通が出来りゃ、仲良くやれんじゃねーかなって思う」

「良いと思います。そういう考え方、好きです」

「そっか、ありがとな。ははは、酒が回ってきたせいか、ちょっと暑いわ」

そう言って照れくさそうに笑う。男前は何しても男前だな！

「さて、少しは気が紛れたか？」

「はい、ありがとうございます」

全部気にならなくなったわけじゃないが、良い話を聞けた。

いつかその国へ行ってみたいという、少し危険な気持ちが芽生えてしまったけど。

◆◆◆

「ただいま」

「おかえりー」

帰って来たらアロにいが迎えてくれた。この時間にイナイじゃないのは珍しい。

「みんなは？」

「タロウは疲れちまったのか寝た。セル、リン、イナイは装置の不備確認、アルネは知らん」

タロウさんの捜索の後、何か有ったみたい。イナイに任せておけば大丈夫かな。

「何か食事、有る？」

「鍋《なべ》に汁物が有る筈だ」

イナイが帰って来るまでそれで良いか。台所に行こうとすると扉が開く。アルネが帰って来た。

「おかえり。今日は早い。仕事じゃなかったの？」

アルネは仕事で出てった時は、大体帰って来ない。

「一応仕事といえば、仕事だな。打って来たわけではないだけだな」

書類の残りでも片付けに行ったのか。アルネにしては珍しい。いつもなら押し付けて来るのに。

「終わる気配が無かったので、ブルベの部屋に置いて来た」

違った、いつも通りだった。

「またブルベにいの仕事増やして……」

「なに、気が付いたロウが勝手に手伝ってくれるさ。あいつはそこまで忙しくないしな」

「それはお前も一緒だろう。脳みそ筋肉」

アロにいは何度も押し付けられた口だけに辛辣《しんらつ》だ。何故《なぜ》か私には押し付けて来ない。

「ふはは照れるな！」

「褒めてないよ、それ」

何で脳まで筋肉って言われて照れるの。

「帰ったよーん」

「んー、問題無かったわねぇー」

「んだなぁ、まだやってない所から下りてったと思うしかねーな」

三人も帰って来た。どうやら不備は無かった様だ。

「不備無しか。良かったぁー」

アロにいが心底安心した声で言う。ずっと頑張ってたし、そうなるか。

「セルに手伝って貰《もら》っての広範囲の簡易点検のみだから、もしかしたら、は有るけどな」

と言うイナイの言葉は聞こえないふりをしていた。聞こえてるけど聞きたくないって感じだ。

「あ、そうだ、タロウに少しだけ事情話しておいたぞ」

アロにいがそう言うと、イナイが一番速く反応した。

「ど、どこまで！」

「俺らがここで何やってんのか、ってとこまで。剣の事は言ってねえよ」

焦るなら、技工剣にあんな名前付けなきゃ良かったのに。あの名前を聞いた時は私も驚いた。

「……なあ、お前らはここの仕事完全に終わったら、どうするんだ？」

イナイに少し呆《あき》れていると、アロにいが唐突にそんな事を言って来た。

「あたしは、城勤めに戻るかなぁ。まあ、ブルベの意思次第かな」

「リンちゃん、城勤めに戻るのー？」

「わかんない。戻ってって言われればそれで良いかなって」

リンねえは城に帰るつもりか。でも別の誘いも受けてるのはどうするんだろう。

「私は、応えてあげないとねぇー。ここまで好きにさせてくれると思ってなかったしー」

「お、とうとう観念して結婚するのか？」

「まさか八年以上本気で待つとはねー。こんな自分勝手な女のどこが良いのかしらねー」

セルねえは婚約者が居る。セルねえが戦場で戦っていた頃よりずっと前から恋人だというのに、セルねえの気が済むまで好きにさせてる懐深い人だ。本当なら八年前に結婚する筈だった。

「ミルカは？」

アロにいが私にも振ってきた。

「私は、リンねえと、一緒かな。ブルベにいしだい」

「あっれー、ミルカだって待たせてる相手が居るでしょー？」

リンねえが茶化して来る。ちょっとイラッとしたので反撃しておこう。

「リンねえこそいい加減、はっきりしてあげるべき」

自分こそ、結婚を先延ばしにしている相手が居るんだから、はっきりさせるべきだ。

そう言うとリンねえは、顔を赤くして口をパクパクし始めた。何か言いたいけど思いつかない様だ。人に振るなら自分にも返ってくる。当たり前。

「イナイは？」

多分イナイはここに残ると言うだろう。だから言っておかなきゃ。

「ここに残るかなー。結界の整備と、家の管理でもしとくよ。お前らが遊びに来れる様にな」

やっぱり、そうか。それじゃダメだ。私は、そんな物認めない。

「タロウさんと？」

「な、何言ってんだ!?」

呆れた。ここまできて誤魔化すのか。アルネだって気が付いてるのに。

「みんな、気が付いてる」

「う」

長年の付き合いが有るんだ。気が付かない方がおかしい。剣の名前とかあからさま過ぎる。

タロウさん本人は、子供扱いされてると思ってるっぽいけど。

「見た目こそこんなだが、あたしみたいな年増が縛って良い年齢じゃないだろ」

「年齢関係無い」

「自信、ねえよ。そういうの」

「私だって無い。私は武術バカだもの。それでもあの人は、そんな私で良いって言ってくれる」

「お前はそういう相手だから良いかもだけどよ」

「タロウさんはきっとここを出て行く。イナイは付いて行けば良いじゃない」

彼からは、一人で生きて行く力を手に入れようという気配が強い。それはつまり、ここにずっと留まる気は無いという事だと思う。実際の彼の本心は解らないけど、その可能性は高いと思う。

「でも、あいつの気持ちはきっと私には向いてない」

そうだね。タロウさんはイナイをそういう目で見ていない。それは解ってる。けど、関係無い。

「イナイが、どうしたいのって、私は聞いてる」

申し訳ないけど、私にとってはタロウさんの気持ちより、イナイの気持ちの方が大事なんだ。

「どう、かな、自分でも解らないんだ。こういう事、経験して来なかったからな」

「そう。でも、まだ時間は有る。タロウさんが出て行くまでに、考えておいた方が良い」

イナイは私の言葉に俯《うつむ》いてしまう。でも、私はイナイに幸せになって欲しい。だから言わなきゃいけない。言わないと絶対イナイは動かない。女性としての自分に自信が無いって、結論づけて。

「アルネは聞かなくても解るから良いや」

「あっはっは！　そうだな、俺は武具を作れればどこでも良い」

ブルべにいにも伝えてるらしいし、きっと城の武具を一手に引き受けるのだろうな。

「アロにいこそ、どうするの？」

「俺は、故郷に帰ろうかな。師匠の家でも改装して、師匠の後を継ごうかなと思ってる」

「国にとっては損しかない話ねー」

「ちゃんと連絡は取れる様にしておくよ。別に国を出てくわけじゃないしな」

一応全く関わる気が無いわけじゃなく、あくまで故郷で仕事をするだけのつもりか。

「アロにい、どうして急にこんな話を？」

「もうすぐ、だからさ」

ああ、そうか。もう少しで、終わるのか。この楽しかった生活が。

「早ければ後半年ちょっと……もしかしたら一、二年程延びるかもしれねえが」

早くて半年ちょっと、か。延びたら延びたで良いな。

「楽しかったね」

「うん、楽しかったねー」

リンねえの呟《つぶや》きに、セルねえが満面の笑みで応える。

「そうだな、楽しかった」

「ああ、気が付いたら当たり前になってた」

二人を見ながらイナイが寂しそうに呟き、アロにいにしては珍しく真面目な顔で口にした。

「いい数年間だった」

アルネも珍しくこの手の感想を言った。そうか、アルネもそう思ってたんだ。

「ちょっと、寂しい、な」

皆を見て、思わず私はそう言ってしまった。すると皆がこっちを優しい笑顔で見る。

うっかり発言に狼狽《うろた》えていると、セルねえに楽しそうに頭をクシャクシャにされた。

「……タロウ、か」

イナイが悩む様な声で、タロウさんの名を口にしたのが聞こえた。どうしたんだろうか。

「今から告白の悩みー？」

「ち、ちげえよ！」

セルねえが揶揄《からか》う様に言うと、イナイは顔を赤くしながら否定した。

「お前らさ、タロウがあんまり頑張り過ぎな事を、不思議だと思った事無いか？」

イナイの言葉を聞いた皆は、何となく同じ気持ちを持っていた様子が見て取れた。

私も内心思っていた事だ。彼は大きな争い事とは無縁な環境で生きていたと、平和な国で生きていたと聞いた。そんな環境で生きてた人間にしては、彼は今の状況を受け入れ過ぎている。

「元の世界に戻りたいとか、家族に会いたいとか、そういう事も言わないだろ、あいつ」

「そだね、初めて会った時こそ帰れない事にがっくりしてたけど、それ以降は全くだね」

リンねえの言う通り、彼はあの時以降『帰りたい』と一言も言って無い。

彼の口から家族に会いたいとか、友人に会いたいとか、そういう事を聞いた覚えが無い。

「俺、作業の手伝いさせる時にちょっと探り入れた事有るけど、あいつ家族の話しても、爺《じい》さんの話と爺さんが飼ってる動物の話しかしねえんだよな」

アロにいもタロウさんの受け入れ具合には少し不思議に思う所が有ったのか、彼の元の境遇に探りを入れていた様だ。

「平和な国に生きてた割に、訓練はきついって言いながらも止《や》めるって事は無いものねー」

彼は訓練で骨が折れる様な事が何度あっても、訓練を止めよう等とは言わない。

セルねえの魔術で凍傷や大火傷《おおやけど》を負ったりして、普通の人ならそこで心が折れそうな訓練でも彼はけして訓練を止めない。

その程度出来なければ一人で生きて行けないと、私達が言っているのも一つの理由だろう。

でもそれだけじゃ説明が付かない。ここで生きて行く事を受け入れ切っている事への理由としては弱い。彼はきっと、何かを抱えている。

「それにタロウは、魔術に関しては確かに才能が有るかもしれないけど、他の能力は普通だ。それでもあの強さになったのは、生きて行く事への執着の強さな気がするんだ」

生きて行く事への執着。確かにそれは有ると思う。でも、それだけだろうか。

私には、彼にはこの状況を受け入れないといけない何かが他に有る様に思う。

「まあ、あいつが一人で生きて行ける様になるのは悪い事じゃねえとは思うが、この理不尽な状況でも笑ってるのが気になってな。時々、本当に笑ってるわけじゃない気がするんだ」

イナイはタロウさんを良く見ているせいか、彼の小さな感情の揺らぎも見えているんだろう。

いつか彼が壊れないかが、きっと心配なんだろう。

「それこそ、イナイが支えてあげれば良い」

「そ、そこに話戻んのか」

私の言葉にイナイは狼狽えるが、そこまで彼の事が気になるなら素直になれば良いと思う。

「ぜ、善処する」

私はイナイの言葉に満足して頷《うなず》き、少しだけ気が楽になった。

どんな形でも、イナイが傍に居たい人の下に行こうと思うなら、それで良い。

あと半年から二年。それまでにタロウさんを出来る限り鍛えてあげる事と、イナイを泣かせたら殴る事を決める。タロウさんには悪いけど決定事項だ。泣かせたら絶対殴る。

◆◆◆

逆螺旋剣《らせん》を青眼に構え、軽く起動させる。

目の前には、木剣を右手でゆらゆらさせながら自然体で立つリンさんが居る。

最近解ってきた事だけど、この人隙が無い。

両足を動かさずに止まっている様に見えて、重心がゆらゆら動いている。両の足で同じ様に力を入れるという事をほぼしていない。ミルカさんが鍛錬をつけてくれたおかげでそれが解る。

俺とリンさんの距離はだいたい十メートルくらいか。

既に身体強化済みなので踏み込めば一瞬で詰められるけど、それは向こうも同じ。

というか、この人に距離なんて有って無い様な物だ。それこそ目で見える距離なら、百メートル先でも気が付いたら目の前に居るっていう理不尽な人だ。全く油断出来ない。

最近はこの人の前で構えて立っているだけで、心が摩耗して息が詰まりそうになる。

前はこんなんじゃなかった。リンさんが強いっていうのは解ってたけど、こんなにこの人の怖さは理解出来なかった。

でも今は、リンさんが『戦う気』ではないのに震える。逃げ出したくなる。この強過ぎる人の前に立つのを心が拒否している。それらの恐怖を気合で抑えながら剣を握り込む。

それを見ていた彼女はニヤリと笑い、次の瞬間ゆらりと動いた。来る。

何とかリンさんの初動に反応し、素早く後ろに飛び退《の》く。次の瞬間リンさんの木剣が俺の膝《ひざ》より下から切り上げられ、太腿《ふともも》を掠《かす》めて行った。

俺は飛び退く際に振り上げていた逆螺旋剣を、着地の足で踏み込んで全力で振り下ろす。だが俺が剣を振り下ろした時点で既に、彼女は俺の横をすり抜けていた。

俺は剣を振った勢いも使って全力で前に飛び込みながら、そのままの勢いで剣を後ろに振る。

木剣が砕ける音が響き、剣が彼女に迫るのが視界に入る。だが、彼女は逆螺旋剣を素手で弾き、初動よりも速く俺の胴を殴りつけた。

体勢が整わず、防御する暇も無かった俺は直撃を食らい、遥《はる》か彼方まで吹っ飛ばされた。

森の木に何度かぶつかりながら地面に落ち、そこで俺の意識は一度途切れた。

その後セルエスさんに治療されて意識を取り戻した俺は、真っ先に理不尽に対する愚痴が出た。

「強過ぎでしょ……何で魔力で覆ってる剣を素手で弾けるんですか……」

「あたしって強いから！」

返って来た答えにがっくりと肩を落とす。答えになってません。そして理不尽です。

「まありンねえはおかしいから」

「そうねー、正直私も理不尽だと思うわー」

理不尽その二とその三が理不尽という人だ。もうどうしようもないな。

「で、どうでしょう？」

「そうだね、普通に強くなったね」

そうですか、あれで普通ですか。普通って何だろう。アロネスさんがああ言ってたし、俺って普通よりは強いのかなって思ったんだけどな。もしかして他国はもっと凄《すご》い人多いの？

「これならタロウさん一人でも、大体は大丈夫」

「そうねー、本気じゃないとはいえ、リンちゃん相手にここまで出来れば、そこそこ程度の相手なら問題無いでしょうねー」

普通って言葉に否定が無い。マジか、怖いこの世界。久々にここに来た頃の気分を思い出した。

「ま、合格かな。あたしの動きが見えるだけ大したもんだよ」

実際のところは、リンさんの動きをちゃんと追えてはいない。微かにその動きが見えるから、それを頼りに予測で動いている。それでも彼女は『見えている』と評価してくれた。

実は今日の手合わせはいつもの訓練ではなく、俺の今の実力試しのテストだった。なので木剣ではなく技工剣を使っていたのだけど、あそこまで通用しないと笑えて来るな。

多分、俺が半分勘で動いてるのも、承知の上での評価なんだろうな。

「さて、今日は終わりにしよう。傷は治したけど、心の負担はそう簡単にはいかないからね」

と、相対していた時の俺の心の内を見透かした様に言って、リンさんは家に帰って行った。

「やっぱ怖がってたのバレてるのかぁ」

「そりゃーそうよー。私だって本気でやる時は怖いものー」

「うん、本気のリンねえの前に立つ場合は、私も未だに足が竦《すく》みそうになる」

この二人でも怖いのか。それを考えると、引き分けまでやれるイナイさんも凄いな。

「タロウくんー、服ぼろぼろで泥だらけだし、お風呂《ふろ》入って着替えておいでー」

「私も一緒に入ろうかな」

とんでもない発言をするミルカさん。広さは余裕で入れますが、そういう問題じゃない。

「お願いします、先に入るか、後にして下さい」

「……別に私は平気なんだけどな」

明らかに面倒くさいって感じで返事を返してくるミルカさん。

最近この人だけは、最初の印象からガラリと変わった。

多分最初の頃こそ気を遣っていたんだろうけど、段々と慣れて面倒になってきたのか、武術の鍛錬の時以外メリハリが殆《ほとん》ど無い。

魔物と戦う時は鍛錬の一つと思ってるからか、その時は格好とか立ち振る舞いはしっかりしてるけど、それ以外がとんでもなく雑。

下着で部屋を出て来るのは当たり前。風呂に俺やアロネスさん、アルネさんが入ってても平気で入って来ようとするし、ソファで寝てるのもしょっちゅう見る上に時々床で寝てる。

言葉は足らない事有るし、喋《しゃべ》るのも時々面倒そうだ。実はリンさんより雑な人だった。

最近はイナイさんが彼女を叱ってる場面を良く見かける様になったけど、他の誰も気にしてない辺り、俺が来る前はずっとこうだったんだなって解る。

ただセルエスさんが「家族扱いになっちゃったわねー」と言ってたので、身近な人間として認めてくれたのかなとは思う。

この人達の仲間と認識されたのは嬉《うれ》しいけど、流石《さすが》に風呂まで入って来るのは止《や》めて欲しいな。何故《なぜ》ならイナイさんが凄い怖いからです。マジ睨《にら》まれるの。

ていうか、恋人居るんだからやめようよミルカさん。俺が相手なら絶対ヤだよ……。

6. 初めての街、必然と偶然の出会い

「……しっかしデカいな」

今の俺の横には、とんでもなく高い壁がそびえ立っている。俺はその壁を確かめる様にぺちぺち叩《たた》きながら、壁沿いにてくてく歩いています。何となくコンクリっぽいなぁ。

「凄いな。こんなデカい壁、重機無しで造れる物なのかね」

この壁は王都の外壁らしく、視界にはその外壁が延々と続いている。どこまで続いてるのか解らない程続く壁に、思わず口を開けて眺めてしまう。

壁の反対側は広い農地になってる。耕しただけの所もちらほら在るけど、大体何かしらの作物が実ってる。ただ人の気配を感じないんだけど、管理は大丈夫なのかね？

さて、何故俺がこんな所に居るのか。それはお使いである。

事の発端は、アロネスさんにこの国の通貨と、金銭感覚を教えて欲しいと相談した事だ。

そういう一般常識教えて貰《もら》ってないの、この間気が付いちゃったからね。

すると後日イナイさんが付けてるのと同じ形の腕輪を渡され、アロネスさんに転移させられた。

呆然《ぼうぜん》としていると買い物メモを渡され、何をする間もなく笑顔で置いて帰られた。

自分の目で確かめて来いってさ。適当過ぎね？

財布も渡されたので中を確認すると、なんと紙幣が在った。てっきり銅貨とか銀貨とか金貨が入ってると思った。銅貨は入ってるけど、日本と同じく小銭と紙幣って感じの様だ。

ん、財布の中にもメモ紙が入ってる。金額の説明だ。どうやらさっきの考えで間違い無い様だ。ただこの紙幣は国内でしか使えず、国外で使うには他の硬貨に両替が必要らしい。

さて、お使いの方のメモも見てみよう。何枚か有るな。

……ナニコレ。何か良く解らない物が沢山書いてんですけど。

あ、下の方にイナイイって書いてある。イナイイさんって事は技工士の仕事の材料なのか？

次のメモも良く解らんけど、こっちはアロネスって書いてある。その次は日用品がいくつかと、好きな物買って来いって書いてるな。完全に小学生がお使いに行く状態だな。

二人のお使いの支払いは、腕輪の中に印章が入っているのでそれを見せれば良いらしい。印章の出し入れは腕輪に魔力を通してボタンを押せば良い様だ。どうなってんだこの腕輪。

ん、もう一枚有った。街を見学して、どこでも良いから払える値段の宿に泊まって、明日買い物して帰って来いって書いてる。あ、店の名前も書いてる。

とりあえず今日は好きに街を見て歩けって事か。ならもう、楽しもうかね。

ところで、何時《いつ》になったら壁から門に辿《たど》り着けるのか。かれこれ一時間は壁を眺めて歩いてる。

流石に暇になって来たので、身体強化して走って行くかね。

あまり疲れない程度に加減して走り、二十分程走ってやっと門が見えた。これ普通に歩いてたら後三、四時間はかかってるぞ。多分、王都内も相当広いな。

門の前には兵士さんが数人立っていた。いかにも兵士って感じの鎧《よろい》と槍《やり》だ。その前をみんな素通り……じゃないや、出入りの時に何か兵士さんに見せてるな。

板の様な物を見せて通過してるけど、許可証的な何かかね。じっくり見ずに流れ作業だが大丈夫なのかそれ。ていうか、俺どうやって入れば良いのかね。そんなもん無いよ？

とりあえず兵士さんに聞いてみるか。何か問題有ったらイナイさんの印章見せてみよ。

「あのー、少し聞きたい事が有るんですけど」

「はい、どうされました？」

一番近かったおじさんの兵士さんに声をかけると、ニッコリ笑って丁寧に返事をしてくれた。もっと横柄な態度で返されるかなーと予想してたので、ちょっと安心した。

「俺、お使いでここに来たんですけど、皆が入る時に見せてる様な物を持ってないんです」

「……身分証を持ってない？」

ニッコリ笑っていた兵士さんから笑顔が消えた。あれ、心無しか気配が怖い。

「申し訳ありませんが、使いに出された方から預けられた物等を見せて頂けませんか？」

さっきのニッコリ加減が無い上に、声がちょっと怖い。いやまあ、怪しいよな。普通に考えたら身分証が無いっておかしいか。日本の感覚で慣れてるから、そのへん馴染《なじ》みが無いなぁ。

「えっと、そうだこれ」

焦りつつイナイさんの印章を見せると、兵士さんは笑顔に戻った。良かった、大丈夫だった。

「ああ、成程。大変ですねぇ。お荷物は貴方が一人で持って帰られるのですか？　良ければ何人かよこしますが」

笑顔でねぎらう様に言われた事の意味が解らず、俺は首を傾げてしまう。

「大変って、どういう事ですか？」

「いえ、ご本人が来られるならば問題無いでしょうが、一人で来られたのでしょう？　あの方の買い物の量は、一人で持って帰れる量ではないと記憶しているのですが……」

どうなんだろう、このメモに書いてある物の大半が解らないんだけど、多いのかな？

ていうか、入口の兵士さんに顔覚えられるぐらい、毎回凄い量の買い物してるのかイナイさん。

「とりあえず、店主に印章見せれば良いって言われて来たんですけど……」

「成程。とすると、注文だけなのかもしれませんね」

ふむ、荷物は出来ない前提のお使いだったのかな。ま、行ってみりゃ判るでしょ。

「そうだ、せっかくですし身分証を作って行かれては如何《いかが》ですか。そこの詰所でも作れますので。あの方が印章を持たせているなら問題無いでしょう」

その言葉に素直に頷いてお願いした。有った方が便利そうだし。

その後すぐに渡された身分証には、俺の名前と国名、この詰所と発行責任者の名前が記載されてる簡素な物だった。国に仕えたり、特殊な仕事だったりすると職業等も記載されるそうだ。

金属で出来てるけど、専用の技工具で加工するらしく短時間で出来た。

「この身分証は王都の管轄で作りましたので、貴方の身分は国内において王都の管理局が保証する物となります。失くさない様に気をつけて下さいね」

最初の時の様に、ニッコリと笑いながら渡してくれる。管理局って何だろ。聞いてみよ。

「あの、管理局って何ですか？」

「人口や人種、男女年齢等の把握をしている部署です。ただ、この身分証は単純に身分を保証するだけの物ですので、街の人口には含まれません。住民登録をされて初めて街の人間として扱われます。その場合は身分証に住んでる街も書かれますよ」

成程、住民登録制度が在るのか。何だか凄く近代的な感じだ。

「おそらく初めての王都なのでしょう。楽しんで行って下さいね」

笑顔で見送ってくれる親切な兵士さんにお礼を言って、門をくぐって行く。そこで判ったけど、王都を囲む壁は高いだけでなく横にも分厚かった。十メートルぐらい有るんじゃなかろうか。

街に入ると人と建物がひしめき合っていた。入ってすぐ辺りの建物は殆ど民家の様だ。基本二階建てで、偶《たま》に三階建ての建物がちらほら。農地の様な場所は見当たらない。

壁の素材の多くがコンクリっぽい物なせいで、一瞬元の世界に戻って来たのかと錯覚した。専門的な事はさっぱり解らないけど、どの家も綺麗《きれい》でしっかりした造りに見える。

でも、流石に高層ビルとかは無い様だ。かなり遠くに大きい城のてっぺんぽい物が見えるけど、それ以外は大きくても四、五階建ての様だ。偶にレンガや石造りの家も有った。

道行く人は皆普通の格好《かっこう》で、武器や鎧を付けている人はめったに見かけない。巡回っぽい兵士さんと、何かの護衛っぽい人を偶に見かけるくらいかな。

そんな感じで街を観察しながら歩いていると、屋台街の様な所も見つけた。折角見つけたので屋台を回って、とりあえず美味《おい》しそうな物を買って行く。

その後近くで噴水広場の様な所を見つけ、ベンチも有ったので休憩して食事にする事にした。

「屋台が幾つも並んでたおかげで、すぐに色々解って良かった」

どうやらこの国、基本的に商品に値段が表記されていて、値段を聞いてから教えられる事は珍しい様だ。海外の様な騙《だま》される買い物の警戒をしていたので、かなり安心した。

屋台の人達も和やかな感じで、買い物はとてもし易かった。良いな、この街。

和やかなお昼を堪能していると「キャッ」という声が聞こえ、何となくそちらに視線を向ける。

すると男の服にアイスっぽい物がべったり付いて、その前で女の子が尻餅《しりもち》をついていた。

女の子は慌てて立ち上がって謝っている。俺はその光景をただ和やかに眺めていた。

「このガキ！　なんて事しやがる！」

「なっ……！」

そんな和やかな気分は、男が女の子を蹴《け》り飛ばした事で一気に吹き飛んだ。その光景に慌てて立ち上がると、男が魔術詠唱を始めたのが耳に入る。魔力が完全に女の子を捉《とら》えてる。不味《まず》い。

「我が心に灯りしは怒りの炎。その炎を持ちてかの敵を打ち払え」

「何なんだあいつ！」

奴が魔術を放つ前に魔術と仙術の二重強化をして、女の子の側まで走る。

女の子は胸を思い切り蹴られた。この男がどれ程の力を込めたか解らないが、骨までいってたら大問題だ。抱える際に少し速度を落として、治癒と保護を女の子にかけながら走り抜ける。

攻撃系の魔術は相変わらず詠唱が必要だけど、保護、治癒、強化に関しては強力な物をかけようと思わない限り、無詠唱で行える様になってて良かった。

ちらっとさっきまで女の子が居た所を見ると、地面が焼け焦げていた。危なかったな。

女の子は苦悶《くもん》の声を上げていた様子は収まり、俺の顔をじっと見上げている。自分の身に何が起こったのか解らないのだろう。どうやら、治癒も上手《うま》く行った様だ。

「もう大丈夫ですよ。多分どこも痛くないと思うけど、痛かったら言って下さいね」

治しそこねてたら問題なので一応聞いておく。

病気と違い、怪我は比較的治しやすいから大丈夫だと思うんだけど、一応ね。

「だ、大丈夫、お兄ちゃん凄《すご》い魔術師なんだね」

自分の痛みが消えた事を魔術だと理解した様だ。この世界はやはり魔術が一般的なんだな。

「小僧、今何をした！」

俺の後ろで先程の男が叫んでいる。とりあえず今は無視だ。

「災難でしたね、世の中ああいうのも居るから気を付けて下さいね？」

「うん、ありがとうお兄ちゃん！」

注意を促しながら女の子を下ろすと、彼女は笑顔で礼を返してきた。良かった。大丈夫そうだ。

「貴様、人の話を聞いてるのか！」

聞いてるよ。無視してるだけで。さって、と。

「あんた、何考えてんだ。この子謝ってただろう。蹴った上に魔術放つなんて正気かよ」

コイツに敬語は要《い》らない。クズが、子供になんて事しやがる。

「貴様、俺が誰か解ってててそんな口を聞いているのか！」

「知らん。底抜けのクズってのしか解んねえな」

反射的に悪態ついちゃったけど、拙《まず》かったかも。こいつ身分有る立場っぽいな。

ならず者は排除ってやると、俺が捕まりかねない気がする。文句は言うけど行動は正当防衛が言い切れる状況にしておこう。

俺が悩んでいる間も男が罵倒《ばとう》の言葉を叫んでるせいで、人だかりが出来て来た。

男の言う事と、遠巻きでザワザワしてるのを聞いて総合すると、要はこいつ貴族で、その貴族にこんな事をしたのだから、処刑されて当然的な事を男は言ってると。

うん、やばい、これがまかり通るなら俺この国嫌いになりそう。

イナイさん達には申し訳無いけど、俺はそういうのは好きじゃない。

「貴族だからといって、許される事じゃないだろう！」

少し複雑な気分になっていると、遠巻きにしていた人達の一人がそう叫んだのが耳に入った。

「そうだ、ウムルでは貴族だからと、その力を傲慢《ごうまん》に振るうのは罪だ！」

「現王はお前の様な行動は許さないぞ！」

「そうよ、女の子に魔術を放つなんて普通の神経じゃないわ！」

最初の一人の言葉が口火になったのか、他の人達も男を咎《とが》める言葉を投げ始める。

良かった、貴族だから何でも通る国じゃないみたいだ。

「う、煩《うるさ》い、黙れ貴様ら！　大魔術師レギファヴェグ様の魔術の餌食になりたいのか！」

男は叫んで周りを睨《にら》む。魔術を使えない人が多いのか、男の言葉に皆恐怖を感じてる様だ。

しかし大魔術師ねぇ。その割にはさっきの魔術は練が甘いし、速度も無かったけどな。あんな発動見てから割り込める魔術で大魔術師とか、セルエスさんが聞いたらどう思うかな。

「小僧、よくも私に恥をかかせてくれたな！　貴様の命で贖《あがな》ってもらうぞ！」

「知らん。お前が勝手に恥かいてるだけだろ」

バカの言葉を一蹴《いっしゅう》する。こういう手合いは真面目に返しても話にならないし、疲れるだけだ。

「おい、兄ちゃん、腹が立つのは解るけど挑発するな！」

「そうよ、兵士さんに緊急の連絡を入れたから、すぐに兵士さんか騎士様が来るわ！」

「さっき女の子を助けたみたいに走って逃げるんだ！　危ないぞ！」

遠巻きでは有るけど、俺達に声をかけてくれる人達がいた。こいつ頭おかしいから自分も危ないかもしれないのに、声をかけてくれたか。うん、この街は良い街だな。

「我が怒りに応え――――」

何か大層な詠唱を男が始めた。女の子は俺のズボンを握り締めて離れない。その方が安全か。

「――――の全てをもって無数の獄炎を我が敵に――――」

詠唱が長い。保護系の魔術をかけてるのかもしれないが、それでも長過ぎる。目の前に敵が居るのに棒立ちでそんな長々唱えるとか、相手がリンさんならもう殴られてる。

「――――全てを打ち払え！」

あ、終わったっぽい。それと同時に、四十程の火球が男の頭上に浮かぶ。

「……何これ」

その光景に、思わず疑問の声が出た。

「くくく、今更恐れ驚き嘆いても遅いぞ！」

男は俺の言葉を勘違いした様だ。俺が疑問に感じたのは、そんな物じゃない。ただ単に、あんまりにも貧弱すぎる魔術だったからだ。

あんまり長い詠唱だったから、てっきり最低でもセルエスさんの簡易魔術クラスを超えて来るかと思っていた。実際はセルエスさんどころか、俺でも余裕で出来る攻撃魔術だ。

「さあ、食らうがいい！」

その言葉を聞いても動かない俺に、女の子が俺を見上げて「お兄ちゃん！」と心配そうに叫ぶ。心配させてるのは申し訳ないけど、あれぐらいならへーきへーき。

俺はセルエスさんの訓練を思い出し、ほぼ同じ威力の火球を同じだけ作ろうとする。魔力の流れを読み、同じ威力で相殺させる訓練で何度もやっている事だ。

セルエスさんが容赦なく撃って来るから、泣きそうだったのも思い出した。あ、涙が零《こぼ》れる。

『炎よ、その形を珠となし、数をもって打ち払え』

特に難しく考えずにイメージそのままに詠唱をして、複数の火球を作り出す。うん、余裕。

「なっ、そんな馬鹿《バカ》な！　そんな短い詠唱で出来るわけが無い！」

男は驚くけど、こんなのセルエスさんなら無詠唱どころか、あくびしながらでも出来る。

「……ふん、数だけ揃えても無駄だ。威力の差を思い知れ！」

ちゃんと同じ威力にしたよ。こいつ魔力の流れ判んないのか。酷《ひど》いな。

男が火球を放って来たので、同タイミングで全てぶつける。魔力の流れがまっすぐなので、軌道予測は簡単だ。威力の差とか言ってたし、押し切るつもりだったのかね。

魔力を相殺すれば残るのはただの炎。その場合周囲に可燃性の物が無ければすぐに消える。幸いここには水源も有るし、いざとなったらそれも利用して消そう。

俺が後始末の事を考えている間に火球は全て相殺され、男は驚愕《きょうがく》に目をむいている。

飛び火はしてないな。良かった良かった。

「な、なんだと、そんな馬鹿な、こんな馬鹿な事が有るか！　俺の最大魔術の一つだぞ！」

あれが最大なのは、幾ら何でも貧弱過ぎると思う。貴族だからって周りがちやほやして勘違いした口かね。ていうか、最大の一つって何だ。最大が幾つも有るのか。

「今の魔術程度なら、俺の師匠は無詠唱で鼻歌交じりに出来るぞ」

「あの魔術を気軽に出来るなど、八英雄の魔術師達くらいの物だぞ！　嘘をつくな！」

えー、そんな事言われても事実なのに。しかし気になる単語が出たな。

八英雄か。ちょっと興味が有る。街にいる間に調べてみよう。図書館とか有るのかね。

「で、どうすんだ、まだやる気か？」

「くっ、舐《な》めるな！」

男はまた詠唱を始めるが、やっぱ長過ぎる。周囲の人達は俺の余裕の態度を見て、叫ぶのを止《や》めた様だ。女の子はキラキラした目でこっちを見てた。ちょっと可愛《かわい》くて頭を撫《な》でてしまう。

男は詠唱をしながら射殺す様に俺を睨んでいる。余裕の態度が気に食わないんだろう。

ただ俺自身も次の瞬間、余裕で眺めてたのを後悔した。野郎、シャレにならないぐらい馬鹿デカい火球を作りやがった。魔力の保有量自体は大きくないが、サイズがデカい。

相殺しても、その際の炎の残滓《ざんし》が周りに被害を出す可能性がある。

余裕カマしすぎた。正当防衛とか言ってないで、とっとと昏倒《こんとう》させれば良かった。

「やっば」

その呟《つぶや》きが男の耳に入ったのか、男は愉悦に顔を歪《ゆが》ませる。

「ふははは、今更後悔しても遅いぞ！」

俺とこの子だけなら問題無いけど、絶対周りに被害行くよね。気乗りはしないがしょうがない、剣を使うしかないいか。逆螺旋《らせん》剣を取り出して、まっすぐに構える。

『巻き取れ、逆螺旋剣』

剣は回転を始めて炎と魔力を全て巻き取り、逆螺旋剣に魔力の炎が渦巻く。

「……な……んだ、それは……！」

男は驚き過ぎて言葉が上手く出ない様だ。さて、巻き取ったは良いけど、これどうしよう。

このまま鞘《さや》には収められないから上に放つか。炎も思いっきり上に向ければ、魔力が消えて空中で消えるだろ。そう思い、剣を上空に構えて魔力を放つ。

『解放しろ、逆螺旋剣』

俺の言葉に応えてバカッと剣が開く。しまった違う違う、開かないで！　範囲広げないで！

あ、ダメだ、もう発動状態になってる。と、止まらない。穿《うが》てって言えば良かった！

「このっ！」

出来る限り範囲を収めようと、解放状態の剣の範囲を少しでも縮めて、なるべく真上に放つ。

炎を纏《まと》った魔力の花が上空に咲くのを見て、花火みたいだなーとか呑気《のんき》な事を考えてしまった。

魔力の光も炎も消えた後に周りを見ると、どうやら被害は無さそうに見えた。良かったぁ。

「……あ…………な……」

男は腰を抜かしていた。情けない。けど女の子はさっきの花を気に入った様で。

「お兄ちゃん凄いね！　綺麗《きれい》だね！」

と言って来た。結構図太いなこの子。思わずクスッと笑ってしまった。

そこでドタドタと集団で誰かがやって来た。入口の兵士さんと同じ格好の人達と、もっと上等な感じの鎧《よろい》を着た人達だ。

「この騒ぎは何だ！　さっきの魔術の説明もして貰《もら》おうか！」

と、厳《いか》つい、ザ・騎士って感じの人が凄い剣幕で怒鳴ってきた。

逆らっちゃダメな人だと直感が走る。あの人からは、リンさん達と同じ恐怖を感じる。

やばいんじゃなかろうかこれ。

俺は悪い事なんてこれっぽっちもしたつもりは無いが、もしこの人が俺を悪と断罪したら、死ぬ未来しか見えない。やったね、痛みを感じないよ。てなもんだ。

俺の胸の内など知る由もなく、騎士のおじさんは鋭い目で俺と腰の抜けた男を見た後、俺の傍にいる女の子を見て優しい目になった。お、これは大丈夫かもしれない。

「当事者は君たち三人と推測するが相違無いか」

嘘をついたところでどうなるわけでも無し、俺と女の子は「はい」と素直に答えた。

男は何か家名を名乗って、女の子と俺がこいつを侮辱したとかなんとか叫んでる。

「ふむ……」

おじさんは目つきは厳しいけど、さっきの怖い雰囲気は無く落ち着いて観察している様だ。

「まずは状況の確認を行う。周囲に居る者達から話を聞き、あくまで事実のみを確認する様に」

そう言って、一緒にいた兵士さんに指示を出して行く。

だが男はそれが気に食わなかった様で、おじさんに食ってかかった。

「事実確認だと。そんな必要は無い。この二人は私に楯突《たてつ》いたのだ。処刑だ。すぐに処刑しろ！」

「ほう……？」

騎士のおじさんは呟くと同時に、剣を男の首筋に当てていた。

これっぽっちも見えなかった。振るのが見えなかったどころか、抜く動作も判らなかった。

リンさんも見えない速度の攻撃は出来る。でもそれでもリンさんは『動く瞬間』は判る。

ミルカさんに鍛えて貰ったおかげで、動作のタイミングというか、空気というか、そういうのが今の俺には感じられる様になっている。でもこの人にはそれが一切無かった。

気が付いたらもう、剣がそこに在った。元々変に抵抗する気は無いけど、抵抗は無駄だな！

「ひっ、な、なにひょする貴様！」

驚いて呂律《ろれつ》が回ってないぞ。

「ここは王都であり、王のお膝元《ひざもと》。そこで騒動を起こし、我ら騎士隊の指示に従えぬという事は、王に逆らうという事だ。家名まで名乗った貴公は、それを承知の上での発言か？」

殺気の籠《こも》った声で説明するおじさん。やっぱ騎士だったのか。

「馬鹿だなあいつ、相手が誰かも解ってないのか」

そんな感じの声が、周りからいくつか聞こえた。そりゃこんだけ凄《すご》い人が見回ってりゃ、皆知ってるよね。この人、素人が見ても間違いなく強いって解ると思うし。

「わ、解った、解ったから剣を引け！」

男の言葉を聞いて、騎士さんは呆《あき》れた感じで剣を収める。その動作も鮮やかの一言だ。

「では、確認の間ずっと立っているのも辛《つら》かろう、そちらに座っていたまえ」

騎士さんはそう言ってベンチを指す。そして女の子の頭を優しく撫でて、兵士さんの方へ歩いて行った。何となくだけど、俺に不利な状況になっても女の子は大丈夫そうだ。

俺は騒ぎ起こしたのと魔力の刃を撃ったのは事実なので、そこ責められると困るなぁ。

「ねえ、お兄ちゃん」

「ん、どうしました？」

女の子が暇になったのか話しかけてきた。因《ちな》みにあの馬鹿は何かブツブツ言ってる。

覚えていろ、絶対に処刑台に上げる手を整えてやるとか言ってる。標的が俺なのが救いだ。

「お兄ちゃん、何であたしにそんな丁寧な喋《しゃべ》り方なの？」

多分この敬語の事かな。こっちでもこの喋り方が出来る様に教えて貰ったからな。

「えっと、うーん、癖ですかね。初対面の人には丁寧に対応するのが礼儀だと思ってるんですよ」

「そっか、あたしもそうした方が良いかな？」

「君は君で良いと思います。人に迷惑をかけない範囲なら、自分の好きを通して良いと思います」

「うん、解った！　そうすればお兄ちゃんみたいな魔術師になれるかな？」

成程、そういう事なのか。どうせ目指すなら、俺じゃもったいないと思うなぁ。

「うーん、せっかく目指すならもっと上を目指しましょう。例えばそうですね……」

そうだ、さっき言ってた八英雄に魔術師がいるっぽいし、それで行こう。

「俺なんかより、八英雄を目指す方が良いんじゃないですか？」

「えー、無理だよ。あの人達は凄《すご》いんだよ。騎士のおじちゃんも、物凄い強いんだから！」

騎士のおじちゃんて今言ったね。それってもしかしなくてもあの人なのでは。いや、そう信じたいのかもしれない。なにせリンさん達以外に初めて会った、同じ様な怖い人だもの。

つーか、凄い身近な感じで言ったねこの子。

「君は八英雄と呼ばれてる方を、じかに見た事が有るんですか？」

「うん、全員じゃないけど有るよ！」

「へえ、もし良かったら、どんな方なのか教えて貰えますか？」

「えとね、良く知ってる人はあの騎士のおじちゃん！」

そう言ってさっきの騎士さんを指さす。ビンゴだ。つまり、あのクラスがあと七人居るのか。

マジか。あれ強いとか強くないとかそういう次元じゃないぞ。

ん、なんか馬鹿《バカ》が女の子の言葉を聞いて、驚愕の表情で青ざめてる。

ふむ、もしかするとあの人の立場は、単純に騎士以上の物なのかもしれない。そりゃ英雄って呼ばれてるぐらいだものね。馬鹿は自業自得なので放置。

「さっきの抜剣も凄かったですね」

「ね、かっこ良いよね！」

この子は女の子にしては、英雄譚《たん》を好むタイプの子の様だ。そういう国風なのかな。

「良く知ってるという事は、他の方も見た事が有るんですか？」

「うん。おじちゃんと同じ騎士のお姉ちゃんと、闘士のお姉ちゃん。闘士のお姉ちゃんは、恋人と歩いてるの偶《たま》に見かけるよ！」

ほうほう、て事はその二人はこの街に住んでるのかな？

「後は偶に買い物に来る技工士のお姉ちゃんと、王女様と王子様！」

技工士も居るのか。イナイさんを知ってると違和感無いな。あの人みたいに戦える人なんだろう。いや、そうとも限らないか。凄い物を作れて貢献したのかもしれない。

王子王女は指揮官としてかな。流石《さすが》に最前線とかには出ないだろうし。

「あ、でも今は王子様と王女様じゃないんだった。えっと、何て言うんだったか忘れちゃった」

ふむ、王家の呼び方とか立場とか、元の世界でも良く理解してなかったので俺も解らないな。

「王様も凄いんだよー。剣も魔術も体術も何でも出来る凄い人なんだよ！」

「お、王様がですか」

武闘派過ぎるだろこの国。怖いわ。

「他の二人は見た事無いんだー。いつかみんな見てみたいな」

「あはは、見られると良いですねぇ」

なんかパンダが見れたら良いなって感じに聞こえて、笑ってしまった。

「でもね、お兄ちゃんも凄いよ。あんなに痛かったのに、スグ痛くなくなったんだもん」

そう言い、両手を広げて花が咲いた時の様な動きをする姿が可愛《かわい》くて、思わず頭を撫でた。

「え、えへへ」

ちょっと照れた様に笑うのが、尚《なお》の事可愛い。和む。

その後も他愛《たわい》の無い話を暫《しばら》くしていると、騎士さんがこちらにやって来た。

「確認が取れた。本人にも一応確認を取る為に、我々が事実と判断した事を伝える。言いたい事が有れば、全てを聞いた後で言うと良い」

周囲の人から聞いた話を元に伝えられた事は、完全に事実を語っていた。そりゃこんだけ証人居れば、少しの差が有ってもどうにかなるよね。

馬鹿はさっきまでの傲慢《ごうまん》な態度は何処《どこ》に行ったのか、とてもしおらしい。

「貴公には礼を言わねばならぬな」

騎士さんが馬鹿に向けた言葉に、俺も馬鹿も表情にハテナが浮かぶ。

「貴公の家は王に水面下で逆らい続けていた。ありがたい事に今回正面切って王家のやり方と、住民に剣を向けた事になる。貴公の父君がどう対処するのか見物だな」

騎士さんは怖い笑顔を向けた後、近くの騎士に馬鹿《バカ》を連行する様に伝えた。馬鹿は青ざめた顔で何かブツブツ言ってるけど、知ったこっちゃねえや。

「さて、君にはすまない事をした。と言いたい所だが、君にも我々に同行して貰う事になる」

あー、やっぱそうですよね。無罪放免とかならないですよね。

「とはいえ住民の証言から、君から手を出していない事も、その子を守ろうとした行為だという事も解っている。だが、街中で規模の大きい魔術を使った事に対する注意をしなければならない」

過剰防衛の注意みたいな感じかな。いやこの場合周囲への被害だからちょっと違うか。

「はい、このままついて行けば良いですか？」

「ああ、素直に従ってくれると助かる」

さっきの怖い笑顔は何処へ行ったのか、にこやかな笑顔だ。この人雰囲気変わり過ぎだろ。

「騎士のおじちゃん！」

「うん、どうした？」

女の子が騎士さんを呼ぶと、更に破顔。この人やっぱ子供好きか。仲良くなれそうな気がする。

「お兄ちゃん、何も悪い事してないよ！」

「大丈夫、解っているよ。ただ決まり事ってのが有って、それはどうしてもやっておかなくちゃいけない。別にこのお兄ちゃんを牢屋《ろうや》に入れようとか、そういう事じゃないんだよ」

「そうなんだ……うん、わかった」

優しく女の子を諭すその姿は、近所の優しいおじちゃんの雰囲気だ。

でもそんなもんか。英雄って言われてたとしても、私生活が常に波乱万丈とは限らないよな。

女の子が納得したのを確認して、騎士さんは俺を先導する。

内心は若干心配になりつつ騎士さんについて行くと、少し離れた所に詰め所の一つが在ると言われ、そこに連れて行かれる事になった。

そんなに大きくない平屋で、兵士さん達の待機場所の様だ。多分交番的な存在なんだろうな。

裏手に訓練所が在るらしいから、やっぱ軍隊だなって思ったけど。

詰め所の一室に案内され、何故《なぜ》かお茶も出して貰《もら》い、街における諸注意等をにこやかに述べられた。何か扱いが凄く優しいな。注意なのに良いのかな。

「今回は形式だけの様なものだし、こんなところだろう。ただ、本当に注意が必要な事をすれば」

騎士さんはそこでニヤッと笑い、若干威圧を感じさせながら口を開く。

「……解っているな?」

俺は慌てて首を縦に振った。だってめっちゃ怖いんすもん。

「よろしい。さて、少し席を離れるが、まだ少年には居て貰いたい。良いか?」

「あ、はい。待ってます」

騎士さんは俺の返事を聞くと、嬉《うれ》しそうに頷《うなず》いてどこかに行った。

何だろ、書類か何か作らないと駄目なのかな。指紋採取とかされちゃうのかしら。

お茶を飲みながら、ぽやっと騎士さんが戻ってくるのを待っていると、彼は若い騎士さんを連れて戻って来た。何なのかと首を傾げていると、騎士さんが説明を始める。

「彼は騎士隊の長なのだが、少年の実力に興味があるそうだ。良ければ手合わせを願えんか？」

「ウムル王国騎士隊長、バルフといいます。良ければ一手、お手合わせを願います」

「あ、えっと、はい。……はい？」

◆◆◆

いきなりの話かつ丁寧に頭を下げて頼まれたせいで、反射的にＯＫしてしまったよ。

しまったとは思ったけど笑顔で礼をされてしまい、さっきの無しとはちょっと言い難《にく》い。

しょうがないので言われるがままに彼らに付いて行き、ただいま騎士隊の訓練場にて、木剣を構えて騎士隊長さんと対面しております。

しかしおじさんが騎士隊長だと思ってたんだけど、違うのか。また別の役職でも有るのかな。

とりあえず一度受けた以上は仕方ない。今は手合わせに集中するかね。

俺は気持ちを切り替えて、木剣を青眼に構える。

「では、はじめぇぇ！」

俺が構えたのを確認して、騎士のおじさんが開始の合図をした。合図から間髪容《い》れず、騎士隊長さんが木剣を手に迫る。

速い。リンさん達の様な理不尽な速さじゃないけど、間違いなく俺より上だ。

まともに受けてたら、おそらく後手後手に回される。

初手の攻撃を受け流しつつ、刃ではなく柄《つか》を顔に当てに行く。剣を持ってるからって、刃だけを意識しているとこういう不意打ちが入る。勿論《もちろん》自分で経験済みです。

が、さすが騎士。いや騎士隊長だっけ、この人。

何の問題も無く数ミリ程の見切りをして、更に振り下ろした筈《はず》の剣が脇腹に迫っていた。まずいと思い仙術で強化して、形振《なりふ》り構わず全力で剣筋の方向に飛び退《の》く。

「っ！」

若干脇腹をかすったが、かすっただけだ。止められない以上そういう事だろう。

今度はこちらから踏み込もうとしたら、踏み出しの足を踏まれた。不味《まず》い、動けない。彼は剣を逆手に持ち、最短距離での斬撃を放って来ている。躱《かわ》せない！

「くぬっ！」

迫る剣を握りの間の部分で弾くという、若干曲芸じみた事をして何とか防ぐ。

踏まれていない方の足で腹を思い切り蹴《け》ろうとするが、華麗に躱され距離を取られた。やばい、仙術強化状態で追いつけない。見えてるのに全然速さについて行けてない。下手に動けねぇ。

「ふふ、やりますね。流石《さすが》技工剣を使うだけは有ります」

彼は今の一合に賛辞をくれるが、俺としては良いとこ無しなので何とも言えない気分だ。

「どうした少年、睨《にら》み合ってるだけではどうしようもないぞ。やれる全てを出さぬか！」

動けないでいる俺に、ここまで連れて来た騎士のおじさんが発破をかける。

いや、そもそも、俺別にこんな事しに来たんじゃないですから。

でもまあ、確かにやれる事やらずに負けるのもしゃくだ。全力でやれるだけやろう。

『この体、その可能性の全てを使う』

今の俺の全力強化。詠唱をして、俺が使える身体性能を、強化の限界ギリギリまで引き上げる。

仙術強化もそのまま併用して、かなりの速度が出せる筈だ。

「これは、凄《すご》いですね」

騎士隊長さんの呟《つぶや》きが聞こえた。けど素直には聞けない。目の前の人は余裕が見て取れる。

それに彼は魔力の流れが解っている様に見える。下手な魔術は通用しないな、これ。

「行きます！」

声を上げ、全力で『真正面』から切りつける。

小細工なし。全力で、全速力で、自分の持つ全てを振り切ってみる。

けど、その攻撃は当たり前の様にいなされ、更に足で剣を踏みつけられた。

その踏みつけに逆らわず、彼の放つ横薙《よこな》ぎの剣をしゃがんで避《さ》けつつ脛《すね》を狙って蹴りを放つが、
それも鮮やかなバックステップで躱された。

やばい、全力なのにまるで通用しない。こんな人が当たり前にまだまだ居るのか。俺ほんとに大した事無いレベルなんだな。この人に剣戟《けんげき》で勝てる気がしない。

……いや、良く考えたら何で勝てない相手なのに剣戟に拘《こだわ》ってんだ。俺別に剣士じゃないのに。

そうだ、俺は魔術師でもないし拳闘《けんとう》士でもない。あの騎士さんも言ってたじゃないか。

――やれる全てを。

「っ！」

俺の思考が切り替わったのを察したのか、今までにない速度で飛び込んで来る騎士隊長さん。

『土よ、沈め』

詠唱を先に済ませ、彼の踏み込みに合わせて魔術で足場を沈ませる。体勢は確かに崩れたのに、彼の剣の鋭さはほぼ変わらない。その一撃をいなしながら更に詠唱を続ける。

『盾よ、守れ』

詠唱と同時に攻撃に移るが、攻撃速度は彼の方が速い。だが彼の一撃は俺の顔の手前で止まる。魔術障壁だ。防げない可能性もあったけど、それを気にしてたら彼には勝てない。

間違いなく目の前の人物は格上だ。格上に勝とうと思うなら、安全策は取れない。

だが、完全に不意をついた筈の一撃は、彼が凄《すさ》まじい反応速度で手元で剣を回した事で、綺麗《きれい》にガードされてしまう。そして正拳《せいけん》を放とうとしている俺を見て、バックステップをした。

『ここ』だ。

俺はポケットから魔術爆弾を取り出す。何か有った時の為に準備はしておけとアロネスさんに言われて持っていた物だ。炸裂閃光《さくれつせんこう》タイプで、発動タイミングは任意で行ける。

俺には錬金術師としての技能も多少は有る。勝ちの目が見えるなら、使わない道理は無い。

『視力保護、聴覚保護』

発動前に自身に保護をかける。俺の詠唱はこの世界の言葉じゃないから、詠唱から何をするかの予測は不可能だ。俺が取り出した物に完全に目がいっている。耳を塞《ふさ》ぐ筈も無い。行ける。

発動させた瞬間、強烈な音と閃光《せんこう》が走る。同時にその場で踏み込み、構えていた正拳を放つ。

普通なら絶対に届かない距離だけど、俺なら届く。

このまま普通に踏み込んで切りつけたら、魔術を感知出来る彼には防がれる可能性が有る。強化魔術を使ってる以上、多少の察知は避けられない。なら近寄らなければ良い。

攻撃魔術は駄目《ダメ》だ。攻撃魔術には詠唱が要《い》るし、これも魔力感知で防がれる可能性が有る。

けど、仙術を叩《たた》き込まれた俺なら、感知も防御も不可能な遠距離技がある！

「────ふっ！」

体の中央を狙い、大気に伝わせ気功を飛ばす。放たれた気功は、狙い違《たが》わず彼に突き刺さった。

「かっ、はっ」

彼はまともに食らった衝撃で着地出来ず、そのままゆっくりと後ろに倒れ込んだ。

あまり高威力だと死なせてしまう可能性があったけど、今はその心配は無い。ぶっちゃけここまでずっと強化維持してるせいで結構ギリギリで、威力はあまり出せなかった。

今度からもう少し強弱つける様に気を付けよ。

「そこまで！」

終了の言葉を聞いて、全ての強化を解く。

体を両足で支えてるのが辛《つら》くてその場に座り込んで、それも辛くて寝転がってしまう。

「はあっ、はあっ、はあっ」

「ふはは、凄いな少年。バルフに勝つとは！」

騎士のおじさんは笑いながら賛辞をくれる。

でも俺はもうダメです。仙術使い過ぎて動けません。勝った俺は大の字で動けず、負けた騎士隊長さんは痛そうだが普通に起き上がってる。やっぱ完全に格上だわ。

「く、つっ、ふう、本気だったんですけどね」

「はあ……はあ……こっちは、限界、ぎりぎり、です」

「それでも君は致命の一撃を入れるタイミングが有った。それをしなかっただけでしょう」

いや、有ったかもしれないけど、多分後一撃入れに行ったら俺が死んじゃう。

「かいかぶり、すぎ、です、よ」

「ふふ、そうか、ならそういう事にしておきましょうか」

「ふははは、良いな、良いな少年。気に入ったぞ！」

騎士のおじさんに何か気に入られてしまった。少し怖い気がするのは何故《なぜ》だろう。

「おっと、そういえばまだ名乗っていなかったな。少年、私はウッブルネという。聖騎士だ」

今名乗るんですか。タイミングおかしいと思う。聖騎士って普通の騎士とは違うのかな。

「はあ、はあ、俺は――」

「いや良い、今は呼吸を整えると良い。おそらく君の名はタロウ、であろう？」

え、何で俺の名前知ってんのこの人。とりあえず頷く。

「君の持っている技工剣はイナイが作った物。そして今日はアロネスに言われてこの街に来た」

それにも頷く。もしかしてあの二人の知り合いかな。

「ふふ、実は君が来る前に連絡を受けていてな。この腕輪に見覚えが有るだろう？」

そう言って、俺が今つけてる腕輪とソックリな腕輪を見せた。

良く考えたらあの人達公務員だっけ。連絡取ったついでに言ってたのかもしれない。

「色々話を聞いていたし、街のあの魔術を見て君の実力が気になってな。悪かった。だがあの場合付いて来て貰《もら》わねばならなかったのも本当だぞ？」

そう言うと、なって感じで騎士隊長さんの顔を見る。彼は「それはそうですけどね……」という煮え切らない返事だった。

何というか、振り回されてそうな気配を感じる。

「良い経験をさせて貰いました。君に会えて良かった」

詰め所から去る際に、騎士隊長さんは良い笑顔でそう言った。こちらこそ良い経験でした。

ただ何か騎士隊長さんの目に、最初より力が籠《こも》ってるのは気のせいかしら。

その後ウッブルネさんに安くて良い宿を紹介して貰い、ご飯も奢《おご》って貰った。そこで聞いたのだが、聖騎士は王を守護する盾となる者に与えられる役職で、二人しかなれないらしい。

何故二人なのか気になったので聞いてみると、大きな盾は持てても二つだけだろうと、答えになってる様な、なってない様な返事をされた。

いつか騎士隊に入らないかと言われたが、それはキッパリと断った。軍規律とかちょっと苦手。

今日は疲れたのでぐっすり寝れそう……あ、観光何も出来てねえ。

◆◆◆

「おはよう少年！　昨日は良く眠れたか？」

騎士隊長さんと手合わせをした翌日、ドアを開け放つ音と大きな声で叩き起こされた。

部屋のドアを開け放ったのは、昨日出会ったウップルネさんだ。外を見るとまだ夜明け直後だ。

「どうした少年、いい若者がそんなのそのそと。時間は有限だぞ。早く起きぬか」

いや、そんな生き急ぐ気は無いです。というかこの世界で生き急いだら即死ぬ未来が見えるので、なるべく一人でどうにかなるレベルまではゆっくり鍛えたいです。

「ふむ、寝ぼけておるのか？」

頭は起きてます。気持ちがついて行ってません。そもそも何しに来たんですかウップルネさん。

「おはようございます。夜明けからどうしたんですか。ていうか、鍵《かぎ》どうやって開けたんですか」

「鍵は店主が渡してくれたぞ？」

何でだよ。どうなってんだよここのセキュリティは。

「そんな事はどうでも良いではないか、ほれ、早く朝食を済まして行くぞ」

「行くって、どこにですか？」

「少年は買い物を頼まれているだろう。昨日は時間を取らせてしまったからな、お詫《わ》びとして案内をしよう。その方がすぐ終わって他に時間も取れるだろう？」

ああ、成程。それは願ってもない事だけど、仕事は良いのかね。

「お仕事は良いんですか？」

「今日は非番だ。ほれ、剣も鎧《よろい》も無いだろう？」

そう言って彼は腰に手を当て仁王立ちをする。確かにこの街に来て良く見るおじさんたちのスタイルに見える。いつでも騎士甲冑《かっちゅう》を着込んでいるわけではない様だ。そりゃそうか。でも剣を持ってないのは意外だ。『騎士の命！』とか言いそうなイメージなのに。

「騎士さんて、常に剣を持ってるイメージでした」

「一応剣なら持ってはいるんだがな。昨日の剣は仕事用の剣だ」

「え、何処《どこ》にですか？」

「君はその腕に何を付けている？」

成程、腕輪の中に入っているのか。今更だけど、何だこの高性能腕輪。

道具をサイズ関係無く入れられる。遠距離でも設定した道具は入れられる。転移も座標決まってるけど出来る。後、持ち主に対する保護と、腕輪自体に強化もかかってる。

この腕輪の仕掛け何となく解るけど、俺には作れないんだよな。錬金系の魔術付与と、技工の技術が混ざってる。仕掛け自体は解るけど、動く理由が解らない。

多分俺が作ったら、入れた物が中で消滅するか、腕輪が製作途中で吹き飛ぶ未来が見える。

「さて、では軽く食べて、すぐに行こうではないか」

そう言って、朝食もお勧めの所に連れて行かれたが、彼が注文した量は間違いなく『軽く』ではなかったと言っておきたい。食い過ぎて苦しい。

その後はまずイナイさんのお使いの為に、店の名前を伝えて連れて行って貰った。

店に着くと、どう見てもまだ開店前だった。こんな朝っぱらから店は普通開けないよな、うん。

「ここだな。大体技工で使う様な工具や部品類の店だな。イナイの奴は子供の頃からここの店主と懇意にしている。店主よ、居るか！」

ウッブルネさんは全くお構い無しに店に入って行き、店主を呼びに間違いなくスタッフオンリーっぽい部屋にずかずかと入って行く。すげえなこの人。

「おや、ボウドルの坊主。珍しいねぇ、どうしたんだい？」

そこには快活そうな雰囲気のお婆さんが居た。

ずかずかと入って行くウッブルネさんに対して、特に気にした様子は見られない。

「店主、そろそろその坊主はやめて頂けぬか。もう私は五十を超えているし、娘もいる身だ」

「こんな早朝からずかずか入ってくる礼儀知らずは坊主で十分だよ。それにちゃんとボウドルと言っているじゃないか。細かい事を言うんじゃないよ」

カカッという感じに笑うお婆さん。このお婆さんが店主なのかな。店主と知り合いだったから、あんなにずかずか入って行ったのか。

ボウドルってファミリーネームかね。ウッブルネ・ボウドルとかかな？

「ところで坊主、後ろの子は何だい。私服で連れて歩くなんて隠し子かい。こりゃあ奥さんに言っておいた方が良いかねぇ」

お婆さんは、俺とウッブルネさんにお茶を用意しながら、びっくりする事を言う。

「ち、違う。少年は縁があって道案内をしているだけだ。断じてその様な物ではないぞ！」

めっちゃ焦ってる。この人恐妻家なのかもしれない。

「えっと、俺はイナイさんの使いで、えーと、これらを頼まれたんですけど」

そう言ってメモを渡す。どうせ店主が居るなら、言うより見せた方が早いと思ったからだ。

ふむふむとメモを一通り見たお婆さんは、俺にメモを返した。

「成程、イナイちゃんのとこのかね。坊やはイナイちゃんの男かい？」

などと爆弾発言を言われたせいで、渡されたお茶を吹き出してむせた。

「げほっ、げほっ、な、何言ってるんですか！」

「おや、違うのかい。あの子はお勧めだよ？」

お、お勧めって。確かに可愛《かわい》い人だけど。

「言葉は荒っぽいけど家庭的で良い子だし、いつまでも若々しいし、良い物件だと思うがねぇ」

そこは全肯定しますけど、俺あの人には基本的に子供扱いされてますから。脈無いでしょ。

「とりあえずメモの中身に関しては、五日後に揃えるとイナイちゃんに伝えてくれるかい？」

言われた事を忘れない様にメモに書き加えていると、お婆さんが疑問の声を上げた。

「それ、イナイちゃんが作った物かい？」

「あ、はい、そうですけど」

お婆さんの指さす先は、逆螺旋《らせん》剣の柄尻《つかじり》に向いている。

もしかしてこの猫のマークって、イナイさんの作った物全部に付けてるとかなのかな？

世に出てる物にも付いてるなら、見ただけでイナイさん作《さく》って気付く感じなのかもしれない。

「ふ〜ん、イナイちゃんがねぇ……」

何か含みの有る言い方をしたが、お婆さんはそれ以上は何も言わなかった。何だったのかね。

その後はお婆さんにお礼を言って、軽く店を見て回ってから次の店に向かう事にした。アロネスさんの用事も済ませないといけないしね。

またウッブルネさんにお願いして、目的のお店まで連れて行って貰う。

アロネスさんに頼まれている店はさっきのお店からあまり離れておらず、すぐに着いた。

「店主、居るか！」

あれー、何か既視感有るなー？

俺も店に入って中を見回すと、鉱物類や漢方っぽい物、色んな薬草毒草等の、いかにもアロネスさんの様な錬金術師が来そうな物が並んでいた。

「んだよ、朝っぱらからうっせえなぁ」

悪態をつきながら、ちゃらい感じの男前の兄ちゃんが出てきた。何なの、錬金術に関わる人ってみんな男前なの？　後、身長も高くて足も長いの？　分けて下さい。

「聖騎士の旦那《だんな》か。俺は何にもやってねーぞ」

「問う前からその発言は更に怪しまれるぞ」

「だから俺はいつだって何にもやってねーって」

「それは私の知る由では無い。弁明ならば然るべき場所でやるのだな」

何か、連行する前の会話みたいになってるんですけど。

「あのー」

置いてけぼりだったので、とりあえず声をかける。

「ん、何だ？」

「すみません、使いを頼まれて、えーと、こういう物をお願いしたいんですけど」

そう言ってさっきと同じ様にメモを渡す。だってどう考えてもその方が早いんだもの！

「ん、ああ、ちょっと待ってろ。聖騎士の旦那も客が先だ。少し待ってろ」

「構わん。私は用は無い」

「はあ？　じゃあ何で来たんだよ」

「この少年の案内だ」

「ふーん、まあいいや」

そう言って奥に消える兄ちゃん。その間に店に並んでいる物を見る。

ここに並んでる物、どれも値段の桁《けた》が多い気がするんだけど、これはもしかして高いのかな。それともこれが普通で、昨日の屋台の値段が安いのかな。これは市場に行って確認するしかないな。

そう大きくない店だったので、一通り見終わったら店主の兄ちゃんがやって来た。

「わりい、少し物が無かったから、十日後には入れとくって伝えといてくんねぇか？」

「あ、はい、解りました」

どうやらここも、無い商品が有った様だ。メモっとこ。

「ふむ、後は市場に行くか？」

待ってました。ある意味大本命です。

楽しみにしつつウップルネさんの後をついて行き、暫《しばら》く歩いて行くとまだ朝早いのに結構な量の人の流れが目に入る。その量は進むにつれ、段々と増えていった。

市場に辿《たど》り着いた時には、人でごった返していた。活気が凄《すご》い。客引きなのか喧嘩《けんか》なのか解らない様な叫びも聞こえる。

イモ洗い、という程ではないが、店先では人を押しのけないと商品を見られないレベルだ。

「早朝に出た甲斐《かい》が有ったな」

そう言って、ウップルネさんは周りを見回す。

「この時間は一般の買い物客の時間だ。もう少し早いと料理店や、寄宿舎等の料理人が大量に買い付けに来ているな。その場合は料理人としての許可証が無いと買い物が出来ぬので、今程が丁度良い時間であろう。あまり遅くても何も無かったりするらしいのでな」

成程、その為に早朝に用事を済ませた上での、市場への案内だったのか。

そしてウップルネさんは「娘と約束が有るのでこのへんで失礼する」と去って行った。あの人台風みたいな人だな。

娘さんか。奥さんの話といい、ウップルネさん家庭内では立場弱そう。

市場には今までイナイさんが出して来た料理に使われた、肉や野菜や果物が所狭しと並んでる。

日本にも有った様な物も、見た事無い物も色々有って楽しい。

一角には虫を販売している所も有り、佃煮《つくだに》っぽい感じの物も有れば、素揚げの物とかも有った。食品販売から少しずれた所に、古着や小物類を販売している所も有った。こちらは食品の方と違い、人の流れはそこそこだ。まあ絶対必要な物じゃないもんな。

とりあえずメモに有る物を優先して買って行く。その後ゆっくりと見て回り、やはり先程の店の値段の桁がおかしいというのを確認した。錬金術ってお金かかるんだな……。

一通り市場を歩き回ると、結構な時間が経っていた。なのでちょっと早めのお昼にするべく、食事処を探して歩く事にした。荷物は勿論《もちろん》腕輪の中だ。どんだけ入んだこれ。

お昼を食べるのに良い所を探し歩いていると、そこかしこの道具に猫のマークが有る事に今更ながら気が付いた。特に街灯に有るのを良く見かける。

気になって街中を良く見ながら歩くと、街中猫のマークだらけだった。凄い量だ。

まさかこれ、全部イナイさん作とかなんだろうか。

でも、流石《さすが》に個人で作るには多過ぎる。もしかすると発案イナイさんで、製作を任せている所が有るのかもしれない。

そんな事を考えながら歩いていたせいで、気が散っていたのだろう。人にぶつかってしまった。

「きゃっ」

「わっ」

声からすると女性だ。うん、その筈《はず》だ。けど何故《なぜ》か、ぶつかった感触は『壁』って感じだった。

事実尻餅《しりもち》をついているのは俺で、向こうは普通に立っている。

顔を上げると、セミロングの黒髪に黒目の、可愛らしい女性が俺を見下ろしていた。

「ご、ごめんなさい、大丈夫？」

そう言って手を伸ばしてくる女性。俺、情けない。

「だ、大丈夫です。こちらこそ余所見《よそみ》をしていました。すみません」

その手を甘んじて受ける。ちょっと恥ずかしいけど、さし伸ばした手を取らないのは失礼だ。

「そっか、余所見してたのか。成程、だから私の傍まで来たんだね」

ん？　傍までってどういう事だろう。余所見してなくても傍に寄るのは関係ない様な。

俺が困惑の表情をしていると、女性は楽しそうに笑い出した。

「あはは、気が付いてないの？　ほら」

そう言うと、スカートの中から何かを出した。爬虫類《はちゆうるい》っぽい感じの尻尾《しっぽ》だ。そしてデカい。

「はあ、立派な尻尾ですねぇ」

俺の足の二倍以上の太さだ。女性自身の体つきは普通に見えるだけに、やたらデカく見える。

「あはは、何それ！　そんな事言う人族初めて見た！」

女性は更に楽しそうに笑う。もしかして亜人さんなのかな。

前にアロネスさんが亜人は北国に住んでるって言ってた気がするけど、ウムルにも居たんだな。

「王都にも亜人の方が住んでたんですね」

「ん、亜人って一括りな呼び方はあまり好きじゃないな。私達は鱗尾《りんお》族って名が有るの。人族が多いからって、私達を『亜人』と一括りはして欲しくないよ。私も人族って言ってるでしょう？」

そう言いながら笑う女性。亜人は怖い人多めって聞いてたけど、普通に話せるじゃないか。

あれかな、国内に居る人はそうでもない感じなのかな。

「すみません、以後気を付けます」

女性は俺の返事を聞いて、ぱちくりと目を瞬《またた》かせた後、ニンマリと笑った。

「君は珍しい人ね。私が怖くないの？」

怖い、ねぇ。普通に可愛い女性だと思うけど。それに話してる感じ、良い人っぽい気がするし。

「俺としては、貴女《あなた》は可愛らしい女性にしか見えないですよ。怖がる要素は無いかと」

そう言うと、女性は照れながら頬をかいた。

「何か、調子狂うね、君。普通ならこの通りの反応なんだけどね」

そう言って周囲に視線を促す。さっきは余所見をしながら歩いていたので気が付かなかったが、この人の周りには人が居ない。完全にこの人を避けている様子に、俺は首を傾げる。

「君は私達の様な、人族以外の種族についての話を知らないの？」

「えーと、何か人とちょっと違う人種、ですか？」

「ぷ、あはははは！　何それ！　君は本当に面白いね！」

思いっきり笑われてしまった。どこだ、どこがツボだったんだ。

「そーか、君は私達に偏見が無いんだ」

偏見ねぇ。噂しか聞いてない様な知識なので、偏見すら持ち様が無いと言うのが正しい。

「初めて会いましたから。俺は実際に見てから判断する性質なんです」

「そっかそっか。うん、嬉《うれ》しいな。君みたいな人も居るんだね」

その言葉通り、彼女は心底嬉しそうに笑う。

「ちょっとヤな気分で帰る所だったけど、君に逢《あ》えて良かった。良ければ名前を教えてくれる？」

こちらを遠巻きに見て、ヒソヒソ何かを言っているのが聞こえる。そうか、世間ではこの反応が普通なのか。周囲全部がこの感じだと、そりゃ嫌な気分にもなるよな。

「俺は――」

「あー、魔術師のお兄ちゃんだ！」

名乗ろうとすると、聞き覚えの有る声が聞こえた。そういやこの辺りか、昨日の子が居たのは。

女の子が俺の視界に入った時には、既に俺の傍に駆け寄っていた。

「あの後、体は大丈夫でしたか？」

「うん！　お兄ちゃんも怒られなかった？」

「今度から気を付ける様にって、軽く注意されただけですよ」

「そっか、良かっ――」

そこで女の子は女性を見て、固まった。顔には明らかに恐怖の色が出て、女性は何だか寂しそうな顔をしている気がする。ちょっと、辛《つら》いな、これは。

この人は話してて良い人だと思う。それを人族じゃないからと怖がられるのは、何か辛い。

「お兄ちゃん、この人と、知り合い、なの？」

どうなんだろ。この人は、今初めて顔を合わせた人だ。

けど、名前を教えようとしていたぐらいだし、知り合いでおかしくないだろう。

「そうですよ。良い人なので怖がらないで欲しいな」

そう言うと、女の子はこくんと頷《うなず》いて、女性の方へ向く。

「こ、怖がってごめんなさい。私シガルっていいます。初めまして」

彼女は若干震えつつ、ペコリと頭を下げた。そういえば俺も今初めて名前を知ったな。

シガルちゃんの行動を見て、女性は本当に嬉しそうに、優しい笑顔で跪《ひざまず》いて目線を合わせる。

「丁寧にありがとう。私の名前はギーナ。ギーナ・ブレグレウズよ」

ギーナさんの優しい挨拶《あいさつ》を見て、シガルちゃんは少し笑顔になった。

やっぱり意思疎通が出来れば問題無いよな。亜人だからどうじゃなくて、個人の資質だよね。

そう思っていると「君は？」と言われた。いかん、忘れてた。

「太郎です。田中太郎」

「タナカ、か。珍しい発音だね」

「あ、すいません、タロウが名前なんです」

「へえ、私達とは名乗りが逆なんだね。面白いね、何処《どこ》から来たの？」

「もう帰れないぐらい遠い所なんですよ」

「あはは何それ！　君はほんとに変な人だね！」

うん、やっぱりこの人は明るい良い人だ。これならアロネスさんが言ってた様に、きちんと意思疎通出来ると思うんだけどな。戦争が有ったって言ってたし、中々難しいのかな。

「お、お姉ちゃん！」

シガルちゃんが何やら声を大きくして、ギーナさんを呼ぶ。

あれ、さっきまで笑顔だったのに、何か複雑な顔してる。どうしたんだろう。

「あ、あのね、お姉ちゃん、ほんとにギーナって名前なの？」

「うん、ほんとだよ？」

「そう、なんだ……」

どうしたんだろう、シガルちゃんの発言の意図が読めない。

「ギーナ様ー！」

様子を窺っていると、遠くから彼女の名を呼びながら走って来る女性がいた。ギーナ『様』って事は、もしかしてその部族では偉い人なのかな。あの女性も尻尾有るな。そしてやはりデカい。

「あ、ごめんね、ツレが見つけてくれたみたい。実は私、迷子だったんだ」

何だ、仲間か。親近感が湧いた。凄く湧いた。

「じゃあね。ありがとう、少しの時間だけど楽しかった。また、会えると良いね」

「ええ、機会が有ればまた。その時はゆっくりお茶でも」

「あはは、それは良いね。じゃあね！」

彼女はそう言って手を振って去って行く。尻尾が横にゆんゆん揺れてご機嫌に見えるな。

そんな思考をしながらギーナさんを見送っていると、ぽそりとシガルちゃんが爆弾発言をした。

「……フドゥナドル……ギーナ・ブレグレウズ？　違うよね？」

……あれ、俺の記憶が間違ってなかったら、それ魔王って意味だったと思うんですけど。

え、違うよね？　ほんとに違うよね？

◆◆◆

執務室にてペタンペタンと印章を押し、偶《たま》にサラサラと名前を入れる。終わる気がしない。可否の印章を押すだけの物も、量が膨大過ぎる。毎日毎日いつまでも終わらない。助けて。

そう心の中で嘆いていると、コンコンとノックの音が部屋に響いた。

「入れ」

手を止めずに声を発す。それに応じて扉を開け、執務室に入った人物は剣を床に置き跪く。

「陛下、失礼致します」

「ロウか、どうしたんだい。今日は非番だったんだろ？」

入って来たのがウームロウだった事で、王様然とした態度を崩し、気楽に話す。

生まれた時から世話になっている騎士で、実の父親より父親と思えてしまう彼には、どうにも王様ぽく振舞うのが苦手だ。剣の師でもあり、地獄の様な訓練がトラウマになってるのかも。

しかし、彼は今日非番だった筈だ。どうしたんだろうか。

「至急陛下の耳にお入れしたい事が有ります。ですがこれはあくまで噂であり、真偽を目で確認は出来ておりません。その上での発言をお許し下さい」

珍しい。彼は普段、報告で前置きを言う方ではない。結論を言ってから経過を言う。その彼が、アロネスやセルとの相談も無しに来て前置きか。聞きたくないなぁ。

「今日、街にギーナという名の鱗尾族が居たという噂を、耳に致しました」

ロウの報告に一瞬手が止まる。が、すぐに再開する。驚いても手は止めるわけにはいかない。

「確か……ではないんだよね」

「はい、申し訳ありません。あくまで今日、娘と街を歩いていた際に聞いた噂でしかありません」

王都に来ているのか。無断侵入だろうな。帰る時も上手《うま》く帰って欲しい物だ。

この国にも数は少ないが彼女の同胞は居る。街に居るだけなら、不審には思われないだろう。

「如何《いかが》致しますか？」

「放っておくしかないだろう。こちらから手を出さない限り何も問題無い。そうだろう？」

「では兵達にもその旨を伝えて、それらしき人物には、上手く対処するよう命じておきます」

「任せるよ」

「はっ」

ロウは返事をすると、来た時と同じ様に颯爽《さっそう》と出て行った。

そうか、彼女が来ているのか。

おそらく彼女はこの街の技術と、亜人という物に対する反応を自分で調べに来たのだろう。

私としては彼女がこの街に居る事自体に思う事は無い。むしろ使えそうな物が有るなら、相談しに来てくれればそれなりの対応はするつもりだ。

この国がここまで順調に復興出来たのも、戦時中の彼女とその直属の部下、そして私と私が信頼する部下しか知らない条約のおかげでも有る。

正式な物では無い口約束の様な物だが、それでも彼女なら守ってくれると信じている。

事実もう十年も上手くやっていてくれてる。こちらも向こうの国にある程度草を放って状況を調べてはいるが、あちらも上手く復興を進めているようだ。

彼女の国は今や広大だ。北の樹海を壁にして何とか進入を防いでいる形をとっている、と国民には伝えてはいるが、実際はそれで抑えられる程の小国ではない。

正確には彼女の国は一つの国ではなく、様々な種族がそれぞれの国を持ち、お互いに協力し合っている連邦国の様な物だ。彼女はその代表であり、あちらの国での英雄だ。

亜人の奴隷解放の主導者であり、幼い少女でありながら単独でありとあらゆる戦場を駆け抜け、瞬く間に大量の亜人を解放していった。

関わった自分だからこそ解るが、彼女自身は心優しい女性だ。だからこそ亜人解放に立ち上がってしまったのだが、それは彼女にとって辛い事になったのが皮肉な話だ。

彼女は亜人を虐げていた人族に対しても、非道になりきれなかった。勿論《もちろん》戦場で戦っている以上、どれだけ手加減しても殺してしまう場合も有る。

だが彼女は、彼女が相対する場合は、その力を全力では振るわなかった。

彼女の目的は、同胞をただ当たり前の生活が出来る様にしてやりたいだけ。只々《ただただ》その一心で戦場を駆け抜け、周辺の亜人奴隷を当然とする国と戦い続けた。

だが、彼女以外の者はそうではない。長年虐げられていた怒り、恨み。それらを解放する機会を与えられてしまったのだ。

彼女が亜人を解放した後、最初の方はまだ良かった。だが時間が経ち、規模が大きくなるにつれて状況は酷《ひど》くなっていった。

ある時、彼女が国を落として亜人を解放した時、その国の最期をきちんと見てしまった。

ずっと駆け抜けていた足が、その光景を見て止まってしまった。

加減をして生かした筈《はず》の兵が殺され、街は蹂躙《じゅうりん》されて行き、女子供も関係無く虐殺されていく光景がそこに有った。それを、見てしまったのだ。

今度は亜人が人族を奴隷にし、好きな様に使う国も出て来てしまった。

こんな筈ではなかったと、彼女は言っていた。私はただ皆を助けたかっただけだと。

私達が私達らしく生きて、共存して行ければ良かったと。

だが亜人達は止まらない。今までの恨みを返さんと、亜人が本来持つ身体能力を用いて周辺国を飲み込んで行った。英雄はその姿を、足を止めて眺めるしか出来なくなってしまった。

その結果彼女は魔王と呼ばれた。ただ誰かを救いたかった筈の少女に付けられた、悲しい名だ。

その頃に私達は出会った。

ウムルに亜人奴隷は居ない。そもそも奴隷を良しとしない国だ。

だが直接戦線に居らずとも、我が国は限界だった。

お人好しの父が、資源を惜しみなく周辺国に出したからだ。それも自国の運営すら危うい程に。

すぐ傍に亜人達が攻めて来て、隣の国すら落ちている状況でだ。

だから私は父の許可無く戦場に立った。この国を守る為に。たった八人の兵を連れて。

私が一番信頼する聖騎士ウームロウ。

我が愛《いと》しき人、聖騎士リファイン。

妹であり、最高峰の魔術師セルエス。

弟であり、最高峰域の魔術師グルドウル。

我らの友人であり妹分の拳士《けんし》ミルカ。

若くして技工の深奥を知る我らの姉貴分の技工士イナイ。

魔術の才も高く、この世界有数の錬金術師アロネス。

我らの最高の武具を作り、自身も戦場で様々な武具を使い戦う屈強な男アルネ。

私を含めたった九人。この九人で私達は戦った。

国の軍はもはや殆《ほとん》ど機能していなかったし、これ以上死人を出したくなかったのだ。

私達はまず、人が生きている事を知っている国から攻めて行った。どの国も私とロウ以外はほぼ単独だ。その光景は向こうの国にとっては悪夢だったろう。

今まで自分達の英雄しか成し得なかった一騎当千の体現者が、辺境の小国に八人も現れたのだ。

私達はどんどん進軍していき、樹海の手前までの国を飲み込んでいった。既にどの国も主要人物の殆どは殺されており、私達が私達の国として管理するしかなかった。

そしてその戦時の最中、父が消えた。

父はお人好しで、そして弱い人だった。だから何となくそうなる気はしていたが、中途半端な状態で戦場を離れるわけにもいかず、簡易な即位式だけをして私は戦場に戻った。

そこまで来た時には義勇兵もいた。我々が募ったわけではなく、彼らが自身で居場所を手に入れる為に立ち上がった。故に今知られている英雄譚《たん》は、戦場に居た者達が語った物だ。

順調だった。

復興の為の指示も人も、道具も用意しなければいけなかったが、戦場での被害を極力抑える事で何とかなっていた。勿論当時助力してくれた国の存在は大きいだろう。

捕虜にした亜人は、人としての最低限の権利を与えた上で労働力にさせて貰《もら》った。虐殺も奴隷も私が嫌だったからだ。何よりそういった行動はアロネスが一番嫌がった。

だが、ある日思い知った。快進撃は一人の英雄が、足を止めてしまったから出来た事なのだと。

リファインが負けた。

その報告を聞いた時は何かの冗談かと思った。

彼女が負ける筈なんて無いと、ずっと信じていたその考えを打ち砕かれた。

そしてセルエス、グルド、ミルカ、イナイ、アロネス、アルネ。この者達より強い者など居ないと思っていた者達が、悉《ことごと》く敗退して行った。何より相手は年端も行かぬ少女一人。驚く他無い。

だが私は全ての報告を聞いて、疑問に思った。『死人が一人も出ていない』のだ。

彼女は他の兵を攻撃した様子がない。流れ弾の魔術の被害にはあっても、直接攻撃はリファイン達しか食らっていない。

敗走を追撃する様子も無く、彼女に付き従う者達も動く様子は無かったという話だ。

リファイン達も負傷はすれど、死者は居ない。完全に手加減をされていた。

直感した。

彼女こそが亜人の核だと。そして何らかの理由で足を止めたのだと。私は彼女に接触を試みた。

亜人を排斥するつもりは無いという意思を伝える為に。

結果としては上手く行った。彼女も亜人達の暴力を良しとは思っておらず、だが止める事が出来なかった自分を悔やんでいた。そこで私達は彼女と約束を結ぶ。

私達はこれ以上の戦闘は仕掛けない。そして亜人の種族としての権利を国内で認める事。

彼女は奴隷化された人族を解放し、これ以上人族への進軍をしないという事。

私達は、元々亜人に対する偏見はあまり無かった。故に後は亜人を奴隷にしていた者や、責め滅ぼされ、蹂躙された恐怖を持つ者達への意識転換が課題。

だが彼女には、人族をただ解放する事は無理だった。

故に自分と自分の部下が管理する国にて、少しずつ共存して行ける環境を作ろうとした。

それに反対した国や、過激な国は樹海の中央の領土に隣接させている。我が国の隣国は、彼女と彼女が最初の頃に連れていた者達の国だ。

彼女達の許可無く通る事は出来ない。それはかつての英雄を敵に回す事になる。

そして十年。彼女は上手くやってくれている。もう向こうの国にも人族の奴隷は居ないそうだ。

かなり強硬手段も取ったらしいが、それは私が口を出す事では無いだろう。

彼女は彼女の理想の為に生きている。私達もその想いに応える為に、捕虜になっていた亜人達に国民権を与え、この国で暮らして貰っている。

人々からはまだ恐怖は消えないが、少なくとも亜人達と共存している街が幾つか有る事は、着実に彼女の理想に近づけていると思いたい。

アルネやイナイ、アロネス達の技術も彼らに伝え、復興の足掛かりになる様にして行った。

「もう少しすれば、彼女達と表立って盟約でも結べるかな」

元々私達は戦争なんてガラじゃない。戦う為の力は持っている。けど出来るならその力は振るいたくない。共存が望ましい。それがあの時の、私と彼女の共通認識だ。

ただこれは、私と彼女の国だけの認識だ。他国はそうはいかない。魔王の力を恐れ、亜人に対する排斥が魔王を敵に回す、という認識が広まりつつあるのは良いのか悪いのか。

皆が共存出来る未来など夢物語だと解っている。

だが、その夢物語に思いを馳《は》せながら終わらない書類との格闘を続ける。

「……誰か助けて」

人が育って、人数も増えてるのに何で書類仕事って増えて行くんだろう……。

◆◆◆

あの後、シガルちゃんと色々世間話をした。その過程で魔王の話も少し教えて貰った。

魔王の名はギーナ・ブレグレウズ。

この国の北、樹海よりも、もっともっと遠くの国に一人の少女が生まれた。その少女は幼い時期から、亜人の中でも特に身体能力に優れた個体として育って行った。

彼女の国は平和だった。魔物の被害こそあれ、人同士が争う事は殆ど無い国だった。

だがある日、唐突に侵略者が現れた。彼女の一族を捕らえ、奴隷にする為に大軍が送られた。

その時彼女はその場に居なかった。彼女が自分の暮らす街に戻って来た時に見た物は、最後まで逆らった者達なのだろう幾つもの死体と、壊れた家と、動かない家族だった。

その時まだ軍は全て引いてはいなかった。故に、その国での出来事が、その少女の初戦。

彼女はありとあらゆる魔術を無詠唱で使い、強化魔術も無く、あらゆる武具をその身体能力のみで破壊して行ったという。

どれだけの軍勢も意味は無く、その街に残っていた軍は全滅した。

彼女は怒りのままに、侵略して来た国を逆に滅ぼして亜人を全て配下にして行き、その勢力を伸ばして行った。人々は蹂躙され、沢山の人間が老若男女問わず殺された。

この頃に人族は口々に言い始めた。あの女は魔王だと。

この国も滅ぶと思われた所で、八人の英雄と、当時王子だった現王が立ち上がり、樹海を境に出来る所まで戦場を押し上げた。

だが八英雄と王は、魔王に敗北。ただ、魔王も八英雄の力を脅威とみなし、この国を攻める事を止《や》めた。それから十年。北の亜人の国と睨《にら》み合いが続いている。

というのがこの街というか、国の人の共通認識っぽい。

街の人達がギーナさんを怖がった理由も、彼女がその魔王と同じ種族だからみたいだ。

ただ俺は、この話を聞いて違和感を覚えた。この話、何かどこかおかしい、と。

何故《なぜ》かを考えて思った事。それはその魔王の出生が語られているからだと思う。その話が本当なら、彼女の親しい人間はほぼ死んでいる事になるし、生きていても数人だろう。

何より攻め入った国が滅んでいるのに、まだいがみ合っている敵国に詳細が伝わるのは妙だ。

まあ、真偽は良いか。いつか見に行けば解る事だし。

ギーナさんと同姓同名なのは気になるけど、亜人さんには英雄っぽいし、同じ名前を付ける人が居てもおかしくないんじゃないかな。話の流れからして奴隷解放の戦争っぽいしなー。

シガルちゃんが呟《つぶや》いた時は驚いたけど、冷静に考えてそんな人物がここに居る筈が無い。

しかし八英雄かー。ウッブルネさん以外の人にも会ってみたいなー。

魔王さんは怖いからノーセンキュー。リンさんとセルエスさんを足した様な人に会いたくない。

そんな風に考えつつ街中をシガルちゃんに案内され、「ここが美味《おい》しいよ！」とか、「ここに珍しい物が売ってるよ！」とか言われながら歩いていると、見覚え有る人を見つけた。

多分あれミルカさんだ。男性と笑顔で歩いているっぽい。

あの人が彼氏か。何かぽややんとした感じの人だな。デートの邪魔をする趣味は無いので遠くから生暖かい目で見ておこう。俺は爆発しろとか思わない。羨《うらや》ましいけど。

「お兄ちゃんって、何処《どこ》に住んでるの？」

二人を眺めていると、シガルちゃんが唐突に俺の住処《すみか》を聞いてきた。

「住んでる所ですか。北の樹海の傍ですね」

「……何で、そんな不便な所に住んでるの？」

うん、当然の疑問だよね。俺、この街に先に来てたら絶対そう思うわ。

「そこにお世話になっている人が居るんです。剣も魔術もその人達から教わったんですよ。この剣もそこに住んでる方に貰った物です」

「へー、お兄ちゃんのお師匠さんなんだね！　きっと凄《すご》いんだろうなぁ！」

うん、凄いです。凄過ぎて最近血反吐《ちへど》を吐く回数が増えてます。魔術無かったら数回死んでる。

「ねえ、お兄ちゃん、また王都に遊びに来る事有るのかな？」

どうだろう。またお使いに行って来いと言われたら来るのかな？

「どうかな。解らないですね」

そう答えると、あからさまにしょぼんとした顔になるシガルちゃん。

「ああ、でも、ここに気軽に来れる様になったら、また遊びに来ますよ」

慌てて言うと、パァッと笑顔になった。解り易いなー。何か可愛《かわい》い。

「じゃあ、また会えるね！」

何か物凄《ものすご》く懐かれたなー。何でだろう。ピンチを助けたからかな？

「そうだね、また会えると良いね」

あの人にも、ギーナさんにもまたいつか会えると良いな。お茶の約束したしな。

「さて、俺はそろそろ帰らないと」

「え、あ、そっか……」

またさっきの様に、ショボンとするシガルちゃんの頭を撫《な》でる。

「じゃあ、俺の国の約束を守る御呪《おまじな》いをしましょう」

「おまじない？」

「こうやって小指を結んで……」

指切りだ。この国にこんな習慣は多分無いと思う。

「またこの街に来たら君に会いに来ます」

この子の魔力の波長は覚えた。全力で探査すれば街中なら会えると思い、指切りをする。

「ふあ……」

シガルちゃんは何やら顔を真っ赤にしている。あれ、何か不味《まず》った？

「これが俺の国で、約束を守るっていう御呪いです」

「約束を守る……うん」

何か熱の籠《こも》った感じの顔で見上げられてる。もしかしてこの国では、何か違う意味でした？

「お兄ちゃん、あたし大きくなったらお兄ちゃんみたいになりたい。お兄ちゃんみたいな、優しくて、強くて、誰かを助けられる魔術師になりたい」

シガルちゃんは、何かを決意した様な顔で俺に言う。だけど俺はそんな大層な人間じゃない。

ただ、あの場で小さな女の子が酷《ひど》い目に遭ってるのが嫌で、動いてしまっただけだ。

いつも誰かを助けようなんて、そんな大層な想いは持ってない。どうも俺を過大評価し過ぎだ。

「買いかぶり過ぎですよ」

「そんな事無いよ！　かっこ良かったもん！　だから……！」

彼女はそこで少し溜《た》めて、意を決した表情で続きの言葉を口にした。

「あたしが立派な魔術師になったら、お兄ちゃんのお嫁さんにして！」

……えーと、ちょいまち、何故に私は幼女にプロポーズされとるんですか？

「……だめ？」

そんな上目遣いされても困る。可愛いけど幼女に手を出す気は無いのですよ。

「君が大きくなって、立派な魔術師になった時、まだそう思っていたらその時に返事をします」

子供の頃の想いが大人になっても変わらない、なんてのは少ない。これで良いだろう。

「うん、解った！　約束だよ！」

彼女の笑顔にちょっと罪悪感。けどこれで良い。きっといつか俺の事は、昔とあるおじさんに助けられたんだー、程度の記憶になるだろう。

俺は彼女と別れて門を出て、暫《しばら》く歩いてから腕輪を使い、家路に就く。

また明日からは訓練の日々だ。もう少し強く、いつか騎士隊長さんと同じ様な動きが出来る程度になりたいな。

あの人魔術無しであの動きだから、俺には無理かな……。

7．師の目標、変わる状況と更なる技術

「タロウ、こっちを繋《つな》がないと、動かないぞ」

「あ、しまった。すみません」

イナイさんに注意され、ミスした箇所を慌てて直す。

動力に繋がってないとかいう、ポカミスにも程が有るミスしてる。これじゃ動くわけが無い。

「ちょっと休憩するか」

「……その方が良さそうですね」

息を深く吐いて手を止める。この調子じゃ、作りたい物作るのも何時《いつ》になるやら。

一個だけ、狡《ずる》いけど一個だけイナイさんも驚かせられる案が有る。

この世界には魔術が有るせいか、銃が無い。大砲なんかは有るみたいだけど、小型の携帯拳銃《けんじゅう》は存在しないらしい。王都に行った際に、武器屋の類を見て回ったが見つからなかった。

技工を学んで部品の製作や加工を学べば、もしかしたら出来るかもしれない。決められた部品を組み立てる練習でこの調子じゃ、先が思いやられるけど。

「とりあえず、茶でも飲んで一息つきな」

イナイさんはいつの間に用意したのか、作業台にお茶を二つ置く。

「ありがとうございます。いただきます」

礼を言ってお茶を貰《もら》う。美味《うま》い。やっぱりこの人の作る物は、全部美味《おい》しいな。

「タロウ、今更だけどさ、技工は無理して覚えなくても良いんだからな」

「ふえ？」

唐突なイナイさんの言葉に、思わず間抜けな声が出た。覚えなくても良い？

「技工は、これで食ってくつもりが無いなら、そこまで必要の無い物だ。無理する必要は無い」

もしかしてこれ、さっきのミスが原因だろうか。そんなに無理してる様に見えたかな。

「お前に教えんのが楽しくて、お前がどんどん言う通りに作るのが楽しくて、ついつい色々詰め込んじまったけど、無理はしないで欲しいんだ」

……この人のこの目。最近何度か見ている、何かを不安に思っている様な目。

もしかして、俺が無理に頑張っていると思われてるのかな。それで最近こういう風な目をしていたのかな。もしそうだったら、それは見当違いだ。

俺は全部楽しくやってる。剣の手入れも自分でしたいし、出来ればこの人の役にも立ちたい。

「無理してるつもりは無いですよ。やりたくてやってるだけですから」

「……そっか、なら、良いんだが」

ホッとした様に息を吐くイナイさん。本当に安堵《あんど》した感じだ。

「じゃあ、タロウには、これも教えておこうかな」

何だろう、また新しい事なんだろうか。でも、俺にはってどういう事だろう。

「あたしは、技工で使う細かい部品は、基本的に買い付けに行ってる。これはそれを生業《なりわい》としている人間に利益が行く様に、国に金が回る様にわざと買ってるんだ」

イナイさんはそう語りながら、一つの鉄屑《てつくず》を手に取る。

「けどな、急ぎでそんな事言ってられねえ時もある。そういう時、どうすれば良いと思う?」

「それは……部品を自分で作るとか、ですかね」

「正解だ。そしてお前ぐらい魔術を修めてれば、こういう事も出来る」

そう言って、イナイさんは手元の鉄屑に魔術で熱を与え、近くに有ったハンマーでその形状を整えて行く。そしてその熱を急速に冷却し、一つの歯車が出来上がる。

「ま、こんな感じだ。鍛冶《かじ》の焼き入れを知ってるお前なら、違和感無い作業だろ?」

と、部品を作り終わった彼女は軽くそう言った。うん、無理無理。

簡単な物なら出来るかなって思うけど、今の速度で細かい部品作るのは俺にはまだ無理ですわ。ていうか、今の無詠唱でやってたよね。

ナチュラルに手とハンマーに保護魔術もかけてたし、魔術の技量も高いっすねイナイさん。

「まあ、こんな作業をしなくても、一個型を作っちまえばもっと楽だけどな。武器作る為の部品じゃなけりゃそこまでの強度は求めてねーし、そこそこの素材使って鋳造でやれば良い」

「なるほど、型か。確かにその方が現実的かも」

いや、ちょっと待て。自分で思った様に手元で部品を作るって、道具を使わずに出来るかもしれないんだよな、今の方法なら。

それなら、もしかしたら、これを上手く出来る様になれば、銃の部品も作れるんじゃ。

詳細な構造はうろ覚えな所が有るけど、肝心の弾倉と撃鉄、銃口が簡単に作れるかもしれない。

「……何か楽し気な事でも思いついたか?」

「あー、ええと、今のが自由に出来る様になれば、作りたい物が作り易くなるかなって」

ただ問題は、詳しい構造を把握してない所をどうするかっていうのが難点だ。イナイさんが作る道具から、何かヒント見つかれば良いんだけどな。

でも、この技術を上手く使える様になれば、加工もし易いかもしれない。

鉄板加工なんかも、バーナーとかの道具無しで出来るって事だし。本当に、手元に何も無い時に便利な技術だ。練習する価値は有る。

「何作るのかは、教えて貰えないのか?」

「あ、えっと、多分この世界に無い物なんで、出来たら見せます。それまでは内緒って事で」

ぶっちゃけ作れるかどうかも怪しいからなぁ。

「そうか、なら楽しみにしてるとしようか」

「ええ、その為にも、今の技術もそうですし、他の事もまだまだ教えて下さい」

俺の返事を聞いて、彼女は嬉《うれ》しそうな顔をした後、一度深く深呼吸をした。

「……よーし解った。そういう事なら、今後は本気で教えてやる」

ニヤッと、歯を見せる獰猛《どうもう》な笑いをして、彼女はそう口にした。

あ、あれ、何か寒気がするんですけど。お手柔らかにお願いしますね。

◆◆◆

ただ今、ミルカさんとセルエスさんの手合わせを眺めておりませう。

ミルカさんは今、強化を一切使っていない。対するセルエスさんは既に強化済みで、手に愛刀そっくりな模造刀の直刀を持っている。

ミルカさんは一切構えず、普段の生活と同じ様に両腕を下げて自然体だ。

構えを取ると前方に意識が行く。多数相手に構えは意味が無い。型を覚え、型を体に染み込ませ、型には囚《とら》われない。そこまで来てやっと半人前、とはミルカさんの言だ。

セルエスさんは直刀を下段に構えた体勢のまま、無詠唱で風の魔術をミルカさんに放つ。サイズは針の様な小さな物だが、数が多い上に目視出来ない。

その上セルエスさんは魔力が籠められている事を隠せるので、傍から見てる様な状態でも、何となくその辺に放たれてる程度にしか解らない不可視の攻撃。

前に威力を思いっ切り落として同じ事やって貰ったら、八割食らった。躱《かわ》せません。

ミルカさんはそれらを、全く問題無く流れる様に避《さ》けていく。強化を使っていないのに、その動きはとんでもなく速い。

そもそもなんで避けられるのか理解出来ない。

そこでセルエスさんはミルカさんの下まで駆ける。刀の間合いに入り、下段に構えていた直刀が斬り上げられる。いや、斬り上げようとしたが正解か。斬撃は本来の軌道をとれず、空を切る。

直刀にミルカさんの足が届く距離になった瞬間、軽く蹴《け》って横に逸らされた。

そして直刀を逸らした蹴り足をそのまま前蹴りに移行し、蹴りがセルエスさんの顎《あご》に迫る。セルエスさんもしっかり見えている様で、危なげ無く横に顔を逸らして蹴りを避けた。

が、ミルカさんの蹴りは速度が変わらぬまま、途中で横に軌道を変える。

セルエスさんはそれもスウェーで躱し、魔術で土をミルカさんの足に絡ませて軸足を止める。同時に風の魔術を全方位から仕掛け、ダメ押しの様に直刀を振り下ろす。

ミルカさんは一切焦る様子を見せず、腰を落とした震脚に魔力を乗せ、その一撃で魔術の掛かった土と風を全て吹き飛ばした。

だが、その間にもセルエスさんの直刀は迫る。

そして斬撃が頭に当たると思った瞬間、ミルカさんの頭からするりと直刀が滑った。完全に脳天直撃に見えたのに、少し首をずらしただけで摩擦が無いかの様に滑り落ちた。

セルエスさんは焦る様子なく滑った直刀を胴に向けるが、ミルカさんの掌打の方が速い。

だが掌打はいつの間にか展開していた魔術障壁に阻まれ、ミルカさんは直刀を胴に受けて横に飛ぶ。攻撃の威力で吹き飛んだのではなく、自ら飛んでいた。

なので平然と立つ。

服も戦闘用の服なので、まともに食らってない状態では全く異状が無い。

「まったく、接近戦では話にならないわねー」

「二十年鍛え続けてるのに、セルねえだからって、今更この距離で負けたら流石《さすが》に落ち込む」

「多重発動してる足止めはあっさり振り切られるし、どうしたものかしらー」

「セルねえは元々が動かずに、近づいてきたら剣使ってただけだもの。動きながらの集中力が足りない。セルねえ本来の魔術行使ならもっと堅い」

「うう、ミルカちゃんに説教された……」

二人の会話は本来逆に聞こえるかもしれないが、間違いなく真実だ。

セルエスさんは強化して戦っているけど、対するミルカさんは強化無しでそれをいなしている。

全力を出せばどうなるかは、火を見るより明らかだ。

さっきの掌を防いだ障壁も、複数展開していた最後の一つでギリギリ止まった様な状態だ。

やっぱりミルカさんもとんでもない。あの人何で生身であんな威力の攻撃出来るの。

とはいえ、無詠唱で同時に幾つもの魔術を使うセルエスさんも大概なんだけど。ミルカさんは集中力が足りないと言うが、俺は棒立ちでも一瞬であの数は使えない。

「どうする、魔術戦、やる？」

「やっても良いけど、最近四十くらいまでなら、威力落とさず同時展開出来る様になったよー？」

「……い、一応やる」

セルエスさんの魔術戦。それは完全に足を止めて、自らは多重の魔術障壁を常に、そして何度も何度も展開しながら攻撃魔術を何十も放つ、完全な強固固定砲台戦法だ。

離れていると、尋常じゃない数の魔術を絶え間なく食らい続ける事になる。

だからって近づいても何十もの魔術障壁を破らないといけないし、時間をかける程その障壁は数を増やし強固になって行く。俺には完全に手に負えない。

「じゃ、行く」

「はいはーい」

今度は先程と違い、ミルカさんは接近攻撃を使わない。完全に魔術のみで戦う様だ。

ミルカさんは詠唱を短く唱え、そして、途中で唱えるのを止《や》めた。あれ、どうしたんだろう。

「セルねえ、少しは手加減して。話にならない」

「あらー、だいぶ加減してるわよー。攻撃してないでしょー？」

……何が起こったのだろう。まだミルカさん自身は何もしてないよね？

「こういうのは手加減って言わない。発動前どころか、魔力操作開始即で全部潰《つぶ》さないで」

「潰されない様に、もっと速く展開しないと。もしくは潰されないぐらいの力を込めるかねー」

「ぐっ」

「うふふ～」

あ、これさっきの仕返しだ。つまりセルエスさんは、ミルカさんの魔術を発動前に全て叩《たた》き潰したんだ。よって何も起こらない。詠唱をしきっても意味が無い。

俺には何が起こったのか解らないレベルだったけど、ミルカさんは途中で気が付いたらしい。

ていうか、発動前に潰すだけならともかく、それが見えないっていうのが異常過ぎる。

「じゃあ、久々に本気で、やる？」

「ん～……やめとくー。また今度相手してねー」

「ん、私もそろそろ無詠唱出来そうだし、出来る様になったらお願い」

「はいはーい」

ミルカさんに応えつつ、背を向けて手を振りながら、セルエスさんは家に帰って行った。

「おつかれさまです」

用意していたタオルをミルカさんに渡す。セルエスさんは帰ってお風呂《ふろ》だろう。ミルカさんはこの後も少し体を動かすが、水を飲んでひと休憩だ。

「少しは、参考になった?」

「ええ、接近戦を制するつもりなら、もっと鍛えないとダメだなって事は良く解りました。下手な魔術じゃ突破されてしまうし、相手が魔術を使えるなら、魔術を破壊されて打撃を通される」

ミルカさんは震脚の時以外、魔力使ってなかったもんな。

「逆に魔術戦主体の場合は、いかに速く展開して、いかに相手の手を出させないかですね。あの速度と精度はちょっと真似出来ないですけど」

「うん。今回はお互い得意じゃない方やったから、見て解り易かったと思う。ただ私のあれはともかく、セルねえの魔術は速度が速過ぎて、真似出来ないと思う」

「でも、何でセルエスさんは接近戦の訓練してるんですか? あの魔術行使なら、接近戦の必要無い気がするんですけど」

魔術のみの戦闘でも、あの人を下せる人間はそうそう居るとは思えない。

ミルカさんはその疑問に、少し思案顔をした後に口を開いた。

「負けたから、かな。セルねえだけじゃなく、私も、リンねえも」

「それは仲間内の勝負で、じゃなくてですよね」

「うん、本気で。それこそ死を覚悟した戦闘で、負けた」

それは頭を殴られた様な衝撃だった。俺にはこの人達が、誰かに負ける所が全く想像出来ない。まるで届く気のしないこの人達より、もっととんでもない人間が居るのか。

「私は元々、魔術は強化系以外あまり使えなかった。けどそれじゃ、体術魔術のどちらもが高水準の人間に通じない事を、痛感させられた。だから今は、魔術も鍛えてる」

ミルカさんは、握った拳《こぶし》を見つめながら続ける。

「私に必要なのは、相手の魔術を全て相殺、せめて半分以下に出来る技術。戦いの舞台を体術に引き込む技術。その為には精度を上げないといけない」

ミルカさんの語るそれは、規格外であった人を、更に規格外にする訓練。元々が体術のみで人間を超えていた人が、それに留《とど》まらないと言っている。

彼女の言う理想は今かなり近い所に有る。

全て無詠唱で出来ずとも、体術を交ぜた迎撃に関して言えば無詠唱をやってのけるのだから。

ミルカさんが無詠唱でこなせないのは、攻撃に魔術を使う場合だけだ。

「セルねえは一撃殴られ、それで終わった。魔術が殆《ほとん》ど通用しなかった上に、障壁は全て突破されての一撃。体術の訓練を殆どしてなかったから、その攻撃を避けられなかったし、耐えられなかった。だから今は体術の訓練もしてる。今日のは訓練っていうより、成果の確認だったけどね」

今、凄《すご》く怖い話を聞いてる気がする。

たった今、レベルが違うと思った魔術行使が通じない相手？

体術で押し切られたとかじゃなくて、魔術自体も効かなかったとか怖過ぎる。

「リ、リンさんは、どうだったんですか？」

「リンねえだけは接戦。けど負けた。魔術障壁を使えるか使えないか。そこが分かれ目になった。だから、セルねえはリンねえが魔術を使える様にしたがってる」

ああそうか、あの魔術は、俺にかけられたあれは、リンさんの為に練り上げた魔術だったのか。

あの時のセルエスさんの涙や、リンさんの申し訳無さそうな顔の意味が解った様な気がする。

「凄い人が居るんですね……」

「うん、怖かった。あんなに怖い相手はリンねえ以外に居ないと思ってた」

「会いたくないですねぇ……」

「大丈夫。今なら会ってもそうそう襲ってこない、と思う。……多分」

多分って言葉は、逆に不安ですよ？

「さ、今日の訓練を始める」

「あ、はい、解りました」

休憩は終わりらしく、ミルカさんは今日の俺の訓練を始め、当然の如くボコボコにされた。

最近は、死なないギリギリを確かめられてる感じすらする。

「じゃ、私はまだやるから、今日は休んで良いよ」

ボコボコにされて治療を、十回以上繰り返した辺りでそう言われ、フラフラと家路に就く。

「……もうあれに耐えられる様になったんだ。もうちょっと強めに出来るかな」

気のせいかしら、何だか恐ろしい言葉が聞こえた気がします。きっと気のせいですね。

俺はミルカさんの発言に聞こえないふりをしつつ、玄関の扉を開ける。

「おう、お疲れ。風呂沸いてるから、入ってきな」

家に入ると、真っ先にイナイさんが出迎えてくれた。手にはタオルと着替えが握られている。

「ほら、さっぱりしてきな」

「あ、はい、ありがとうございます」

言われるがままに風呂に行き、ゆっくりと汗を流す。この家、風呂が有るのが本当良い。日本人としては気軽に風呂に入れるのは本当にありがたい。

風呂から上がって居間に戻ると、イナイさんが冷たいお茶を用意してくれていた。

「おう、上がった……こーら、頭ちゃんと拭《ふ》いてねえじゃねーか」

俺を見るなり、子供を叱る様な表情で俺の手を引き、俺をソファに座らせる。

「全く、小さい子供じゃないんだぞ」

そう言いながら、彼女は俺の後ろに回って俺の頭を拭き始めた。

「じ、自分でやりますよ」

「やってないから今あたしがしてんだろ。良いからじっとしてろ」

ちょっと恥ずかしい。照れくささを誤魔化す為に、彼女が頭を拭いている間にお茶を飲む。

「ほれ、拭けた」

彼女は俺の頭を拭き終わると、頭を撫《な》でて報告をしてくる。わーい、完全子供扱いだー。

「今日の訓練は終わりだろ、ついでに体も解《ほぐ》してやるよ。少し待ってな」

彼女はそう言うとパタパタと二階の自室に行って、何かの液体の入った瓶を持って戻って来た。

何だろうと首を傾げていると、彼女は瓶の蓋《ふた》を開けて液体を手に延ばし始める。

「この間知り合いに聞いてな、保湿の薬剤使ってやると、滑りが良くて気持ちも良いらしい」

ああー、マッサージローション的な。ああいうのって後で洗わなくて良いのかな？

いや、保湿の薬剤って言ってるし、そのまま付けっぱなしなのかな。

「とりあえず腕から試してみるな」

そう言って彼女は俺の腕を取り、液体を付けながら腕全体をマッサージしていく。

ヤバイ、気持ち良い。腕だけで寝そう。

「どうだ？」

「気持ち良いです。ていうか寝そうです」

「あはは、なら良かった」

彼女は俺の答えに、嬉《うれ》しそうな顔をしながらマッサージを続ける。

俺は気持ち良くて寝そうなのを、必死に我慢していた。だってこれ寝たらもったいないじゃん。

「ん、良い感じだな、これなら全身やれそうだな。タロウここに寝転がれ」

「あ、ふぁい……」

もう寝そうなのを頑張って耐えているので、ふらふらになりながらソファに横になる。

「背中はだけるなー」

彼女は転がった俺にまたがり、俺の背中に薬剤を塗り始める。

柔らかいというには少々締まっている、軽い体がお尻《しり》の少し下に有るのが解る。

「お、滑る滑る。確かにこの方が解しやすいかもなー」

彼女は楽し気に俺の背中をマッサージしていく。これ寝る。気持ち良すぎて我慢とか無理。

もはや抵抗する気も失せて、俺はそのまま一度意識を手放した。そして頭を撫でられる心地良い感触を覚えながら、ゆっくりと目を覚ます。

意識を手放してしまった間に、マッサージは終わってしまった様だ。終わると勿体《もったい》無い気がして来るから困る。でもほぼ毎回寝ちゃうんだよなぁ。

「あ、起こしちまったか？」

目を開けると、目の前にはイナイさんの顔が有った。どうやら膝枕《ひざまくら》をされているみたいだ。

「気持ち良かったみたいだな」

満面の笑みで言うイナイさん。眠るのを我慢出来ないくらい気持ち良かったです。

「はい、凄く」

「そっかそっか」

俺の返事に、イナイさんはまた嬉しそうに、優しく俺の頭を撫でる。

「ついでに耳掃除もやってやろう」

「あー、拒否権は？」

「無い」

どうやら決定事項の様です。だってテーブルに既に道具が有るもん。

これ絶対俺が起きたらやるつもりで用意してる。

「ふふ、楽しいな」

「そうなんですか？」

「ああ、楽しい」

何だか解らないけど、イナイさんが楽しいなら良いか。

最近のイナイさん、技工に関しては前みたいな優しい教え方じゃなくなった反動かの様に、普段の俺の世話をやたら焼いて来る様になった気がする。

いやまあ、凄く心地良いし、本人楽しそうだから良いかなとは思うんだけど。

……まあいっか。イナイさんが楽しいなら、それで良い。素直に世話を焼かれておこう。

◆◆◆

「こうですか？」

「そうそう、物覚えが良いな。普通、別の型を覚える時は、そこそこ時間がかかるもんだが」

本日は家の傍でアルネさんに型を学んでいます。何の型かって？　色々です。

いやマジ、色々としか言い様がないのよ。剣も斧《おの》も槍《やり》も槌《つち》も棒も。ほんと色々。

アルネさんってその図体に似合わず、物凄《ものすご》い綺麗《きれい》な動きをする人だった。本人の話では、武器を使う技は、時間が有れば可能な限り覚えようとしたらしい。

何故《なぜ》鍛冶《かじ》師の彼が様々な武術を学んでいるかと言うと、彼の主義主張に理由が有る。アルネさん曰《いわ》く「武器の使い方を知らないで、良い武器など作れるか」だそうだ。

なのでその主張の下、俺も彼に師事する身として、彼の知る技を出来る限り学んでいる。

最近ミルカさんが忙しいらしく、それも相まってアルネさんに色々と教えて貰《もら》ってるんだよな。無手以外なら大体出来る人なので、剣を合わせても勉強になるし。

でも無手の武術も、一応多少は出来るらしい。

邪魔にならない様な手甲や脚甲なんかを作る為に勉強したらしいけど、究極に行くと、本当に動きの阻害にならない物を付ければ良い程度になるので、別に良いやと思ったらしい。

多分それ、ミルカさんのせいじゃね？　あの人実質武具なんて要《い》らないし。

「ほれほれ、何をぼーっとしてる、次行くぞー」

「あ、はい」

まあそんなわけで最近はこんな風に、剣を打つ時間より武を学んでる時間が多い気がする。

とはいえ打ってないわけじゃ無い。この後も一応作る予定だ。ぶっちゃけ逆にしてくれるとありがたいんだけどねー。

そして予定通り訓練を終え、疲労感を抱えて地下に向かう。ここからは本当の鍛冶の時間だ。

技工具の炉に火を入れて、丁度良い熱を持つまで待つ。

基本、俺が作るのは鋳造技術を使わない剣だ。何でかって言うと、理由が二つある。

一つはつまらない。もう一つが、鉄を熔《と》かすまでに至るのが案外めんどくさい。つまらないって言いつつ、今の所まともな形の剣作れた事無いんだけどね。

でもまあ、最近は大分マシになって来た。

つーか俺の記憶が確かなら、鋳造製法の武器ってあまり役に立たなかった気がする。

いや、勿論《もちろん》元の鉄が良い物なら良いんだけど、混ざり物が多いと武器にするには貧弱だった筈《はず》。

この炉はかなりの高温出せるみたいで、鍛えた物も熔けるからそれでも行けるんだけどね。

ただやっぱり、基本は鍛えないと駄目《ダメ》だから、叩《たた》く業を使えないと鍛冶師としては話にならないのも理由か。

それにあれだ、鋳造だと『切る』剣は作れなかった筈だしね。

そろそろ炉が良い感じに熱されたので、鍛える金属をてこに載せて炉に入れる。完全に熔けない程度の温度に調整して、赤熱したら取り出して鍛造を始める。

そうそう、アルネさんは普通に刀の作り方も知っていた。というか、とある使い手に一番合う剣を模索した結果、刀が出来上がったそうだ。

なので日本刀の様な積層構造の鍛造法も学んでいる。

一回やったけど、滅茶苦茶面倒くさかった上に失敗したので台無しになった。

それ以降、とりあえず普通の鍛造の武器を綺麗に作れるまでは、手を出さない事にした。

因《ちな》みに鍛造をしている間、アルネさんは特に口出しをして来ない。

出来上がった物を見て、外で振って来いとか、実際使って来いとか言うだけである。実際使うと使えねーってのがすぐ解ります、はい。

後はこっちが質問した際に、その手順を目の前でやるだけ。かなりの放置タイプだ。

やって覚えろとか、そういう意味だと思うけど、俺これすっごい気楽なんだよね。だって、色々やりたい事やって良いって事でも有るし、結構楽しい。

後は握りの作製が、よっぽど特殊な物を作るわけでもない限り型にはめた物を使うので、そのサイズに気をつけるぐらいだろうか。

そんな感じで、今日も今日とてカンカンと鍛えた物を剣の形に整え、剣擬《もど》きを作るのであった。

だって、鈍《なまくら》だし。ただの鉄の棒を少し剣っぽくした物しか、今んとこ作れてない。

研ぎの技術も鍛えないとなぁ。

ほんと、こういう技術系は何回もやらないと覚えられないっていうか、そもそも出来ないな。

まあ聞けば教えて貰えるので、気楽に覚えて行きたい。でもいつかは積層剣作る。絶対作る。

8．受ける思い、覚悟と決意

自作の簡易釣竿《つりざお》を投げて、それをぼーっと眺める。釣竿垂らしてる時間心地良いなぁ。全然釣れてねーけどね。何だかんだ二時間はウトウトしながらやってる。

うーん、ちょっとお腹《なか》減ってきたな……。一旦《いったん》帰るか？

「釣れてねえな」

その声に振り向くと、イナイさんが鞄《かばん》を持って立っていた。

今日も可愛《かわい》いフリルの付いたスカートで、更に可愛らしい花柄の上着を着ている。

「釣れないですねぇ」

俺はにこやかに答える。別に釣れなくても良いのです。のんびり釣竿垂らしていたいだけなので。でも寝そうなのは頂けないなー。

「お前、何回か寝かけてるだろ」

「あははー、解ります？」

イナイさんはふっと笑いながら、鞄の中からハンカチを取り出し、俺の口元を拭く。

「よだれ」

なんつー恥ずかしい証拠だ。イナイさんの顔が近いせいで、余計に顔が熱くなる気がする。

「イナイさんも釣りに来たんですか？」

照れ隠しに話題を変える。多分違うと思うけど。

「んーにゃ、これ持って来た。食うだろ？」

そう言って、イナイさんは鞄の中からサンドイッチを取り出す。わーいご飯だー。

「ありがとうございます。ちょうどお腹減ってきたところでした」

「そっか、そりゃ良かった」

そして何故《なぜ》かイナイさんは、俺の口元にサンドイッチを持ってくる。

「え、あの」

「釣竿持ってんだろ。食え」

「あ、はい」

両手で持ってるけど、別に片手でも大丈夫とは言えない何かがそこに在った。

なので、大人しくイナイさんが差し出す手から食べる。少し恥ずかしい。

「もぐもぐ、美味《おい》しい」

「そりゃ良かった」

川を眺めながら微笑《ほほえ》む彼女を見つめつつ咀嚼《そしやく》して飲み込むと、また口元にサンドイッチが来る。

それをまた口に入れ、一つ食べきるまでやると、イナイさんは水筒を出してお茶を入れる。

「ほれ、冷たいぞ」

「あ、ありがとうございます」

お茶もさっきの様にイナイさんが持つコップから飲む。やっぱり少し恥ずかしい。

誰かに見られてるってわけでもないんだけど、何か、ね。

ただ凄《すご》いなと思ったのは、イナイさんのその行動は押しつけにならず、自分が食べたい、飲みたいと思うタイミングで差し出してくれる。

なので恥ずかしくはあるが、まったりした気分はそのままだ。良いな、こういうの。

そうやってサンドイッチを二人で食べきると、イナイさんは俺の後ろに回って座った。

背中にイナイさんの、少し高めの体温が伝わってくる。

「少しこのままで居ろ。今日は良い陽気だ。あたしだって偶《たま》には外でぼけっとしたい日がある」

確かに彼女は、洗濯と買い物以外では外に出る事は少ない。家の中で過ごしてる事が多い。

いつもありがとうございます、という気持ちを乗せつつ。

「どうぞ、こんな背中で良ければ」

と言っておいた。釣竿《つりざお》には相変わらず何も引っかからない。

背中の温かみを心地よく感じながら、ぼーっと竿の先を眺める時間が暫《しばら》く過ぎる。

「なあ、タロウ」

結構な時間ぼーっとしてると、イナイさんが話しかけてきた。

「何ですか？」

「タロウのその喋《しゃべ》り方、地の喋りじゃないよな？」

「そうですね」

ここの人達にはお世話になってるし、皆年上だ。

こっちの言葉でも丁寧に喋ってるのはそれも理由だ。年下の子には油断すると崩れるけどね。

「あたしは気にしねーからよ。喋り易い喋り方で良いぜ。他の連中も多分気にしねえだろ」

「その方が、良いですか？」

「あたしはな」

「そう、ですか」

んー、こないだの馬鹿《バカ》みたいなのならともかく、年上の人に敬語使わないって少し抵抗有るんだけど、イナイさんはそっちのが良いのか。

「そっか、分かった。とりあえずイナイさんにはそうする」

「ん、イナイで良い」

「分かった、イナイ。今後はそれで」

「おう」

表情は見えないが、声からは嬉《うれ》しそうに感じる。気のせいでないなら良いんだけどな。

「な、なあタロウ」

「ん、何？」

イナイの声が少し上ずってるように感じる。どうしたのかな？

「タロウは、どんなタイプの女が好きなんだ？」

「ブフォッ！」

思わず噴き出してしまった。いきなり何を言い出すんだこの人。

「な、何いっへんお？」

いかん、ちゃんと喋れてない。焦り過ぎだろ。

「あたしは、好きな男とか居なかったんだ。良い男は周りに何人か居たのは理解してるが、一緒に居たいとか、そいつらの子供を産みたいとかは思えなかった」

あれ、思ったより凄く真面目な話っぽい。ちょっと静かに聞いてよ。

「ツレが恋人見つけたり、結婚も間近だったり、結婚してる奴もいたり、気が付いたらそういう話は避けられねぇ歳《とし》になってた」

そういえばイナイは見た目が美少女だから忘れそうになるけど、そこそこの歳なんだっけ。

そういう話が周りで出だすって、今二十五～七ぐらいなのかな。解らんけど。

「それでも良いと思ってた。気の合うツレとバカ言って、世話焼いて、色んな道具作ってさ。そういう毎日で、きっと楽しいと思ってた。事実ここの生活はそんな感じで楽しかった」

そうだね。確かにイナイは毎日本当に楽しそうだ。毎日毎日家事をやって、見てない所で仕事もしてるらしいのに、凄く楽しそうにやってる。

皆を、ここの皆を大好きっていうのが、判る。

ただ、今のイナイは、それらを全部過去形で言っている事が、少し気になった。

「タロウ、もしかしたら気が付いてるかもしれねえが、この生活は遠くない内に終わる。ミルカやセルが張り切ってるのはそのせいも有るんだ。悪く思わないでやってくれ。今後も同じ様に鍛えられるとは限らない。だから出来るだけをやっておこうとしてる」

あれ、何か話題がいきなり変わった気がする。

過去形で言ってたのは、そっちの意味でなのかな。てっきり好きな人でも出来たのかと思った。

「イナイは寂しい、のかな？」

「寂しい、か。そうだな。寂しい。もう暫くしたら、きっと皆バラバラだ」

イナイは皆が、今後どうなるかの予想を語る。

リンさんは騎士として勤務に戻るか、もしくは求婚されてる相手に応えて嫁入りするか、どっちかをそれまでに決めるそうだ。リンさん求婚されてたのか……。

ミルカさんは帰ったら結婚するつもりらしいが、国勤めは辞めるつもりはないらしく、旦那《だんな》さんになる人も承知との事だ。あのぽややんとした感じの人とするのかな。

セルエスさんも帰ったら結婚するらしい。八年待ってくれたら嫁入りすると言ったら、本当に待った気の長い相手だそうだ。

とはいえ八年間全く会わなかったわけではなく、セルエスさんもまんざらではないとの事。

アロネスさんは故郷の旧王都に帰るそうだ。ただ国勤めその物を辞めるわけではなく、仕事は受けるらしい。薬屋をやりながら、国の仕事もという感じだと言っている様だ。

アルネさんは王都に工房を用意されているらしく、そこで働くそうだ。弟子も作る約束をしているらしい。お弟子さん、反発大丈夫かね。あの人の教え方ちょっと特殊だし。

「……イナイは？」

イナイからの返事がない。ただ体がちょっと動いては固まり、という感じを何回かしている。

言い難《にく》いのかな、自分の事は。イナイが言えるまで待とうと思い、空を眺める。

そして暫くして、決心した様にイナイが話し出した。

「あたしは、ここに残ろうと思ってたんだ。ここなら設備は整ってるし、この腕輪が有るから距離はそんなに問題じゃない。それに、あいつらが遊びに来れる様にと思ってたんだ」

「でも、出来ないって、何か問題が起きたの？」

「いや、違う。あ、いや、ある意味合ってるのかな」

んー、どういう事だろ。いまいち要領を得ないな。

「あたしにも、好きな奴が出来たんだ。でも多分そいつは、この国から離れる可能性が有る。あたしは、ここでそいつを待つのが寂しいと思っちまう様になった」

ああ、成程。それまでそういう事を考えてなかったイナイには、トラブルの様な物か。

「あたしは最初、この話を誰にもするつもりはなかった。ミルカやアロネスには絶対バレてるとは思ったけど、それでも言い出せなかった。歳がさ、離れてんだよ」

相手は年上なのかな。でも別に恋愛に年齢は気にしなくて良いと思うけど。

「でも、ミルカに言われたんだ。そんな物関係無いって。あたしがどうしたいんだって。いっつも世話焼いて、それこそガキの頃から面倒見てた妹分にさ。置いてかれた気分になったよ」

ミルカさんから見たら、きっともどかしかったんだろうな。あの人すごいストレートだし。

「だから覚悟を決めた」

つまり、その相手に告白しに行くという事かな。多分そうだろう。

「聞いてるか？」

少し不安そうな声が聞こえる。しまった、相槌《あいづち》も打ってなかった。

「聞いてるよ。大丈夫」

「そ、そっか、なら良いんだ。正直こんな話、二回も出来る自信が無い」

そんなに気合の要《い》る話を俺にしたのか。なんか、嬉しいな。

俺は彼女にとって、そんなに近い人間と思って貰《もら》えてるのか。それは凄く、嬉しい。

「イナイなら大丈夫。こんな美少女に告白されて嫌な男なんて、そうそう居ないって。もし居たらそいつはきっと男の趣味が有るね」

イナイの気を少しでも軽くしようと、少し冗談を言う。

「……本当に、そう思うか？」

「うん、可愛いよ。イナイは間違いなく可愛い」

「あたしは、歳はもう三十五だぞ？」

うっそ、もっと若いと思ってた。そもそも子供みたいな見た目だから年齢不詳感凄かったけど、年齢不詳にも程があるだろ。その半分でもおかしくない見た目なのに。

いやでも、だから何だと言うんだろう。年齢なんて関係無いんじゃないだろうか。

更に言えば、見た目も俺にとっては関係無い。彼女が美少女だって事を言い直す気は無いけど、彼女はそんな物より素敵な物を持っている。

イナイの傍は心地良いんだ。それは物凄《ものすご》く素敵な物だ。俺はその考えを、素直に伝えた。

「……そう、か」

何か、あんまり嬉しそうな感じじゃないな。こういうのは他人に言われても、自信が持てる話でもないか。特にイナイには初めての事だし。

「……タロウ、一回しか言わない。というか、二回も言える気がしないから、良く聞いてくれ」

聞いた事が無いぐらい弱々しい声で、彼女はそう言った。心なし震えてる様に感じる。

「解った、しっかり聞く」

俺は静かに、一言一句聞き逃さない様に耳を澄ます。

「多分切っ掛け自体は、女として見れるって言葉を聞いたせいだ。理性ではそうじゃないって実は解ってる。けど嬉しかったんだ。そういう風に言ってくれる男は、今まで居なかったから」

震えながらイナイは続け、段々と声も掠《かす》れてきている。

「だから正直、いつからこんなにはっきり想いを自覚したのかは解んねぇ。けど、そうだって気付いたのは確かなんだ。あたしは、そいつが好きなんだって。好きになっちまったんだって」

そこで区切って、はっきりと、良く通る声でイナイは言葉を紡いだ。

「あたしは、お前が好きだ。お前が旅に出るなら付いて行きたいと思ってる。ここに残るのでも構わねえ。生活基盤の芽が出るまで面倒見てやる」

そう、衝撃の告白をされた。俺はあまりに予想外で、好きだの辺りで完全にフリーズしていた。

「へ、返事は別に今じゃなくて良い！　あたしは先に帰る！」

そしてイナイはいきなり離れ、凄《すさ》まじい速度で走って行った。

イナイの速度、あの外装無しで俺より速くね？　いや、それよりも何て？　イナイが俺を好き？

……どう返事をしたものか悩む。イナイの事を好きかと聞かれたら、はっきり好きとは言える。

でもそれが男女の好きかと聞かれれば、正直解らない。

ただ、イナイの傍が心地良いというのは本心だ。変に誤魔化したり無理やり結論づけたりせず、それを話して、それでも俺の傍に居てくれるのか聞いてみるか？

卑怯《ひきょう》かな？　卑怯かもなぁ。うーん。でも良い考えが思い浮かばない。

……あ、今気が付いた。

イナイの言葉を良い方向で受け止めようと考えてるじゃないか。

何だ、決まりじゃんか。軽いって怒られそうだけど、こういうのは心に素直に行こう。

シガルちゃんには謝りに行かないと。今度ちょっと王都に行かせて貰おう。

俺はイナイに応える事を決め、若干手汗をかいている自分を自覚しつつ帰路につく。

いかん、緊張してきた。イナイはもっと緊張してたんだろうなぁ。

◆◆◆

翌日、さっそく謝る為だけに王都に来て、シガルちゃんを捜した。暫《しば》く彼女の魔力の波長を捜していると、何とか見つける事が出来た。

そして会うなり嬉《うれ》しそうな顔をした彼女に罪悪感を感じながら、先日の事を話す。

「と、いうわけなんです。その、ごめんなさい」

彼女に全て話し終わり、頭を下げる。一発殴られる覚悟はしておいた方が良いな。

因《ちな》みにイナイに告白を受ける話をしたら、凄《すご》く嬉しそうな顔でボロ泣きしてしまった。

そこに偶々《たまたま》通りかかったミルカさんが一瞬で俺をボコボコにして、勘違いだとイナイに怒られ、俺とイナイに平謝りするという珍場面が有った。

あの時のミルカさんは滅茶苦茶怖かった。イナイも平静に戻って、ミルカさんも許して貰えた後にボソッと言った一言は、背筋が凍るような迫力だった。

「イナイ泣かせたら、許さない」

もし言葉通りの事になったら、絶対今回の比ではない目に遭うのは確実であろう。

イナイとはその後、結婚も視野に入れてるのかどうかをストレートに聞いてみた。けどイナイはまだ夫婦として、という思考には行っていなかったらしい。

「あ、あたしさ、言った通り、そういう経験無かったから、ちょ、ちょっと覚悟が、な?」

と言っていた。覚悟って何の覚悟かなと思っていると。

「あたし、男性経験無いし、ちょっと、怖い」

と、ボソッと言われて、言葉を脳が理解するのに数秒かかった。

「そ、そっか、そういうの気にしなくて良いから。のんびり行こう」

俺にはそう返すのが精一杯だった。いやだって、俺だって女性経験無いっすもん。

まあ、それは惜《お》いておいて、生々しい部分は抜きにしてイナイとの事を話したわけです。

「そっか、お兄ちゃん、おめでとう」

すると笑顔で祝福してくれるシガルちゃん。意外にあっさりな返事に面食らった。

「じゃあ、そのお姉ちゃんが一番目のお嫁さんだね！　他には居ないよね？　居ないならあたしが二番目のお嫁さんだね！」

「は？」

祝福の言葉に驚いていると、畳み掛ける様に更に驚かされた。二番目のお嫁さん？

「えっと、もしかしてこの国って一夫多妻制なの？」

「違うよー？」

え、じゃあ何で二人目とか言ったの。愛人枠なの？

止《や》めようそういうの。怖い未来が見える。主に俺がミルカさんにボコボコにされる意味で。

「ウムルは、多夫多妻制だよ。お互いの同意さえ有れば、別に問題無いよ。同意が取れない場合は色々問題になるって、一人のお家《うち》が多いけど」

衝撃の真実。すげえなこの国。彼女は俺の疑問の意味を察したらしく、必要な説明まで付けた。

この子前に少し思ってたんだけど、半端に大人じみてね？

「だから、いつかそのお姉ちゃんにも会わせてね！　お話したい！」

説明を終えると、にこやかにそう言うシガルちゃん。イナイにはシガルちゃんの話をしてるので、ここに来た理由は知っている。だから、イナイに引き合わせるのに吝《やぶさ》かではない。

「そうだ、そのお姉ちゃん、お名前は何ていうの？」

お、しまった。彼女が出来たって事だけで、名前言ってなかったか。

「イナイっていう人ですよ」

彼女の名を告げると、シガルちゃんの動きがピタッと止まった。

「ねえお兄ちゃん、その人、イナイ・ウルズエス・ステルっていう名前？」

「……そういえば俺、イナイの名前しか知らないな……ウルズエス・ステル？」

ミドルネームとかかかな。ていうか、今更恋人のフルネーム聞いてない事に気が付いたよ。

「ウルズエスは最高の技工士の称号だよ！」

最高の『技工士』か、あの人なら有り得るな。

その日は、イナイに話をしてからまた後日という事になった。帰るとミルカさんとセルエスさんに扱《しご》かれ、イナイに話すのが翌日になってしまったが、彼女は快く引き受けてくれた。

その際に、シガルちゃんから聞いた名前を訊《たず》ねてみたら、普通にそれは自分だと答えてくれた。

最高の技工士に技工教えて貰った上に、剣貰ったのか。だが、そこでふと気になった。

「ねえ、イナイ」

「ん、どした？」

イナイに膝枕《ひざまくら》をされながら話す。恋人になる前から、イナイはこうして頭を撫《な》でたりしてた。

前は世話焼くのが好きなのかなと思ってたけど、今思うとそういう意味だったんだなと気付く。

だって完全に子供扱いされてる時も有ったし、解り難《にく》いっすよ。

場所は俺の部屋です。居間では無理です。はずい。いや、意識する前は居間だったけどさ。

まあ、それは措いておいて話を続ける。

「剣の名前のステルって、イナイの名前からだよね？」

「うっ」

「まだ、教えてくれない？」

「……はぁ……良いよ教える」

どうやらあの剣の由来を、やっと教えて貰える様だ。

「その代わりお前の付けた名前の意味も教えろよ？」

と言われたので頷《うなず》く。あんま言いたくないけど、交換条件だ。

「言う通り、ステルはあたしの名前だ。家名だな。あたしの血族作という意味を持たせる事になる。んで、ベドルゥクは、旅人や、兵士に加護を与えた神話の女神の名前だ」

ふむ、今のところ何も変な事は無い、よね？

「何で教えてくれなかったの？　変なとこ何も無いと思うんだけど」

「……この女神は愛情の女神でもあってな。付けた当初は忘れてたんだが、アロネスに突っ込まれて気が付いた。あの名前は持ち主に、あたしから最大の愛を贈るっていう意味にもなるって」

あー、そうなんだ。成程、そりゃ言えんわ。恥ずかしいわ。

「だから言えなかった。そういう気持ちが少し芽生えてただけに、余計にな」

え、もうあの頃から意識されてたの？　流石《さすが》にそれは予想外。

「そっか、イナイ、ありがとう」

「な、何だいきなり」

「イナイがあの剣を作って、渡してくれたから、きっと今の俺は在ると思う」

あの頃に鬼を倒せたのは、確かな自信になった。

そして何より、そこで止まる気にならなくなった。本当にイナイには感謝してる。

「……そっか」

嬉しそうに目を細めて俺の頭を撫でるイナイ。彼女の暖かな手が気持ち良い。

「さて、次はお前の番だぞ。『ギャクラセンケン』の意味」

「あー、ね。刃がさ、逆螺旋《らせん》に付いてんじゃん、あれ。それを俺の母国語で言っただけ」

俺はそのまんま意味を語った。単純に見た目通りだと。センスが無いな本当。

「ふーん。本気で見たまんまの名前だな」

笑われるかなと思ったら、意外と普通の反応だった。

「ま、異界の言葉だから他の連中には意味は解んねーし、良いんじゃねーの？」

「そんなもん？」

「意味有る名前を付けるにしても、現存する組み合わせで付けるのも珍しくないしな」

「そっか、あんまり安直過ぎるって笑われると思った」

「馬鹿《バカ》だねー」

あっはっはと笑いながら、イナイは頭をグリグリしてくる。

「イナイだって、似た様な物じゃないか」

少し不貞腐《ふてくさ》れながら返すと、照れくさそうに「それもそうだ」と彼女は言った。

その後は他愛《たわい》もない雑談をしつつ、気が付いたら俺は寝ていた。朝になって、イナイがすぐ傍で寝ていた事に焦った。ミルカさんが何か言いたそうにニヤついていたけど知らないです。

◆◆◆

今日もまた王都にやって来ている。シガルちゃんとまた話した後、イナイを家に招待したいと言われ、イナイも了承してくれたので一緒に向かっている所だ。

シガルちゃんがイナイの名前を確認した後、キラキラした目だったのが気になる。あれはウッブルネさん見てた時の目と同じだった。

因みに今は、正確には王都の外壁の横をテクテクと歩いている。

イナイに何故《なぜ》こんな所からなのかを聞いたら、基本的に転移出来る人間は多くなく、驚かせてしまう為、ほぼ見つからない位置に転移座標を固定しているとの事だ。

であれば室内で良かったのではとも思うが、ちゃんと門を通過しないと色々面倒になる事が有るから、よっぽどの時以外は門を通る様に王様から言われていると教えてくれた。

そうそう、実はとうとう俺専用の腕輪を作って貰《もら》った。

王都と自宅への転移と、剣を内蔵出来る様になっていて、後四つぐらいは大きさ問わず入る。

袋に入れれば一個扱いで入れられるっぽいので、無限収納に近い。実際は大きな物を入れられる袋にも限界が有るので、無限とはいかないけどね。

転移は自分では設定出来ませんでした。何回か挑戦したけど無理でした。作るには転移使えるの前提っぽいんだよなぁ、これ。

暫くして門に辿《たど》り着くと、前に会った兵士さんが門前に居た。と言うか、実はいつ来ても居る。あの人ずっとここに立っているんだろうか。流石にそんなわけは無いと思うけど。

兵士さんはこちらに気が付くと、槍《やり》を地面に置いて跪《ひざまず》いた。

「ステル様、いらっしゃいませ」

……うん、成程。やっぱイナイさん、そういう風に頭下げられる人なのね。

「カグルエさん、いつも遊び過ぎですよ」

「はは、一応部下の前ですから」

「もう、貴方はそんな事をする必要は無いと、皆知っていますよ」

「いえいえ、それでも私が率先してやらなければ、部下達に示しがつきません」

まったくもう、と言いつつ、イナイの顔は優しい。イナイが敬語使ってるの初めて聞いた。

「イナイ、イナイ」

「ん、どした？」

「イナイってもしかしてかなり偉い人？」

「別に、あたしはただの技工士だよ」

ただの技工士に兵士さんは跪かないと思う。けど良く考えたら、技工士の地位とか知らねーや。

「貴方はこの前の少年ですね。ステル様と仲がよろしいようですが、もしかして……」

「それはまた私用の時に。流石に他の皆さんの前ではお許し下さい」

「ああ、これはすみません。ではまた今度」

「ちゃんと話すよ、カグルエおじさん」

「ふふ、もうほんとにおじさんになってしまったねぇ。またね、イナイちゃん」

最後の方の会話は側にいる俺達にしか聞こえない程小声だった。この二人知り合いかなと思ったのでイナイに聞くと、彼は旧王都でも門番の兵士さんをしていたそうだ。

でもあの雰囲気は、それだけじゃない気がするんだけどなぁ。

門をくぐった後、事前に教えられていた住所をイナイに告げて連れて行って貰う。いやだって、住所だけじゃ俺には分かりませんよ。

そして何だか高級そうな住宅街に入り込み、行き止まりにある大きい家に辿り着いた。

「タロウ、マジでここか？」

「一応聞いた所はここなはず」

「その子、良いとこのお嬢さんか？」

「え、いや、そういう話は聞いてないけど……」

「でも良く考えたら昼間に遊び歩いてんだよな、その子」

「え、あ、そうか」

この国では子供が働いてる光景が当たり前なのか、そういえば。

もしくは、十二歳くらいまでは何かしらの学校に通っているらしい。なので真昼に何もせず遊んでいる事が多い、というのはそれだけ家が裕福という事になるのかな？

アロネスさんに知識としてだけ教えられて、完全に忘れてた。

「とりあえず、呼び鈴鳴らすか」

イナイがそう言って呼び鈴を押そうとすると、バンと扉が開いてシガルちゃんが出て来た。

「やっぱりお兄ちゃん！　それに……技工士のお姉ちゃん！　本物だ！」

……やっぱりこれ、そういう事なのかな。

「初めまして、シガルさん。イナイ・ステルです」

「は、初めまして！　シガル・スタッドラーズです！　王宮魔術師志望です！」

シガルちゃんは、ビッと気をつけ状態でイナイに告げる。うん、俺置いてけぼり。

「ふふ、シガルちゃん、シガルさん、私は面接官じゃありませんよ？」

「あ、その、すみません」

イナイの言葉に見るからにショボンとした顔になるシガルちゃん。

ていうか貴女《あなた》どなたですか。そんなしゃなりって効果音が似合う動きするイナイ初めて見た。

そしてシガルちゃんに少し遅れて、奥からシガルちゃんの家族らしき女性が出て来た。

「初めまして、ようこそいらっしゃいました。シガルの母、シエリナと申します」

そう言って深々と頭を下げるシエリナさん。若いお母さんだなー。

俺達も挨拶《あいさつ》を返すと、立ち話も何だと部屋に招き入れて貰い、お茶を出される。

そして彼女は、俺に向かって再度深々と頭を下げた。

「まずはタロウさん、娘を助けて頂き本当にありがとうございました。娘からだけではなく、騎士様方からも大変危険な状況だったと聞いております。件《くだん》の男には然るべき処分が下された様ですが、娘が無事でなかったら処分に満足する事は無かったでしょう」

何事かと思ったけど、初めて会った時のシガルちゃんの事か。

「いえ、あんまり気にしないで下さい。俺は俺が良いと思った事をしただけなんで」

「ふふ、解りました。ではその様に」

シエリナさんは俺の答えに笑顔を見せると、今度は真剣な顔でイナイに向き直る。

「ステル様。本日はこの様な所においで下さいまして。本当にありがとうございます。娘から貴女の話を聞いた時は耳を疑いましたが、貴女がここに居るという事が何よりの真実であり、貴女が認めた男性です。きっと良縁と思い、私は善き方向を願っております」

そう言った後、彼女はまた深々と頭を下げる。イナイはそれに、ニコリと笑って応えた。

「私は詳しい話は聞いておりません。まずは娘さん、シガルさんとお話をしてからになります」

「そう、ですわね。失礼致しました。どうか、ご容赦を」

さっきから初めて見るイナイ過ぎて、本当に俺の知ってるイナイなのかと思ってしまうな。

ていうか向こうさん、イナイに腰めっちゃ低いですね。

そんな事を考えていると、バァンとドアの開く音に続き、ドタドタと走って来る音が聞こえた。

「うちの可愛《かわい》い娘に手を出したクソガキはこいつかああああああ！」

剣を手に持っている男性が叫びながら入って来た。間違いなくシガルちゃんのお父さんっすね。スッゲー怒ってる。でも俺手は出してないっすよ。

「お、お父さん、止《や》めてよ！　お兄ちゃんは良い人だよ！　それにステル様がいるんだよ⁉」

「な、何⁉　こ、これはステル様⁉　も、申し訳ありません‼」

シガルちゃんの言葉に、親父《おやじ》さんは慌てて剣を床に置いて跪く。何となく解った。これこの国で自分より上位の人間に対する挨拶か何かだな。

つまりイナイは国の結構なお偉いさんか、この人達にとっては偉い人のどっちかだろう。ああ、貴族が居るんだっけ。もしかしたら上位貴族とかかな。

「ス、ステル様、どうか見逃して頂きたい！　父として、年端もいかぬ娘に手を出す輩《やから》にはどうしても怒りを持ってしまうのです！」

親父さん、イナイに頭を下げつつ俺を物凄《ものすご》い睨《にら》んでる。いやだから、手は出してないですって。

そんな風に思っていると、親父さんの頭にシエリナさんが花瓶を叩《たた》きつけた。

ガシャアンという音と共に、血を流して倒れる親父さん。え、何すんのこの人。怖い。

「失礼致しました、少々お時間を頂きます」

うふふと笑いながら、頭から血を流す親父さんを引きずって部屋を出て行った。笑顔が怖い。

俺はイナイを見て、ああいう風にはならないで欲しいなと切に願う。

「ご、ごめんねお兄ちゃん。ステル様も申し訳ありません！」

慌てた様子でペコリと頭を下げるシガルちゃん。何かさっきから頭下げられてばっかりだな。

「気にしないで下さい、シガルさん」

その謝罪に、ふわりとした笑顔を向けるイナイ。うん、美少女。いや、惚気《のろけ》じゃなくてね？

「ふわぁ……。おねえちゃ、ステル様はやっぱり綺麗《きれい》だなぁ」

「ふふ、ありがとう。貴女もとても可愛いですよ？」

何だろう、百合の花が咲いて見える。いやいや、イナイはそっちじゃないから。違うから。

「イナイ、その、家以外ではそんな感じなの？」

一応こそっと聞く。

「当たりめえだろ。どこでも態度変えねえ、周りの空気を読まねぇリンと一緒にすんな」

「あ、うん、ごめん」

だってこんなイナイ初めて見たんだもん……。

「あ、あの、すみません、ステル様」

こそこそと話す俺たちを見て、おずおずとシガルちゃんが話しかけてくる。

「はい、どうしました？」

「ステル様と、お兄ちゃんは、いつもはそんな感じなんですか？」

その言葉を聞いた瞬間、イナイが俺をギロリと睨んだ。さっきの会話聞こえてたみたいだけど、それが嫌なら猫被ったまま答えたら良かったと思うんだ。だから許して。

「そうですね。親しい者には砕けて話す様にしています」

イナイはまた優しく笑って、シガルちゃんに答える。

「じゃ、じゃあ、私にも、そうして貰えませんか⁉　わ、私、お兄ちゃんの事、本当に好きなんです！　子供だって見られてるのは解ってます！　でも本気なんです！」

シガルちゃんのまっすぐな表情と今の言葉に、自分がこの子に対して言った返事がとても失礼な事だと気がついた。

彼女は告白した時の俺の思考を承知の上で、その上で尚《なお》、俺に好意を寄せていたんだ。たった一日。たったあの数十分の出来事。

ただあれだけで、この子にとってはその想いを抱くに十分な時間だったんだ。あの時、本気で、心の底からの想いをぶつけてくれていたのだと、今更気がついた。本当に、今更だ。

「最低だな、俺」

ぼそっと呟《つぶや》いて、しまったと思ったがもう遅い。二人の耳には届いてしまった。馬鹿《バカ》か俺は。

「ち、違うよ！　お兄ちゃんは悪くないよ！」

馬鹿な俺にシガルちゃんが慌ててフォローをし、そんな俺達を見てイナイが溜《た》め息を吐《つ》いた。

「お前は別に酷《ひど》いこたぁしてねえよ。その証拠にちゃんとこの話をこの子にしに行っただろうな？　とシガルちゃんに、いつもの言葉で話しかけるイナイ。

「うん！　お兄ちゃんは悪い事なんかしてないよ！」

そう、なのかな？

でもそれはこの国が多夫多妻を認める国だからであって、認めない国だったらダメだと思う。

「ったく、そんなんで大丈夫かよ。あたしはこの話、お前が良いなら許可出す気なんだぞ」

「「え？」」

イナイの言葉に、シガルちゃんと俺の声が重なる。

「ったりめえだろうが。独り占めなんかする気はねえよ。お前がやりたい様にやるのを許さないでどうすんだよ。お前はまだ若いんだ。もし何か間違えてもあたしが助けてやるよ」

そう言って、コンと俺の頭を軽く叩く。か、かっこ良い。惚《ほ》れそう。いやもう好きだけど。

「えと、それは、ステル様は私を認めてくれるという事で良いんですか？」

「ああ、良いよ。コイツの考えは今ので解ったしな。あたしは別に構わねぇ」

「はい！　ありがとうございます！」

「あと、喋《しゃべ》り易い様に喋りな。あたしは崩したんだ。タロウ、お前もだぞ」

イナイの言葉にコクンと頷《うなず》く。何か勢いに呑《の》まれてる気がしなくもない。

「あー、久々によそ行きの態度で喋ったから肩こった」

「あはは、ステル様、若いのにおばちゃんみたいだよ？」

「おばちゃんなんだよ。見た目ほど若くねーの。ああ、そのステル様もやめろ。イナイで良い」

「え、ほ、ほんとに良いの？　イナイ、様？」

「……そうだな、イナイ『さん』で良いよ。さっきみたいにお姉ちゃんでも良いぜ」

ぱあっと、シガルちゃんはこれ以上無いという満開の笑顔で頷く。

「解った！　イナイお姉ちゃん！」

そう纏《まと》まった所でご両親が帰って来た。親父さんの頭は包帯でぐるぐる巻きだ。

「さ、先程は、申し訳有りませんでした……」

ぐぬぬ、と言いそうな顔で俺に謝る親父さん。謝りたくないんですね解ります。

「ア・ナ・タ?」

「は、はいい！　娘を助けて頂いたのに、すみませんでしたぁ‼」

シエリナさん怖い。この国ってもしかして基本的に女性が強いの？

「タロウさん、貴方《あなた》に一つお聞きしたい事がありましたの」

親父さんが謝ったのを満足そうに見た後、シエリナさんが訊《たず》ねてきた。な、何だろ。

「はい、何ですか?」

「今回の約束をした時もそうですが、いつもシガルと待ち合わせも無く出会っていると聞きます。どうやっているのですか?」

「え、シガルちゃんの魔力の波長を覚えて、それを街中で調べただけですよ?」

俺が答えると、シガルちゃんもご両親も目を見開いた。イナイは無反応だ。

「そんな、馬鹿な……」

親父さんはありえないといった顔で呟く。だが二人の反応は親父さんとは違った。

「ね、言ったでしょ。お兄ちゃんは凄《すご》いんだから！」

「そうね、わが娘ながら凄い方を見つけて来たわね」

シガルちゃんとシエリナさんはそう言うが、俺は置いてけぼりだ。これそんな大層な事なの？

「タロウは、魔術師セルエスを師としています。剣はリファイン。拳闘技《けんとう》はミルカ。未熟ながらそれらを使いこなしています。そして戦う為の技のみならず、私の技工。アロネスの錬金術。アルネの鍛冶《かじ》。闘技に比べると尚《なお》未熟ですが、そこいらの職人よりは良い腕を持っていますJ

イナイがそう言うと、三人はさっきの驚きなど比べ物にならない驚きを見せた。

「まあまあ、凄いわ！」

「お兄ちゃん……凄い……」

なんか、うん、これもう、疑いようが無い。あそこに居る人達の何人か、少なくともリンさんとイナイは『八英雄』の一人だと思う。リファインはリンさんかな。剣って言ってたし。

「し、信じられませぬ。私も魔術と剣を修める身。実際にその実力を見せて頂きたい！」

そう叫ぶ親父さんに二人の目は冷たかったが、あんまりにも可哀《かわい》そうなので受ける事にした。

親父さん、娘が可愛いだけだもんね……。

親父さんは準備をしてくると言って家の奥に行き、シガルちゃん達もそれについて行った。

場所は庭でやる事になった。俺とイナイは先に庭に出て、軽く準備運動をする。結構広い庭だし剣なら余裕で振れるけど、魔術は種類が限られるな。

「なあ、タロウ」

イナイが神妙な顔で俺の名を呼ぶ。何だろ。

「お前がこの話に乗り気なのは良いけど、恥かかせる以上、怪我だけはさせんなよ？」

「へ？」

「は？」

俺が何言われてんのか良く解ってない返事を返すと、呆《あき》れた感じでイナイは疑問の声を上げた。

「お前さ、今から何やるか解ってる？」

「俺の実力試しでしょ？」

「何の為に？」

「親父さんが俺の力を確かめたいから」

イナイは俺の返事に明らかにイラッとした表情をして、綺麗なボディーブロー放ってきた。

筋肉の隙間にこう、グサッと入った。かろうじて崩れ落ちずに耐えるが、めっちゃ痛い。

「ぐふっ、な、何すんのイナイ……」

「お前な、これはお前があの親父さんから、力ずくで娘を手に入れようとしてる状態なんだよ」

え、何でそうなるの。親父さんのやりたいに応えただけだよ俺。

「お、俺はそんなつもりは」

「あのな、挨拶《あいさつ》に来た時点で、縁談を前向きに考えてると思われてんだ。その上で、父親の反対を上手《うま》く受け流すんじゃなく、正面から受けて立った。これが娘を奪いに来た行動でなくて何だ？」

そ、そこまで考えてなかったです。

「じゃ、じゃあ今からでも断った方が良いのかな？」

「論外だ。一度受けた以上、止《や》めるって事はお前自身の価値を下げる事になるし、お前を教えた人間の価値も下げる事になる。何よりも、お前を慕ってるあの子の顔に泥を塗る事になる」

ああ、そうか、受けた以上俺一人の話じゃないのか。それはもう断れないな。

「ったく、まさか解ってねえとは思わなかったぞ」

「俺としては、親父さんがあまりにも不憫《ふびん》で」

「まあ、うん、ちょっと可哀そうだったな」

イナイも同じ気持ちだった様だ。良かった。二人の将来的な意味で。

「ともかく、あの子は良い子だ。お前があの子の気持ちの大きさに気が付いてなくても、それでも良いと言える様な子だ。ならせめて、その想いが間違いじゃない所は見せてやれ」

「……うん、解った」

そうだな。せめてあの子の期待を裏切らない俺でないと、失礼だ。

「実際今後どうすんだ。あの子を妻にするなら相応の稼ぎをする前提で話が進むと思うぞ?」

「そもそも、あの子の想いをちゃんと理解した所で、まずそれをどうしようという段階です」

「大馬鹿だなお前」

反論出来ません。これ、ちゃんとあの子にも言わなきゃな。

「ま、今のお前なら何でも出来んだろ。本当に何でもな。あたしとアロネスが保証してやる」

「そっか……その二人は確かに心強いね」

やりたい事、か。出来ればこの世界を見てみたいかな。一人で生きる力をもう持てているなら、世間を見てみたいとは思ってた。

「……ま、普段のツラ見てれば、どうしたいのかは大体解ってっけどな」

どうやら彼女には、普段の俺の思考は駄々洩《ダダも》れらしい。

「だからこそ、あたしはあの時お前に、ああいう告白をしたんだ」

告白した時を思い出している様で、顔を赤らめながら言うイナイ。俺もちょっと照れる。

ただ、彼女も気が付いてない事は有る。確かにちょっと前まではそれが一番やりたい事だった。

けど今は違う。一番はそれじゃない。

まあ、今はそれよりも、この場できちんと皆に恥をかかせない事に集中しよう。

「なら、ここもイナイに恥をかかせない様にしなきゃな」

「おう、そうしてくれ」

イナイとの話が終わったところで、シガルちゃんが両親を連れてやって来た。

「お兄ちゃん、お待たせ。ごめんね？」

シエリナさんはそのままだが、親父《おやじ》さんが凄い格好になってる。

フルプレートメイルだっけか。そんな感じのフル装備かつ、自身より大きい大剣を持って来た。

「ふはは、小僧。止《や》めておくなら今の内だぞ！」

高らかに言う親父さん。その親父さんを見るシガルちゃんとシエリナさんの目は冷たい。

何か、本格的に可哀そうになって来た。けど引けないんだよなぁ。

「すみませんが、引けない理由が出来てますので」

「ぬう！　そこまで娘が欲しいか！　貴様小さい娘に欲情する類の輩《やから》か！」

親父さんスゲー敵意むき出しなのは良いけど、娘が居る前でその発言はどうかと思う。

ホラ、シガルちゃん、顔が完全に引いてるじゃないか。

「そういうわけじゃないんですけどね」

「何だと！　貴様娘のどこが不満だと言うのだ！」

うん、この親父さん、もう手に負えない。

困っていると、今度は金物の鍋《なべ》で親父さんの兜《かぶと》を叩《たた》くシエリナさん。グワァンという音が響く。

「アナタ、いい加減にしなさい？」

「わ、解った。す、すまん」

頑張れ親父さん。俺、親父さんの事嫌いになれないぜ！

「では行くぞ、小僧！」

そう宣言すると、親父さんは大剣を肩に載せる。見たまま大振りで叩き潰《つぶ》す気かな。

「あのー、剣はこっちで用意して良いんですか？　それとも素手の方が良いですか？」

流石《さすが》にアレ相手に素手はちょっと怖いので、剣は使いたい。

「ぬ、貴様なぜ剣を持っておらん」

「あ、いや、一応持ってますよ？」

「ならば出さぬか！　短剣程度しか持っておらんだろうがな！」

まあ、この格好だとそうよね。一応服の下にアロネスさん謹製の魔剣なら持ってます。

危険過ぎて人間には使えない代物ですがねー。

「では、お言葉に甘えて」

俺は腕輪を操作して逆螺旋《らせん》剣を取り出す。

「な、何だそれは。一体どこから出した……」

「えーと、これは魔導技工剣です。あ、起動はしないんで大丈夫ですよ」

「な、何だと……!?」

何故《なぜ》か向こうでシガルちゃんがドヤ顔をしている。ちょっと可愛《かわい》い。ほっぺぷにぷにしてそう。

「くっ、そんな道具を使ってまで娘が欲しいか！」

「いや、あの、これしか手持ちの剣が無いんですよ」

グヌヌと言いながら、多分睨《にら》んでいる親父さん。だって兜で見えないんだもん。

「構わん！　そんな物に頼る様な腕ではたかが知れている！」

そう言って親父さんは詠唱を始める。詠唱から判別するに強化かな。体に魔力が集まって行く。

強化が終わり、踏み込んで剣を振りかぶって来るが、俺はその剣を横にずれて難なく避《さ》ける。

何というか、申し訳ないけど率直に言って剣速が遅い。余裕で躱《かわ》せる。

ごめん親父さん、こないだの騎士隊長さん無強化でもっと速いんだ。

すると親父さんは、流石に重いらしく切り上げは出来ないものの、斜めに横切りを放ってきた。

それをぴょんと飛んで避けて、後ろに下がる。

「逃げるのは上手《うま》い様だな！」

「ええ、まあ」

「くう、舐《な》めているな‼」

挑発のつもりだったであろう言葉に、適当に答えてしまったが為に更に怒らせた模様。

兜の向こうから更に殺気が増した気がする。

「うおおおおお！」

親父さんは今度は下半身も使って、ただ斬り込むだけでなく、避けられた後の動作も考えた斬りつけ方に変えて来た。俺はそれらを剣を使わずに全て避ける。

「えーと……大丈夫ですか？」

俺は思わず途中で声をかけてしまった。親父さん、ぜーぜーと肩で息をしてんだもん。

「ふ、ふふふ、中々やるではないか……」

お、認めて貰《もら》えたかな？

「だが、逃げるだけか！　そんな臆病《おくびょう》者では話にならんな！」

ふむ、まあ、確かに言われた通り避けるばっかだったし、こっちから行きますか。

「では、行きます」

宣言してから仙術で強化して踏み込み、親父さんの首元に逆螺旋剣を走らせ、手前で止める。

「なっ⁉」

親父さんは驚愕《きょうがく》の声を上げ、剣を凝視している。見えてはいたけど反応出来なかった様だ。

「なっ……くっ……た、確かに剣はやるようだ。だが魔術はどうだ！」

親父さんは今度は攻撃用の詠唱を始める。魔力の流れを見る限り、馬鹿《バカ》貴族よりかなり綺麗《きれい》だ。

「此処《ここ》に顕現するは万物を貫かん氷の槍《やり》。我が前に立ちはだかる全てを穿《うが》て！」

万物を貫く、とは流石に言い過ぎではなかろうか。とはいえ、言葉に力を乗せる方が魔術は使いやすいので、威力を上げる為にもそういった言葉を使っているのだろう。

その氷の槍を見て、俺は腕輪に剣を収める。

「む、なぜ剣を消した！」

「魔術の腕を見るみたいですから」

「ぐぬぬ、舐めおって！」

親父さんは叫ぶと同時に、俺に氷の槍を放った。

氷の選択は賢いと思った。狙った一点に攻撃を与え易いし、魔力が霧散しても飛ばした時の慣性と、氷自身の強度で攻撃が出来る。中々に効率的な攻撃だ。俺はそれを動かずに迎える。

「な、なぜ動かん！　避けんか！」

やっぱ嫌いになれんわこの親父さん。だって今の声音、どう考えても心配してる声だもん。

『阻め』

当たる直前に詠唱し、魔術障壁を作る。氷の強度も考えて、見えている魔力より強めに作った。

魔術は世界の力を引き出す術が上手《うま》ければ上手いほど、発生した魔術に内包される魔力量は増えて行く。結局は魔力の塊が力を持っていると考えて問題無い。

打ち消すなら、同じだけの魔力をぶつけるか、障壁や結界にしてしまえば良い。

後はその魔術の特性しだいだ。物理的に影響が強いなら、内包している魔力より威力が強い場合がある。逆に物理的に影響が弱い魔術なら、魔力さえ消してしまえば後には何も残らない。

ただぶつけ合うより、障壁や結界の方が『守る』という概念を強く持つせいか、少し魔力が低くても防御出来る場合が多々ある。まあ、俺は怖いのでがっつり守っちゃうけど。

「な、私の氷槍を簡単に！　しかも何だ今の言葉は！」

「俺の故郷の言葉ですよ」

「だ、だがそうだとしても短過ぎる。そんな物は詠唱ではない。どんな道具を使っている！」

「すみません、使ってないです」

そこで何故かシガルちゃんが、勝ち誇った顔をしているのが視界に入った。楽しそうですね。

さて、後はこっちも軽く攻撃系見せないといけないかな？

『数多の氷槍を此処《ここ》に』

数をあまり意識せず、沢山氷の槍を出してみた。放つ気はないので、発現させてその場で待機。

魔力もあまり使っていない。氷、思ったより便利だ。一つ賢くなった。親父さんに感謝。

「なっ、い、今の詠唱でこの数だと……！」

もはや今日何度目だろう、親父さんのその驚き方。

「勝負あり、ですわね」

シエリナさんが勝敗を告げると、親父さんはがっくりと地面に膝《ひざ》をついた。

俺はそれを確認して、氷を粉砕して魔力もかき消した。氷が空中に舞い、地面に溶けて行く。

「あらあら、綺麗」

「お兄ちゃん、やっぱり凄《すご》い！」

意図してやったわけではないが、どうやら受けた様だ。

「ふむ、ま、いっか」

イナイの呟《つぶや》きが耳に入る。どうやら彼女には満足いく物ではなかった様だ。師匠は厳しいなぁ。

「では、この縁談、纏《まと》める方向でよろしいですね？」

「あの、少し良いですか？」

シエリナさんが話を纏めようとした所で俺が止めた。その前に伝えないといけない事がある。

「はい、何でしょう」

「誤魔化しは良くないと思うので、正直に言います。俺は暫《しばら》くしたら国を出るかもしれません」

その言葉にシガルちゃんは「え？」と小さな声を上げ、寂しそうな顔をした。

「俺は、自分のやりたい事を先《ま》ずやろうとしてる様な男です。その上将来何が出来るのかも解らない。そんな男で貴女方《あなた》は良いんでしょうか」

素直に、今の自分の考えと状況で、そんな男に娘をやって良いのかと聞いた。

「私は娘が貴方《あなた》を好きと言うならば、それで構いません。貴方がこの国の人間じゃないとしても、娘が望んだ事ならば応援したい。勿論《もちろん》貴方が酷《ひど》い人なら反対したでしょうけど」

シエリナさんは一度言葉を区切り、シガルちゃんの頭を撫《な》でる。

「貴方は人が目の前で傷つく事を良しとしない方です。それに、何が出来るか解らないと仰いましたが、貴方程の力が有ればどこででも生きて行けるでしょう」

そう言って、シガルちゃんの背を押す。何か言いたそうだった親父さんはまた鍋で叩かれた。

頑張れ親父さん！

「お兄ちゃん、あたしはお兄ちゃんに頼るだけの女になるつもりは無いよ」

とても強い、しっかりとした瞳《ひとみ》で彼女は俺に告げた。

これはダメだ。やられた。イナイといい、この子といい、格好良過ぎるだろ。

俺はこの国の法律に少し感謝した。だって完全に自覚してしまったから。この子の目と言葉に、掴《つか》まれてしまっている自分を自覚してしまったから。

でも、まだ聞かなきゃいけない事がある。最後にもう一つ聞いておかないといけない。

「シガルちゃん、君はこの国の魔術師になりたいって言ってたよね。俺はもしかしたらこの国に帰って来ないかもしれない。そうなった時、君はどうする？」

意地の悪い質問をしたと思う。でも、これは聞かなきゃいけない。俺はそうする可能性が有る。

イナイはそれを承知の上で俺に告白をしたんだ。条件は同じでないといけない。

「良いよ、付いてく。あたしはお兄ちゃんに、貴方に付いてくよ」

その迷いない答えに、彼女は俺が思っていたより、ずっと素敵な女性だと気が付けた。

自分なんかよりずっと強い、尊敬すべき人間だと。

「解った。降参。流石にそこまでまっすぐ想われてたら、もう何もないよ」

心からの了承の返事を彼女に返す。

今の彼女に手を出すつもりは全く無いが、それでも彼女の想いには応える覚悟を決めた。

その返事に、心の底から嬉《うれ》しそうな笑顔で頷《うなず》くシガルちゃん。

ただその場で「お兄ちゃんに付いて行く！」って言い出したので、流石に落ち着いて貰った。

そこでご両親とも話して、八日区切りで樹海の家と実家を行き来する事になった。

シガルちゃんの意見としては家に戻らなくて良いという感じだったのだが、親父さんが断固として反対したのでこうなった。もうちょっと親父さんに優しくしてあげて。

今日の所は俺達は帰って、後日準備が出来たらシガルちゃんを迎えに来る予定だ。

その後シガルちゃんに見送られて、手を振る彼女にこちらも手を振り返してその場を離れた。

「かなり正直に思い切って言ったたな」

「そうかも」

「なあ、お前、もしかして子供体型が好みなのか？」

「ブフゥ！　げほっ、げほっ、ち、違う！」

凄く真剣な顔で聞かれて吹いてしまった。いやいや待って。それは全力で否定させて頂く。

いや、イナイの体型が嫌って話ではないからね⁉

「まあ良いけどな。もしそうなら、そのおかげでこういう関係になれたのかもしれねえしな」

ニヤッと笑うイナイ。ずるいわー、この人。可愛いわー。かっこ良いわー。

「違うよ。俺はイナイがイナイだから良いと思ったんだ。彼女も同じだよ。それに彼女が大きくなるまでは手を出す気はないよ」

「それは酷だな。あたしは……ちょっと怖いからこんな感じだけど、そういう女ばかりじゃないいんだぜ。自分を確かな相手として想って貰う為に、ちゃんと行為を望む女だって少なくない」

「う、それは俺も、何と言うか、まだガキなもので」

「ま、おいおい話して行くしかないか。あたしもそこは人の事言えねぇしな」

そう結論を口にすると、イナイは少し用事が有ると、別行動を取る事になった。

俺はその間、街をぶらつく事にした。何か面白い物無いかなー。

◆◆◆

城の奥に来るのは久々だ。最近はあいつの執務室に行く事は無かったから、数か月ぶりになる。

こんな話をしに来るとは、ついこの間までは想像もしなかったな。

タロウの意志は解ったし、あたしも支えてやるって言っちまったからな。覚悟、決めねえとな。

最悪あたしの持ってる権利全部譲渡するか。ブルベの奴怒るかなぁ。

今からやる事に気持ちを落ち込ませていると、あたしの下に文官がやって来て頭を下げた。

「お会いになるそうです。どうぞ」

「ありがとう」

報告に礼を告げてから止めていた歩を進め、辿《たど》り着いた部屋の扉に軽くノックをする。

そういえば、最近は腕輪の通信でしか話してなかったから、顔を合わせるのも久々になるな。

「失礼致します。イナイ・ステルです」

扉の前でそう告げると、室内から「入れ」と声が聞こえたので中に入って跪《ひざまず》く。

「やあ、いらっしゃい、イナ……?」

部屋の主《あるじ》はあたしを歓迎する言葉を口にして、途中で言葉を止めた。

この部屋には防音の魔術が施された道具が置いてある。昔からの仲間が来た際はそれを起動して、昔の様に彼は話す。

執務室の外には当たり前だが兵が居る。あたしはその兵達にも声が聞こえる様に防音を消した。その行動を見て、ブルベは言葉を止めたんだ。

「陛下、突然の訪問にも拘《かか》わらず、謁見を許して頂き感謝致します」

「ステル、何が有った」

外にも聞こえているから、彼は王様としてあたしに答える。そうしてくれないといけない。

「陛下、私は今日、ウルズエスの名を返上しに参りました」

あたしの技工士としての称号は王から贈られた物。その王から賜った名を返す。つまりこの国を去るとあたしは宣言した。言わずにこの国を離れるわけにはいかない。義理は通さなければ。

頭を下げているのでブルベの表情は見えない。

怖いな。今、彼はどう思っているんだろう。裏切られた、と思っているかな。

「……理解した。イナイ・ウルズエス・ステルよ、面《おもて》を上げよ」

「はっ」

彼に従い顔を上げると、視界に入ったのは彼の優しい笑顔だった。

何でそんな顔を向けてんだ。あたしはこの国が、お前がくれた信頼を捨てると言ってるんだぞ。

向けられている笑顔に戸惑っていると、何故《なぜ》か、彼は部屋の防音をつけ直した。あたしが防音を切った意味を理解している筈《はず》なのに。

そして彼は跪くあたしの傍まで来ると、小さく溜《た》め息を吐《つ》いてあたしの頭に拳骨《げんこつ》を下した。

「いった！」

「……まったく。イナイ姉さん、肝心の部分の話をしないと駄目《だめ》だよ」

「いつつ……肝心の話？」

結構な威力だった拳骨で涙目になりながら、疑問符を頭に掲げる。

「イナイ姉さん、姉さんが幸せになるって話を、私が邪魔すると思ってたのかい？」

「ブルべ……知ってたのか？」

「ミルカに聞いてるよ。ウルズエスの返上は認めない。姉さんはウムル王家が認める技工士の座を上手《うま》く使えば良い。誰が何と言おうと、どこに居ようと、イナイ・ステルはこの国の英雄なんだ。誰にも、その異は唱えさせない」

「でも、あたしはここを離れるし、お前達の頼みも応えられないかもしれないぞ！　それに、他国に利の有る行動を取る事も有るかもしれない！」

自分を責める様に、叫びに近い言葉を投げる。だが、それでもブルべは笑った。

「姉さん、私達は姉さんに感謝しているんだ。イナイ姉さんとアロネスが居なければ、この国の復興はもっと遅れた。勿論あの戦争自体だってそうだ。姉さん達の力でどれだけの人が助かったか」

ブルべは膝をついてあたしに目線を合わせ、手を取って続ける。

「貴女は何処《どこ》へ行ったって、胸を張って、ウムル王国最高の技工士を名乗れば良い」

ブルベはあたしがどういう行動を取るのだとしても、それを全面的に許すと、そう言っている。

そして最後に「おめでとう、姉さん。それが皆の気持ちだよ」なんて、言われてしまった。

思わず、涙が頬を伝うのを感じた。

「あ、あれ、す、すまん」

鼻を啜《すす》りながら謝るが、涙は止まらない。止まってくれない。

あたしは皆を裏切ったと思っていた。皆はこの国に残る。元々気まぐれな奴だったアロネスすら国の為に働き続け様としてる。

ミルカもリンもそうだ。この国を守る為、戦う力を今も尚《なお》伸ばしている。いつか子を成す身だとしても、その時まで戦士で有り続けるつもりだろう。いや、きっと子を産んでもだ。

セルエスはもう嫁入りが決まってはいるが、この国の有事には絶対出張って来るだろうし、普段も何かしら関わるつもりだ。でなければ未だに魔術の腕を磨いている筈が無い。

アルネは何も考えていない様に見えるが、国に愛着が有る事は知っている。あいつは国の為に、こいつらの為に働き続けるだろう。

あたしはそんな仲間を捨てて行くと思っていた。惚《ほ》れた男と国を天秤《てんびん》にかけて、国を捨てる行為をすると思っていた。でも、彼らの想いは違ったんだ。ただ、私の幸せを願ってくれていた。

「ぐすっ……ありがどう……ブルベ……皆」

涙が止まらない。嬉しい。そして悔しい。ああ、悔しくて堪《たま》らない。

あたしに対する彼らの意識を甘く見ていた事が、心から悔しくて堪らない気持ちになる。

「こういうのは大体、ミルカの役目なのになぁ」

ブルベはそう呟くと、泣き止《や》めないあたしを抱きしめ、あたしの頭を優しく抱える。

「姉さんはいつも人の事が優先だった。やっと自分の事優先してくれて、嬉しいよ」

「うるざいばがぁ！　これいじょうながずなぁ！」

姉を虐《いじ》める弟に、涙目と鼻声で文句を言う。締まらないな。

こいつらの姉貴分をずっとやっていたくせに、こいつらの成長に置いてかれちまってた。ミルカといいこいつといい、ほんと良い弟妹達だ。あたしには勿体《もったい》無い。

あたしが落ち着くのを待って防音をまた消したブルベは、声を少々大きめに告げる。

「イナイ・ステルよ！　お前の今までの功績は、お前が国を暫く離れる程度で霞《かす》む物ではない！　国を離れる事はフォロブルベ・ファウムフ・ウムルの名において許可を出す。お前はこれからも、この国を救った技工士として胸を張って行くが良い！」

外の兵士にも聞こえる様に、傍の部屋で仕事をしている者達にも聞こえる程の大声で告げる。

王の名の下にウルズエスの名は動かず、イナイ・ステルの国外への無期限の旅を許す言葉を。

「はっ、感謝致します！」

ありがとう、弟よ。あたしは、あんた達と兄弟姉妹で幸せだよ。

◆◆◆

何か気が付いたら、また屋台並びの所に来てしまった。俺、王都に来るたびに何かしら食ってる気がする。でも今日は待ってる間退屈だし、仕方無いよね。

する必要の無い言い訳を心の中でしつつ、暇潰《ひまつぶ》しの散策を続ける。すると、とある広場から何やら騒いでいる声が聞こえ、気になってそちらに足を向けた。

「我々は訪れる滅びの為に生きているのである！　いずれ復活する魔王様に我らの魂を捧《ささ》げる為に我々は繁栄し、餌として増えているのだ！　この国の繁栄はその為に魔王様がもたらした物だ！　英雄の力等ではない！　我らと共に魔王様を、その滅びの世界を願おうではないか！」

……何あれ。

集団で延々魔王がどうたら言ってるけど、魔王って北のあの魔王？

ちょっと気になったので、人だかりの一番近くの人に軽く話を聞いてみた。その話を要約すると、神話の魔王がいつか復活して、人類はその為の餌だってさ。

破滅思想、というより魔王信仰かな。変な宗教ってどこにでも有るなー。

「北の国の偽魔王は、魔王様を侮辱する存在である！　亜人共はその身を神の子と勘違いした愚者共であり、かの偽魔王はその最たる者である！　民衆よ、奴らは排除すべき存在だ‼」

うん、俺合わないわあああいう人ら。破滅思考はどうでも良いけど、関係無い人にも攻撃を向ける人間は好きになれない。大体魔王って人族が呼び出した名前じゃないの？

まあ、叫んでるだけだから気にしなきゃ害は無いか。

だけど、この間会った鱗《りん》尾《お》族の人の様な、人族じゃない人達がここに来たら危険そうだな。

なんかやだな、こういうの。そう思って離れようと振り向くと、そこにイナイが立っていた。

「あれ、いつのまに。ていうか良く見つけられたね」

「腕輪で場所が簡単に判る様にしてんだよ。だから女遊びの時は外して行くと良いぞ」

ニヤッと笑いながら言うイナイ。しませんよそんな事。……あれ？

「イナイ、なんか目が赤いけど……どうしたの、大丈夫？」

「ん、ああ、うん、あんがとよ。悪い事じゃないから大丈夫だ」

理由を言って貰《もら》えないのはちょっと寂しいけど、濁したって事は突っ込まない方が良いか。

「しかし、気に食わねーな、あいつら」

イナイもあの手の連中は不快な様だ。まあ、この人はそうよね。

「てめえらが居るか居ないかも解んねぇ魔王とやらに食われんのは勝手だが、他種族を人と見なしてねえのは気に食わねえな。ちょっと言ってくる」

イナイはそう言うと、演説している集団に向かって行った。俺も慌てて後ろから付いて行く。

「あんな事言った後なのに、早速名を使う事になるとはな」

と小声で言っていたのは、何の事だろうか。

「貴方《あなた》達、演説の許可は取っているのですか！　もし取っているとしても、ウムルは他種族の人権を認める国です！　貴方達の演説は国が認める類の物ではありません！」

イナイは声を張って、いつもの喋《しゃべ》り方ではなく、畏《かしこ》まった喋り方で集団に詰め寄る。

「な、何だ小娘！　何の権限が有ってそんな口をきいている！」

「成程、貴方、少なくともこの街の人間ではないのですね」

「な、何⁉」

「私の名はイナイ・ウルズエス・ステル。その名において、貴方達の演説は看過出来ません」

「ば、馬鹿《バカ》な！　こんな小娘があのイナイ・ステルだと⁉」

連中はイナイの出現に戸惑うが、頭目らしき人物がイナイに詰め寄って来た。

「貴様達が英雄と持て囃《はや》される時代は終わったのだ。全て魔王様の掌の出来事。貴様が何を言おうが滅びはやって来る。魔王の名を騙《かた》る連中も裁きが下るのは当然の事だ！」

「私達を英雄視しない事など、咎《とが》める気も必要も有りません。貴方達が何を信じ崇《あが》めようとも自由です。ですが、他種族の人権を認めない発言は見逃せません！」

家で俺達を叱る様な雰囲気ではなく、凛《りん》とした雰囲気で目の前の男に語るイナイ。

なんか最近、色んなイナイが見られてちょっと楽しい。つーか、かっけえ。

「このガキ、イナイ・ステルは十年以上も前に戦場に立ってた女だぞ！　お前の様な小娘がステルなわけがないだろう！　怪我をしたくなければ引っ込んでいろ！」

先程とは違う男がイナイに掴《つか》みかかろうとする。俺は反射的にそれを防ごうとしたが、イナイに押し止められ、小声で「あたしが良いって言うまで絶対に手は出すな」と言われた。

「人々に演説をし、導こう等という人間がやる行動では有りませんね」

「何を言う！　この国の英雄共も、亜人共を力をもって駆逐したではないか！　同じ事だ！」

それは違うだろ。お前らは口で勝てないから手を出しただけだ。

「私達は言葉に力をもって制したのでは有りません。力によって蹂躙《じゅうりん》された者達を助く為に、やむを得ず力で対抗しただけです」

「今と何が違う！　お前は我々の言葉を！　想いを弾圧しようとしてるのではないか！」

「それは屁理屈《へりくつ》でしょう。その発言をするならば、何故他の方へ攻撃的な思想をされるのです」

「く、口の減らないガキが！」

男はナイフを持ち出し、イナイに突きつけた。周囲の野次馬から悲鳴が上がる。

「最低ですね。言葉で語り合う事が出来ないなど、信仰に有るまじき事ですよ」

「間引きだよ！　魔王様への信仰の無いゴミを、多少間引いた方が魔王様の為だろう！」

「……貴方のその思考は、単に自分達の想いに酔っているだけの、それこそ愚者の思考ですね」

あれって、ちょっと挑発してるよね。

言葉遣いは丁寧だけど、中身はやっぱイナイだなぁ。

そのやり取りを見つめていると、悲鳴が広場に響いたのが耳に入った。驚きつつも声の元に目を向けると、この集団の一人が女性にナイフを向けていた。

その女性は人族ではなかった。犬か狼の様な顔と体毛をした女性だ。

なんで女性って解ったかっていうと、スタイルが良かったからです。

手を出すなって言われてたけど、流石《さすが》にこれには黙ってられなかった。すぐに仙術で身体強化をして走り出す。が、俺より遥《はる》かに速い速度で突っ込んで行く者が居た。

その人物は、今まさに振り下ろされんとするナイフの前に立ち塞がった。そして震脚に合わせた掌で真正面からナイフを粉砕し、続けて正拳《せいけん》をナイフ男の鳩尾《みぞおち》に叩《たた》き込む。

背中まで衝撃が走りそうな、綺麗《きれい》な正拳だ。男はそれを証明する様に、後ろに吹き飛ぶ事も無くその場に崩れ落ちた。一連の出来事に、皆が驚きで固まっている。

それもそうだろう。さっきまで俺の前に立っていた『イナイ』が素手でナイフを正面から粉砕し、殆《ほとん》どの人間が目で捉《とら》えられない速度の正拳で男を沈めたのだから。

走って行った時も、俺の速度の倍はあった。外装無しの素手でも俺よりまだまだ強いのか……。後さっきの動き、完全にミルカさんと同じ動きだったな。

「大丈夫ですか？　手をどうぞ」

イナイは驚いてへたり込んでいた女性に手を差し出し、女性を起こしながら集団を睨《にら》む。

「口で言うだけなら手荒な真似をするつもりは有りませんでしたが、実際に民衆に手を出した以上、貴方達は犯罪者として裁かれる事になります。本来ならばこの方個人の犯行となりますが、貴方達は集団で同じ思考を持たれている危険な方々の様ですし、全員連行させて貰います」

「な、何だと！　お前にそんな権限が有るのか！　たかが技工士風情が！」

「有るから言っています。それにもう、そこに騎士が来ています。抵抗は無意味ですよ。私の事は知らずとも、英雄ウームロウの名と顔は知っているでしょう？」

「ウームロウ・ウッブルネか……！」

イナイの言葉で男達はこちらにやって来る騎士と兵士を見て、絶望の顔を見せる。

「貴様達、許可無くこの様な所で演説をした事は大目に見てやれるが、内容は認められる物ではない。その上我らが王の民に手を上げた行為は断じて許せぬ！　全員ひっとらえよ！」

この間会った騎士のウップルネさんだ。ていうか、あの人がウームロウさんだったのか。

ウップルネさんの指示で皆が動き、男達は抵抗も許されず全員捕らえられて行く。その光景を眺めていると、ウップルネさんがこっちにやって来た。

「全く、お前達の作ってくれた腕輪と転移装置が無かったらと思うとぞっとするな」

「ま、アロネスに基盤の呪具量産して貰ったから出来た事だけどな」

やっぱ二人は顔見知りか。それに転移装置とな。王都に複数有るのかしら。便利そうだなぁ。

「何にせよ今日は助かった。礼を言う。ではな、イナイ。少年と仲良くな」

「う、あんたも知ってるのか」

「はは、ミルカが嬉《うれ》しそうに言い回っているから、隊ではもう広まっているぞ」

「あんのバカ！」

イナイは顔を真っ赤にしている。隊て、騎士隊全体に？　それは俺もちょっと恥ずかしい。

「くくく、良い妹分じゃないか。それにどうせいつか広まる。少し早まっただけだ」

「そりゃそうだけどさ……」

ウップルネさんは騎士隊長さんに何か話した後、騎士隊とは別方向へ向かう。隊長さんは騎士隊に指示を出し、男達を連れて行った。

気のせいかもしれないけど、隊長さん前に会った時より迫力が有ったな。仕事だからかな？

「イナイ、素手でも強いんだね」

「ん？　ああ。ミルカにあれ教えたの、あたしだしな。あいつがある程度デカくなったら、あっという間に敵わなくなっちまったけどな」

「え、イナイってミルカさんの師匠なの？」

「師って程じゃないさ。あたしも学んでる途中で護身程度に教えてたんだが、あいつの方が適性があったのさ。一応あたしも道場持って良いって許可貰ってっけど、面倒だから断った」

つまりそれ、技量そのものはミルカさんには及ばないけど、免許皆伝って事すよね。流石《さすが》に恋人に完全に守られる実力はちょっと悲しいので、もっと鍛えなきゃな……。

もっと頑張ろうと心に決めていたら、イナイには何かに気が付いた様にクスッと笑われた。

◆◆◆

その後、樹海の家に帰った時にはもう夕方近く、イナイは夕飯を作りに台所に向かった。今日の訓練はお休みなので、俺は居間で何となくダラーッとしている。

居間には俺以外にもアロネスさんとリンさん、セルエスさんがおり、皆どこか気が抜けている。

「ただいまー」

その気が抜けた空間に、ドアを開けて見知らぬ人物が現れた。魔術師っぽい感じの服装の男性が玄関に立っている。その人に一番に反応したのはアロネスさんだった。

「お、おま、バッカヤロウ、ただいまじゃねえよ！　どこ行ってたんだよお前！」

男性に駆け寄り、ヘッドロックを決めるアロネスさん。

「いた、痛い、痛いってアロネス兄さん！」

「うっせえ、心配かけやがって。今まで何してやがった」

男性とアロネスさんは文句を言い合っているが、その顔は笑っている。仲良さそう。ただいまって言ったし、アルネさんみたいに元々はここに居た人なのかな。

二人の関係に首を傾げながら眺めていると、パタパタとイナイが居間にやって来た。

「おかえり、グルド」

イナイは彼をニッコリと笑顔で迎えた。グルドって、もしかしてあの弟さん？

「ただいま、イナイ姉さん」

グルドさんも満面の笑みでイナイに応える。……何かもやっとした。何だろ、これ。

「おかえりー、グルド。元気みたいだね！」

「リン姉も相変わらずみたいだな」

「いやいや、あたしもまだまだ強くなるよ～」

「勘弁してよ、元々化け物みたいなのに、何になる気なのさ」

彼は心底嫌そうな顔をしている。やっぱりこの人化け物クラスの扱いなんだ。

「愚弟、生きてたのね」

「なんだクソ姉貴、まだ行き遅れてたのか」

「近いうちに結婚するわよ」

「そうか、旦那《だんな》が可哀《かわい》そうにな、こんな狂人嫁さんとか」

「あ？　愚弟が何舐《な》めた事言ってるの？」

「んだコラ？　あの続き、ここでやるか？」

……俺は今、何か見てはいけないモノを見た気がする。

いつもニコニコ笑顔のセルエスさんが、どっかのチンピラの様な声と表情をしています。しかも魔力が物凄《ものすご》い迸《ほとばし》ってます。怖いです。逃げて良いですか？

「良いわよ。けどあんたの大雑把な攻撃をここでやったら、イナイちゃんが黙ってないわよ」

彼に応えるセルエスさんの声が凄く冷たくて怖い。そしてその冷たい言葉は効果があった様だ。

彼は怒りの表情だったのが、やってしまったという顔でイナイの方を向いた。

「あ、ね、姉さんごめん！　しないから！　ほんと！」

「そんなに慌てなくてもわーってんよ。たく、何でお前はセルと絡むとそうなんだ」

慌てて謝るグルドさんと、呆《あき》れながらも優しい笑みを向けるイナイ。それを見たセルエスさんはニヤッと、今まで見た事ない邪悪な笑顔を見せた。この人こういう面有ったのね。

「姉さん、ミルカとアルネは？」

「二人共仕事だな。ミルカは式の準備もしてるから、その話もしに行くらしくて今日帰らねえ」

「ああー、あのポヤーッとした家事の好きな兄ちゃんだよな、相手」

「ああ、ミルカにはお似合いだ。あいつに家庭でじっとは無理だ」

そこから和やかに世間話を続ける二人に、アロネスさんが横から声をかける。

「しかしお前、いくらなんでもこの五年間一回も連絡無しは、流石に無いだろう」

「あー、いや、ごめん兄さん。でも一応定期的に連絡は取ってたんだよ？」

予想外の答えに怪訝《けげん》な顔をするアロネスさんに対し、グルドさんはイナイに視線を向ける。

「実は、あたしとブルベには定期的に連絡入れる様にさせてたんだよ」

「はあ？　何で黙ってた」

「だって言ったらお前は捜しに行くだろうが。お前は心配性過ぎるよ。グルドだって自分で自分の事を考えられる歳《とし》だ。それに王位はいらないってんだ。好きにさせたら良いだろ」

「いらないでどうにかなるもんじゃねえだろ……」

「そう在って貰《もら》う為に、ブルベはロウを傍から離さないんだろうが。それにグルドは本気でやればお前にもそうそう負けねーよ」

えーと、今の言葉から察するに、王家の人ですかこの人。でもこの人達の関係が全く解らんな。

俺が一人会話から取り残されていると、グルドさんが話し始める。

「まあ、今回帰ってきたのは、兄貴に姉さんの事を聞いたからなんだ」

「げっ、まさかあいつ喋ったのか」

「俺だって知る権利は有るよ。それにミルカが言いふらして、城内では広まってるって聞いたよ」

「ほんとあいつロクな事しねえな！」

イナイが顔を真っ赤にして叫ぶ。俺も流石に、知らない人にまで知れ渡ってるのは恥ずかしい。

「ねえ、姉さん。姉さんは自分の立場ちゃんと解ってる？」

唐突に、グルドさんが真面目な顔でそう言い出し、対するイナイは訝《いぶか》し気な顔になった。

「俺やクソ姉貴は問題無い。俺達に手を出すのは国に喧嘩《けんか》売る様な物だ。それに俺達の身内に手を出せばすぐ行動に起こせる。ミルカやアルネ、ロウは確かに有名だが、標的にされる可能性は少ない。危険度に利益が合わないからな。でも、イナイ姉さんとアロネス兄さんは違うだろ」

彼の言葉に、苦虫《にがむし》を噛《か》み潰《つぶ》した様な顔をするアロネスさん。イナイも困った笑いをしている。

「アロネス兄さんが独り身なのはそのせいだろ？」

「うっせえなぁ、俺は下手に大事なもん抱え込むのはもう嫌なんだよ」

「ごめん、でもアロネス兄さんはそれで対処してるだろ」

さっきから俺には話が見えない。どういう、事だろう。

「俺達は名が知られてるけど、アロネス兄さんとイナイ姉さんは中でも別格だ。二人の業績は国外にも大きな影響を与えてる。どこでどんな奴が狙ってるか判らない。何をされるか解らない」

マジか、二人って国内だけじゃなく、世界的に有名人なのか。

「国内で万全に生活して行くつもりなら何も言う気は無かったけど、国を出るって聞いた」

これ多分、原因俺だ。イナイは既にそんな話も皆にしてたんだ。

「ならイナイ姉さんの相手は、イナイ姉さんに降りかかる物を振り払える人間じゃないとダメだ。じゃないといつか、姉さんが悲しむ時が来る」

グルドさんは真剣な顔で語り切ると、じっとイナイを見つめて返事を待つ。

当のイナイはさっきの訝し気な顔ではなく、むしろ優しい笑顔を彼に向けていた。

「ありがとな、グルド。大丈夫だよ。あたしなら」

「でも、姉さん」

「グルド、心配は嬉しいよ。これは本当だ。けどあたしは初めて人を好きになって、そいつが応えてくれたんだ。だから守るよ。全力で。あたしの持つ全てをもって」

そう言うイナイの顔は自信で満ち溢《あふ》れている。なんつーか、この人ほんと男前だよな。

「覚悟、決めてんだね」

「ああ、ちゃんと理解してる。本人にもちゃんと話すさ」

「ん、解った。でもせめて、ある程度身を守れるのか確認して良い？」

「……解った。ちゃんと手加減しろよ？」

「了解、イナイ姉さんに嫌われたくはないからね」

「ん、タロウ、こっち来てくれ」

イナイに呼ばれたので、素直に傍に寄る。会話から察するに、彼と手合わせでもするのかな。

「こいつが、そうだ」

「初めまして、田中太郎といいます」

「タナカ……？　珍しい名前と発音の仕方だな」

「ああ、あたしたちと違って、タロウが名前なんだ」

「へぇ……」

彼は値踏みする様子を一切隠さず俺を見ている。何だろう、小姑《こじゅうと》かしら。隅が汚れてますわよ、とか言われちゃうのかしら。

そんな馬鹿《バカ》な事を考えていると、目の前の人から冗談じゃない程の魔力が迸り――。

俺の体が、バラバラに吹き飛ぶのを、感じた。

「かっ、はっ、今、のは」

俺の体が粉々に吹き飛んだ様に見えた。けど、ある。ちゃんと体は全部無事だ。だけど呼吸がまともに出来ない、膝《ひざ》が完全に笑ってる。今の一瞬で深刻なダメージ食らってる。

今のは何だ、今のは『魔術じゃない』筈《はず》だ。ただ純粋な彼の魔力が俺の体を襲って来た。

「へえ、今のが見えるか」

「グルド、手加減しろって言ったろ」

「ちゃんとしたって。すぐ回復したでしょ？」

「ったく、タロウ、大丈夫か？」

「え、あ、だい、じょうぶ」

状況がまだ飲み込めない。イナイは何か解ってるみたいだが、俺にはさっぱり解らない。

「チッ、また腕上げてるわね」

セルエスさんの忌々しそうな声が、後ろから聞こえる。

「とりあえず及第点かな。バルフぐらいは見所がありそうだ」

「そう、ですか」

正直声を出すのも辛《つら》い。バラバラにはされてなかったけど、体に力が入らない。魔力も、上手《うま》く体に保てない。苦しい。倒れたい。けど膝はつかない。今はついちゃいけない気がする。

そんな俺を、彼は目を細めて見ていた。

「イナイ姉さんを守るには全く足りないが、ま、後ろ付いて歩く程度には良いだろ」

「グルド、お前はあたしの親かよ」

「えー、大事な姉さんの相手はやっぱ、しっかりした奴が良いじゃん？」

「セルは？」

「死ねば良い」

全力で毒を吐いて、セルエスさんを睨《にら》む。セルエスさんも同じく睨んでる。本当に仲悪いな。

「さて、今日は泊まりたいんだけど、良い？」

「おう、部屋はちゃんと掃除してあるから、好きに使え」

「ありがとねーさん」

彼が最後にねーさんと呼んだ時、何か、さっきまでの雰囲気と違った様に感じた。それが、最初の方に彼を見て感じたもやもやを、更に大きくさせる。何だろう、これ。

「タロウ、悪かったな。詳しい話は後でするから、とりあえず今は横になりな」

「え、あ、うん、解った」

イナイに言われた通り横になって体を休める為に、彼女に支えられながら自室に向かう。

「おめでとう、ねーさん」

最後に小さく聞こえた寂しそうな声が、俺の心を更に乱すのを感じた。けど俺はそれが何なのか結局解らず、イナイに促されるまま、自室のベッドで意識を落とした。

◆◆◆

目が覚めた時には外は真っ暗で、居間にも人の気配は無かった。

窓の外を眺めながら、あの人から食らった技をゆっくりと思い出す。あの人の特殊な技を。あの時は理解出来なかったけど、思考が冷静な今ならあれがどういう物か解る。

今更解ったところで、抵抗出来なかった事は変え様が無いのだけども。

「はぁ……外の空気でも吸いに行くか」

何とも言えない気分を誤魔化す為に、散歩にでも出ようと思い立ち玄関を開ける。すると玄関を出たすぐそこにグルドさんが居た。びっくりしたぁ。

「……よう、あんたも飲むかい？」

手元のグラスに注がれた物を勧めて来るグルドさん。お酒っぽい。飲んで良いのかな、俺。

日本じゃないし良いか。そう結論付けてグラスを受け取る。

「……美味《うま》い」

お酒ってこんな味なんだ。意外と美味《おい》しい。甘くてジュース飲んでるのと変わらないな。

「はっ、お前も酒いけない口か」

「え？」

「それ、酒好きには度数低いわ甘いわで不評な酒だからな」

あ、そういうの有るんだ。お酒とか飲んだの初めてだから知らなかった。

「そうなんですか。俺は飲むの自体初めてなんです。お酒ってこういう物ではないんですね」

暫《しばら》く味を確かめる様に黙ってちびちびと飲んでいると、彼が話しかけてくる。

「お前、どこの国から来たんだ？」

あれ、グルドさんは俺の事聞いてないのか。そういえばさっき紹介された感じだったもんな。ならちゃんと自己紹介ついでに事情話しておこう。

そう思い、リンさんとの出会いからを彼に伝えると、彼は目を見開いて驚いていた。

「タロウ、で良いよな。……悪かったな。お前、何にも知らなかったんだな」

グルドさんはとてもすまなそうな顔で、俺に謝った。

俺は一瞬意味が解らず首を傾げてしまったけど、すぐに夕方の事かなと思い至る。

「いえ、聞いてなかった俺も悪いですし、気にしないで下さい」

この人はこの人で、イナイの為にやった事だと俺は思ってる。だから別に構わない。

「……イナイ姉さんとアロネス兄さんの二人は、ガキの頃の俺にとって……いや、今でも尊敬する、何でも出来る兄と姉なんだ」

グルドさんは唐突に、何かを懐かしむ様に語り始めた。何となく、俺はそれを聞かなきゃいけない気がして、彼の言葉に黙って耳を傾ける。

「大げさだって思うかもしれないが、俺にとっては、あの二人は憧《あこが》れだ」

そしてグルドさんは、二人の過去を語り始めた。

子供の頃からイナイは凄《すご》かった様だ。あの体格だから、魔術を覚えないと普通の技工士も厳しかったらしく、若くして魔術と技工を高レベルで修める人だったらしい。

アロネスさんは正しく天才だった様だ。魔術など当たり前に使えたし、その才能を誰しもがその力を願う錬金術師として振るっていった。若干気まぐれなとこが有ったのは変わらない様だ。

二人は、様々な物を作り出し、多くの人を救って行った。

誰かを救う為に戦い、誰かを救う為に新しい物を作って行く。

助けたい人間皆を救うなんて普通不可能だ。けどあの二人はそれを成した。誰かを助ける為の道具を作る行為をやり続け、不可能な事を可能にし続けた。

「二人には今でも憧れてる。俺にはそっちの才能は無かったし、兄貴みたいな統治者の才能も無い。だからいつか皆が困った時の為に、唯一と言っても良いこの才能を磨く事に腐心してる」

「魔術、ですか？」

「ああ。いつかクソ姉貴に勝てる程度にはならねえと。あ、いや、話が逸れた。すまん」

「いえ、良いですよ。気にしないで下さい」

彼は俺の言葉に頷《うなず》き、続きを話し始める。

そんな二人にある時事件が起きた。

二人の技術を欲した国が、イナイの家族と、アロネスさんの育ての親を攫《さら》った。皆助けに行きたかったけど、その時は戦場から離れられなかったらしい。

それでも王様は二人に、『今までありがとう、行ってくれ』と言ったそうだ。王様かっけえ。

でも、二人は首を横に振った。

イナイは最後までその国の言葉に従わず、戦場に残った。アロネスさんも同じだ。結果、暫《しばら》くして二人の下に家族の亡骸《なきがら》が送られた。その時二人は恥も外聞も気にせず泣き喚いていたそうだ。

事切れて大分経った、固まった死体を抱き抱えて泣き崩れるイナイ。

師匠、師匠と掠《かす》れた泣き声で呻《うめ》くアロネスさん。

今でもその時の事が悔しいのだろうか、語るグルドさんの目は険しかった。

彼とセルエスさんは、その国を滅ぼそうと言ったそうだ。俺達の身内に喧嘩を売って来たんだ。今なら動ける。この戦場に巻き込んでやれと。

けどその言葉にも、二人は首を横に振った。

「こういう事が起きて欲しくねーからあたしは頑張ってんだよ。それに民衆は関係無いだろ?」

「俺はつまんねー事に労力割く気はねーよ。とっととこの戦争終わらせよーや」

泣きはらした、明らかに無理した顔で、二人は言ったそうだ。

「もうイナイ姉さんのあんな悲しい顔は見たくないんだ。それでちょっとやり過ぎた。ごめんな」

「……いえ、大丈夫です。事情は、解りました」

気持ちは、凄く解る。今聞いてるだけで、俺も腹が立つ。

「そっか、悔しいな。良い奴だな、お前」

そんな俺を見て、彼は何故《なぜ》か悔しいと口にした。けど言葉とは裏腹に彼は優しく笑う。

「姉さんを、頼む。あの人ああ見えて繊細な人だから」

「はい」

静かに、でもしっかりと応える。俺の答えに、彼は満足そうに頷いてくれた。

彼が長話に付き合わせて悪かったなと言い、樹海に歩いて行ったのでその場はお開きになった。

なので俺はお酒と話の礼を言って家に戻った。

家を出た時は少し体を動かす気だったけど、そんな気分は完全に消えている。

「タロウ、もう大丈夫なのか？」

二階からイナイの声が聞こえ、上に視線を向けると階段を降りようとしている所だった。

「うん、大丈夫」

俺の返事に、イナイはほっとした顔で階段を下りてくる。

「なあタロウ、今良いか？　今日の話、なんだけどさ」

彼女にしては珍しく、恐る恐るといった雰囲気だ。多分、さっき聞いた話の事だろう。

「さっき、戦争中の事はグルドさんに聞いた。アロネスさんの事もざっくりとだけど」

「……そっか」

イナイは少し俯《うつむ》いて、俺を目だけで見上げる様にして口を開く。

「あたしと一緒になるって事は、そういう危険も背負うって事になる。勿論《もちろん》国内に居れば何も問題無い。昔みたいな、ただあたし達の戦闘能力が突出した、辺境の小国じゃないからな」

「うん」

「ミルカは多分それが解ってるから、尚《なお》の事お前をギリギリまで鍛えてる。あたしはそれを知っててお前に言わなかった。あいつらに甘えてた」

「うん」

「お前にも、甘えてる。お前を見てると、甘えて良いんじゃないかって思えてしまう。お前全然怒らねーし、穏やかだからさ。雰囲気が傍に居てて気分良いんだよな」

「うん」

言葉を重ねるたび、俺が相槌《あいづち》を打つたび、イナイは声のトーンが沈んでいっている。

「……怒らねーのか？　あたしはお前を危険に晒《さら》すって事を黙ってたんだぜ？」

「良いよ、言い難《にく》かったんでしょ？」

慰めで言ってるつもりはない。本気でそう思ってる。俺はそんな事を責める気なんて無い。

「……くっそ、狡《ずる》いわお前」

狡いと言われても困るな。でも、少しは声が軽くなってくれた様で良かった。

俺はイナイがどういう身の上で、どういう経験をしてきたのかは、結局今でもちゃんと解ってはいないと思う。けど、この家で過ごした時間のイナイの事は知っている。

口は荒いけど優しくて、世話焼きで、良く笑ってて、とても暖かい人だ。

俺はそんなイナイが良いなと思った。だから、良いよ。他の事は些末《さまつ》な事だよ。

「はは、あんがと、な」

彼女は礼を言いつつ笑うが、その顔にはいつもの元気が無い。初めて見る、とても弱い笑顔。

俺はそんな彼女を見て、思わず腕を引いて抱きしめてしまった。

「タ、タロウ⁉」

「イナイ、今の俺はイナイを守れる程強くない。けど、イナイを泣かす様な事はしない」

これは俺の覚悟だ。俺はあの人達に、イナイに遠く及ばない。だけど強くなるよ。いつかイナイを守れるぐらい。せめて、隣には立てるぐらい。

「……ありがと、タロウ」

そう言ってイナイは俺を抱きしめ返してきた。俺は彼女をもっと強く抱きしめようとして、正面の部屋の隙間からこっちを見るリンさんと目が合った。

リンさんは目を逸らして、そーっと自室の奥に戻って行く。ドアは半開きだ。

いつからですか！　ねえいつからですか！　うっわ、めっちゃはずい！

「タ、タロウ、どうした？」

「いつからか分かんないけど、リンさんが今の見てた」

俺の動揺に気が付いたイナイに今の事を伝えると、顔を真っ赤にして俺の胸に顔を埋《うず》めた。

「うー、くっそ、明日どんな顔してあいつと話せば良いんだ」

「これは、もう、開き直るしか、しょうがないんじゃないかなぁ……」

「うう、くそう」

イナイはダンダンと俺の胸を叩《たた》く。イ、イナイ、ちょっと、きつい。

そしてすっとイナイは立ち上がって、目を合わせずに「寝る」と言って階段を上がって行く。じゃあ俺も今日は寝ようと後ろを付いて行った。

だがイナイは自室に向かわず、何故か俺の部屋の扉に手をかける。

「ん、どうしたのイナイ。寝るんじゃないの？」

「寝る」

短く答えると、そのまま目を合わせず俺のベッドに寝転がるイナイ。

「か、勘違いすんなよ！　寝るだけだからな！」

いや、それ俺にとっては若干ハードルが高いのですが。気が付いたら寝ていたはあっても、意識して一緒に寝ようとするのは初めてだ。寝れるかな、俺。

覚悟を決めてベッドに入り、イナイと背中合わせになって転がる。背中が暖かい。緊張で眠れないかと思ったけど、イナイの体温が心地良くてすぐ寝そうだ。

寝落ちる直前に「好きだよ、タロウ」と聞こえた気がした。

俺もそれに応えたつもりだが、いかんせん寝落ちる寸前で記憶が確かじゃなかった。

◆◆◆

翌朝、寝ぼけ眼がイナイの寝顔をとらえ、一緒に寝ていた事を思い出して一気に頭が覚めた。

窓の外を見ると夜明け直後という感じで、まだ日は昇り切っていない。朝早いのでもう一度転がってみたが、目が覚めてるせいかイナイの体温が今度は落ち着かない。

「……ちょっと体操でもして、心落ち着けて来るか」

のっそりと起き上がり、服を着替えてイナイを起こさない様にそっと出る。

まだ誰も起きてない様なので、静かに外に出て軽く体操を始める。暫くすると玄関の戸が開く音がして、振り向くとそこにはグルドさんが立っていた。

「あ、おはようございます」

グルドさんに挨拶《あいさつ》をすると、彼も笑って応えてくれた。

「早起きなんだな。まだ日が出たばっかりだぜ」

「普段はそうでもないんですけど、何か目が覚めて。……皆に何も言わずに行くんですか？」

彼の姿は酒を飲んでいた時と違い、完全に出ていくつもりの格好《かっこう》だ。

「イナイ姉さんには一応、昨日の内に言ったし。兄貴も知ってるから大丈夫だよ」

まただ。彼からイナイの話を聞くと、どうしてもモヤッとする。これは、この人がここから去る前にはっきりさせないといけない。

「グルドさん、俺は貴方《あなた》に少し不躾《ぶしつけ》な質問をしようとしています。それを先に謝っておきます」

この人の昨日の言動、雰囲気。多分、そうだと思う。

「貴方は、イナイの事が好きなんですよね」

「……違うよ」

またた、自分に対しても上手《うま》く説明出来ないけど、嫉妬《しっと》とは違う何かが込み上げてくる。

「俺は、イナイが良いなら、別に構いません。イナイならきっとそう言うと思いますし」

イナイはシガルちゃんを受け入れた。俺としてはまだどうかと思う行動を、イナイは全面的に受け入れてくれている。ならその相手として、俺もそうするべきだ。

「……もし仮に、俺が姉さんを好きだとしても、お前達と一緒にはなれないよ。俺は王族だから、俺の血を引いてりゃ王位の権利が有る。なのに誰の子か解らないんじゃ問題が起こるだろ」

あ、そういえばアロネスさんが、王位がどうこう言ってたっけ。

「それにな、お前が居なくても駄目《ダメ》なんだよ」

寂しそうな笑いを俺に向けながら、彼は話を続ける。

「もし俺が姉さんを好きで、姉さんが受け入れてくれたら、きっと姉さんは技工士を辞める。あの人は自分の好き勝手を、全て無視して通す人じゃない。王族の夫人になったら身勝手な行動は取れなくなるし、勿論技工士の仕事なんてもってのほかだ」

そうなんだろうか、と疑問に思いつつ自分の国の皇族を思い出す。テレビで見る限りでは有るけど、確かに面倒そうだと思った事は有る。

「俺はさ、自分の好きな仕事を笑ってやってるイナイねーさんが好きなんだよ。リン姉みたいな、やりたい事はやる人だったら良かったんだけどな。いや、その場合は憧れてねーか」

それは明確な、イナイの事を好きだという発言。

この人はいつから想いを殺して来たんだろう。それはどんなに苦痛な決断だったんだろう。

「それで、良いんですか？」

「良いんだよ。あの人がずっと独り身だったら、俺も傍でのんびり暮らせれば良いかな、なんて淡い夢を持ってたかもしれないけどな」

彼は寂しそうな笑いのまま、俺の傍まで歩いて来る。

「お前なら、良いよ。ありがとな、そこまで真剣に考えてくれて」

そして彼は俺の胸をトンと叩いて歩き去って行く。俺はその言葉に、胸の中のもやもやが爆発した気分になった。まだだ、終わってない。俺はこの人の想いに応えられてない！

「待って下さい！」

彼の足を止めるべく叫び、彼は当然の様に呼びかけに応えて足を止めてくれる。

「ん、まだ何か有ったか？」

笑顔で応えてくれるこの人に、自分の大事で大切な人を託してくれたこの人に示したい。自分が欲しかった、諦《あきら》めた『居場所』を笑顔で許してくれるこの人に。

自分の『居場所』が無くなる辛さは、俺には良く解ってる筈《はず》だ。

その想いを込めて、魔力を全力で操作する。

昨日見た、世界を通さず『自身の魔力のみ』で現象を引き起こす、あの技を放つために。

あの時は混乱してたけど、セルエスさんのおかげで、どういう物なのかは今は理解出来ている。

だから、やれる筈だ。やらなきゃいけない。この人達に追いつく為にも！

「なっ⁉　……マジかよ、お前」

そしてその技は届いた。

わずかだけど、本当に些細《ささい》な淀《よど》み程度しか起こせなかったけど、確かにあの人まで届いた。

「これが、昨日のテストの、答えのつもり、です。今は、これがせい、いっぱいです、けど」

呼吸が辛《つら》い。魔力も纏《まと》まらない。こんな物をあんなに平然と使ってるのか、この人。

「お前、とんでもねーな」

「師が、良い、から、ですよ」

「気に食わねーけどそれは有るだろうな。クソ姉貴は最高の魔術師だ。俺が認める、唯一の真性の魔術師だからな。だから俺は違う道を行く。魔法使いの道をな」

魔法使い。それは奇跡を起こす存在。世界の力の範囲外の存在。この世界の基準、ルールすらも捻じ曲げる。それ自体が奇跡の存在と聞いている。

「高い、目標です、ね」

「ああ、この術はその一歩だ。自身の魔力のみでこの世界の力を借りず、世界のルールに干渉する。出来る範囲はまだルール内で魔術と大差ないが、発動の速さは格段に上だ」

「俺も、いつか、あれぐらいは、出来る様に、頑張ります」

少しずつ息が整ってきた。魔力はほぼゼロに近いが流れはまともに戻って来てる。一発そよ風打ってこれじゃ説得力無いけど、グルドさんは満足そうな笑みを浮かべた。

「楽しみにしてる。その時は、一戦やろう」

「はい、いつか」

そう言い終わると、グルドさんは手を振って転移する。やっぱり。

あの人はわざわざ歩いてくれたんだ。あれだけの力を持っているんだ。転移出来ない筈が無い。

転移をせず、俺を待っててくれたんだ。俺の答えを。

もう誰も居ない空間に頭を下げる。また、頑張らないといけない理由が増えた。

あの人の好きな人の為に。俺が好きな人の為に。あの人が大事にした『居場所』に居る為に。

「グルドらしい」

唐突に背後から聞こえた声に驚いて振り向くと、ミルカさんがドアに寄りかかって立っていた。

「グルドと話は、ついたみたいだね」

「あ、その、はい」

ちょっと待って。話はついたって事は、ミルカさんはグルドさんの想いに気が付いてたのかな。

「グルド、素直じゃないから。でも、これで良かったのかも」

どこか寂しそうに言うミルカさんを見て、確信を持てた。この人はグルドさんの想いを知っているんだ。他の人も気が付いてるのかもしれないけど、解っていて黙っているのかも。

「ねえ、タロウさん、ちょっと付き合って欲しい」

ミルカさんはそう言って、俺の返事を聞かずに樹海の奥の方へと歩き出した。有無を言わさない行動に慌ててついて行き、すぐに追いつき後ろに並ぶ。

そのまま説明も無く暫《しばら》く歩き、以前釣りをした池に着くと彼女は足を止めた。

「タロウさん、釣り好きって、言ってたよね」

「そうですね。好きですよ」

正確には釣り糸をたらしている、ぼーっとした時間が好きな所が大きいけど。

「じゃあ、はい」

ミルカさんは俺の返事を聞くと、俺が作った様な雑な釣り竿《ざお》ではなく、しっかりとしたロッド状の釣り竿を取り出して俺に手渡し、自分の分も取り出した。

いや、今何処《どこ》から取り出したの。完全に手ぶらだったのに。

驚いている俺を見て、不思議そうに首を傾げるミルカさん。

「何、驚いてるの？」

「え、いや、何処から取り出したのかなと」

「タロウさん、自分も同じ物持ってるし、やってるでしょ」

彼女は呆《あき》れた様に腕輪を見せて、それで俺も気が付いた。そっか、この人も持ってるんだった。

でもミルカさんは何で釣り竿なんか入れてたんだろう。

だが彼女は俺の疑問など気にした様子を見せず、穀物類の餌を針に付けて池に投げ入れ、座って池を見つめた体勢から動かなくなる。

何か話があるのかと思ったんだけど、単に俺を釣りに誘っただけなのかな。ミルカさんも釣りが好きだったのかね。疑問は残るけど、このまま突っ立ってるのもなんだし俺も釣るか。

俺は何も持って来ていないので、ミルカさんの餌を貰《もら》って同じ様に池に投げる。

そしてそのままどちらも語る事無く、暫《しばら》くただ時間だけが過ぎて行った。

いや、実際はただ時間だけが過ぎているのは俺だけなんですけどね。その様を見たせいなのか、ようやくミルカさんが口を開いた。

「タロウさん、いつも、そんな感じ？」

「ええ、向こうに居た頃からこんな感じです」

どういう事かというと、また俺はボーズである。いや別に良いんだけどさ。

因《ちな》みにもう何匹目か数えるのが面倒になるぐらい、ミルカさんは釣っている。俺はその傍にいるのに一匹も釣れていない。じーちゃんと釣りに行った時もいっつもこんな感じだ。

「……なんか、ごめん」

「謝らないで下さいよ……」

良いんだ、このぼーっとした時間が好きなのはホントだから。偶《たま》には釣れるし。ほんと偶に。

そんな風に考えていると、ミルカさんは餌を付けながら話しかけてきた。

「……ねえ、タロウさん、何で私達の教えに、まだ素直に従ってるの？」

ん、どういう事だろう。従ってるって、そりゃ教えて貰える方が助かるからだけど。

俺は意味が解らなくて首を傾げていると、彼女は言葉を続ける。

「とぼけないで。王都、行ったんなら、一般の強さは解った筈」

「え？」

「え？」

俺が疑問の声を上げると、同じ様に声を上げるミルカさん。一般レベル？

そんな物解りませんがな。そんなに街にしょっちゅう行ってるわけじゃないし、平和だから力量が判る様な機会も無い。数少ない戦った人と見た人は、皆かなり強いし。あ、馬鹿《バカ》貴族は除外で。

「まさか、解って、なかった？」

「ええ、まあ」

「失敗した……」

「はは、聞かなかった事にしますよ」

そう、聞かなかった事で良い。俺は別に不満は無い。この世界で生きて行く手段を、この人達はくれたんだ。何よりイナイの傍で生きて行くには、力は有るに越した事はない様だし。

「ううん、聞いて」

けど、ミルカさんは真剣な顔で、池を見つめながら俺に言う。

「タロウさんはもう、一人で生きて行ける域を完全に超えてる。皆、解っててまだ鍛えてる」

俺はそれを無言で聞く。流石《さすが》にそこは、何となく解ってた。だって一般人が騎士隊長さんと戦えるのは流石におかしいと思うし。

一人で生きて行けるレベルというのなら、多分そのレベルはもう持っているのだとは思う。

「私は、貴方《あなた》が私の業を身に付けて行くのが楽しい。この業を、人に教えられるのが本当に嬉《うれ》しい。勿論《もちろん》、イナイの事も有る。けど、何より私は、私の為に貴方を鍛えてる」

「そう、ですか」

これは多分、懺悔《ざんげ》だろう。自分を頼って、信じていた相手を裏切っていたんだという告白だ。

「殴られる覚悟は、出来てる」

そう言って彼女は俺を見つめる。その目は真剣そのものだ。

「ならいつか、組手でやってみせますよ」

俺はそれに軽く答える。だって俺は彼女の懺悔に、不快感なんか一切無いんだから。俺はこの世界で生きる術《すべ》どころか、もっと上の業をくれた人に感謝しかしていない。

解ってましたよ。世間のレベルはまだ良く解ってないけど、貴女達《あなた》が楽しそうだった事ぐらい。

それに、そんな貴女達を倒す人が居ると聞いた。なら、強く在って損は無い。

もしかしたらもっと強くて危ない存在が居るかもしれないんだから。責める理由なんて無い。

「……ありがとう、タロウ」

いつもの様にさん付けじゃなく、タロウ、とミルカさんは言った。

多分今日やっと、本当にこの人に認められたんじゃないかなと、そう思った。

「イナイ姉さんの旦那《だんな》になるつもりが有るなら、私も同じ様な対応で良いよ」

ん、今ミルカさん「姉さん」って言った？

「あ、しまった。今の無し」

ミルカさんは慌てて今の言葉を訂正する。多分イナイを姉さんって呼んだ事に対してだと思うので、そこに関しては聞かなかった事にして返事をする。

「覚悟は決めたよ。だからまだ鍛えて欲しい」

ミルカさんは、その言葉を聞いて満面の笑みになる。凄《すご》く珍しい。

「そっか、ありがと。イナイをよろしく。イナイは泣き虫だから、誰かが、守ってあげないと」

泣き虫、か。グルドさんとは違う見方だ。

「頑張る」

「うん、頑張れ」

そう言ってまた釣り竿を上げるミルカさん。ほんと良く釣るなこの人。

「セルねえも、多分私と同じだと思う。だから、文句を聞くつもりだと思う」

「良いよ、べつに。答えは変わらない」

セルエスさんがどういう意図だろうと、俺は構わない。俺は自分の素の性能が高くない事を自覚している。ミルカさんの鍛錬で体はそこそこ出来ているが、ただそれだけ。

俺の身体能力はかなり魔術に頼っている。今まで魔術無しで戦った事も無いし、多分それだと騎士隊長さんには一瞬で負けただろう。どちらにせよ、俺は二人に不満など無い。

そりゃ泣きそうになる様な訓練は何度も有ったけど。それでも感謝してる。だから良いんだ。

その後は釣りでぼーっとしてる事も相まって、ミルカさんとの会話は何か良く解らない感じになって行った。この人、真面目な会話以外は単語で済ます事も多いからな……。

◆◆◆

「あうっ！」

「甘い！　お前は力が足りんのだ！　真正面から受けようとするな！」

私の剣に弾《はじ》き飛ばされ、倒れる娘に檄《げき》を飛ばす。

「ハイ、師匠！」

娘は私の迫力など一切気にせず立ち上がり、剣を構え直した。

本当に驚く娘だ。元々の本領は魔術であろうに。娘の父親からは、最近は武術道場に通い、それ以外でも体力作りに走っていると聞く。

「行きます！」

剣は完全など素人で、本来なら私の剣を受ける事など、出来る様な心自体が在る筈《はず》が無い。にもかかわらず娘は依然として心は折れず、私と剣を交わそうとする。普通ならば在りえない。

その在りえないが、この娘には出来てしまうのだ。

最初にこの娘に剣の師事を願われた時、ただ護身程度の技を学びたいのだと思い断った。だが、何度も必死に頼むその姿に、少しだけチャンスをやろうとした。

自分でも、何故《なぜ》そんな事をしたのか解らない。けど何故か、そうした方が良いと思った。

そして私は、自分の娘よりも幼い娘に、本気の一撃をみまった。

もちろん当ててはいない。当ててしまえば殺してしまう。だが普通ならば、それだけで十分だ。

娘の心を折る程度、本来ならそれで十分。だがこの娘は、その目が死んでいなかった。

私の一撃に恐怖し、体は竦《すく》み、逃げ出したいと全身が語っているのに、心が折れていなかった。

体に、本能に逆らい、目が引かないと語っていた。

「お、お願い、します。私に、剣を、教えて下さい」

そして震えながら、娘はまだ私に師事したいと願った。

「……何故私なのかを、聞いてなかったな」

素朴な疑問。師を持ちたいなら、私でなくても良い筈だ。この娘は剣など握った事が無いのは解っている。ならば、それ相応の師を探せばいい。

「おじさんじゃないと、貴方じゃないと、ダメなんです。他の人じゃ追いつけない。英雄に鍛えられてるあの人には。だから、お願いします……！」

それで合点がいった。この子はあの少年に追いつく為に私を頼ったのだ。

リン、ミルカ、セルエス殿下、そしてアルネに鍛えられている少年に追いつく為に。

面白いと思ったと同時に、危険だと感じた。この娘はあの少年と並ぶには程遠い。ならばせめて身を守る術だけは叩《たた》き込んでやろうと、そう思った。

「私の教えは、ウームロウ・ウッブルネの教えは厳しいぞ、シガル」

「は、はい！」

娘は、心底嬉しそうに返事をした。これから地獄が待っているのだと解っていながら。

今もその地獄に音を一切上げていない。この年頃の娘がこなす訓練ではないというのに。全く、イナイといいこの娘といい、あの少年は良い女に好かれるな。

9. 訓練の仕上げ、彼女達の想いと折れていた心

今日はシガルちゃんを迎えに来た。

以前の話し合いの後も俺はちょこちょこ出向いてはいたのだけど、今回は彼女が樹海へ行く準備が整ったと伝えられたのでイナイも一緒に来ている。

「では、娘さんは確かにお預かりしました」

「ご迷惑をおかけすると思いますが、どうぞよろしくお願いします」

イナイとシエリナさんが頭を下げ合い、親父さんはその足元で倒れている。

いつも通り俺に食ってかかろうとしたら、今日はその前にシエリナさんに叩き伏せられた。

親父さん、俺は貴方のその諦《あきら》めない心、嫌いじゃないぜ。

「よろしくお願いします」

シエリナさんとイナイの挨拶《あいさつ》が終わったのを見計らい、荷物を抱えて頭を下げるシガルちゃん。

その顔は最近少し、傷がついている事が多い。いや、顔だけでなく体の色んな場所に。

理由を尋ねても内緒と言われ、教えて貰っていない。

彼女は元々魔術師になりたいと言っていたし、本格的に訓練をしているとかなんだろうか。手足はともかく、あの可愛《かわい》い顔に傷がつくのは少し心配なんだが。

それに最近、最初の頃の無邪気さが消えつつある気がするんだよな。無理してないと良いけど。

「イナイお姉ちゃん、よろしくお願いします！」

「ええ、こちらこそ。では出発しましょうか」

シエリナさんが居るのでイナイは公の顔のままシガルちゃんに挨拶をし、俺はシエリナさんの足元で嘆く親父さんに同情しつつその場を離れた。

シガルちゃん、少しぐらい声かけてあげても良かったんじゃないかな……。

その後王都の門は普通に出てから、樹海の家まで腕輪を使って転移で移動。その際のシガルちゃんのテンションの上がり方は中々可愛かった。

「うわぁ、うわぁ！　凄い！　一瞬だったよ！」

うん、解るよその気持ち。明らかにこんな短時間では移動出来ない距離飛んでるもんね。魔術の技量も特に要《い》らないし、座標が決まってるとはいえ便利過ぎる道具だよな。

「ふわー。イナイお姉ちゃんの家、凄く大きいね。こんな広い家に二人で住んでるの？」

「あん？　タロウ、ちゃんと話してねえのか？」

あれ、おかしいな。以前樹海に住んでる師匠達に鍛えて貰《もら》ってるって言ったと思うんだけど。

疑問に思ってシガルちゃんの顔を見ると、彼女は思案する様な顔で口を開いた。

「もしかして、お兄ちゃんを鍛えた人達、全員住んでるの？」

「うん、そうだけど」

ああ、そうか。鍛えて貰ってるけど、その全員が居るとは思ってなかったのか。

「まあ、緊張すんなシガル。皆立場はあるが、それだけだ。あたしに砕けた態度をとらせたんだから、問題ねえよ」

「そ、それは、お姉ちゃんには絶対に認めて貰わなきゃって……」

シガルちゃんは焦りながら答えるが、イナイはクスクスと笑いながら家のドアを開ける。

「ようこそシガル。あたしたちの家へ」

イナイにそう促され、先に家の中に入るシガルちゃん。俺達も後をついて行き中に入る。

「わっ」

そして彼女は小さく驚きの声を上げる。

家の中は横断幕がつるされて『シガルちゃん歓迎』と書かれているし、居間のテーブルには既に食事の用意等がされて、家の住人全員が揃《そろ》っている。

シガルちゃんが驚きの顔のまま俺とイナイを見るが、俺達もこの事態は知らない。

「えへへ、イナイちゃん、シガルちゃん、驚いたー？」

「久々に、料理、頑張った」

「大分俺が手伝ったけどな……料理なんか俺も久々だったわ」

「はっはっは、綺麗《きれい》な横断幕を作るのは意外と面倒だったな」

「いらっしゃい、シガルちゃん。よろしくね！」

どうやら彼女が来るという事で、俺達が出ている間に皆で用意したらしい。

今日すぐになんて無理だろうから、前々から用意していたんだろうな。

「あ、その、あ、ありがとうございます！」

シガルちゃんはガッチガチになりながら頭を下げる。

顔を上げた後も明らかに緊張してますと表情が物語っていた。そんなに緊張しなくて良いのに。がちがちの背中をイナイにポンポンと優しく叩かれ、少しだけ体の力を抜きながら促されるままにソファに座る。

「知ってるかもしれないけど、一応自己紹介はしておいた方が良いわねー」

シガルちゃんが座ったのを見てからセルエスさんがそう言って、一人ずつ自己紹介を始めた。

「あたしはリファイン・ボウドル・ウィネス・ドリエネズ。リンって気軽に呼んでね」

「私はミルカ・ドアズ・グラネス。よろしく」

「セルエス・ファウ・グラウギネブ・ウムルよー。セルお姉ちゃんって呼んでねー」

「アロネス・イルミルド・ネーレスだ。まあ、好きに呼んでくれ」

「アルネ・イギフォネア・ボロードルだ。俺もどう呼んでくれても構わないぞ」

「そしてあたしは既にご存じの通りイナイ・ウルズエス・ステルだ」

おかしいな。俺の時と違って皆凄くちゃんとした名乗りなんだけど、どういう事なの。

シガルちゃんは皆からの挨拶を受けて緊張が戻って来てしまったのか、またガッチガチになりながら自身の名前を名乗ろうとする。

「は、初めまして、シガル・スタッドラーズです！　英雄様方の邪魔にならない様に致しますので、どうかよろしくお願い致します！」

シガルちゃんの言葉で、そういえば八英雄の事を確認してなかったのを思い出した。ついでだし聞いてみようと訊《たず》ねると、誰よりも驚いたのはシガルちゃんだった。

「え、お兄ちゃん知らないでここに居るの!?」

それによりシガルちゃんから、捲《まく》し立てる様に八英雄の素性が語られる事となった。

まずリンさん。彼女はウムル王国の聖騎士さんらしい。

詳しく聞くと、国で最高の剣士の名である『ウィネス』と、聖騎士『ボウドル』の両方の名を持つ最強の騎士らしい。驚きも有るけどなんか納得だわ。この人強過ぎるもん。

ミルカさんは拳闘《けんとう》士隊という、無手の部隊の隊長らしい。

無手であらゆる相手を粉砕、打倒して行くその実力から『ドアズ』という無手最高位の称号を持つ闘士だそうだ。この人の無手の見切り異常だもんなー。

そしてその辺りで興奮が増してきたのか、シガルちゃんは楽しそうに続ける。

アロネスさんは国に仕える錬金術師の最高位『イルミルド』の称号。

アルネさんは同じく国に仕える鍛冶《かじ》師として最高位『イギフォネア』の称号。

イナイも同じく国に仕える技工士としての最高位『ウルズエス』の称号。

と、他の皆も最高位の称号持ちで、下手な貴族より上の存在だそうだ。

ただしシガルちゃん、英雄譚《たん》の部分なんかの話は知ってても、技術職の三人がどういう仕事を普段してるのかは良く解ってないので、その辺の説明は薄かった。

そして最後に一番シガルちゃんが声を大にして語ったのは、セルエスさんの事だった。

魔術師最高位の『グラウギネブ』の称号を持ち、王族直系の血筋であるウムルの姓。

つまりセルエスさんは王女様。ただ今は、兄が王様なので王妹殿下って呼ばれてるらしいけど。

まあ王族なのは実は解ってましたけども。だってグルドさんとその話したし。

「何でそんなに反応薄いの⁉」

俺がへーっと思いながら彼女の説明を聞いていると、テンションが上がりっぱなしの彼女から良く解らないお叱りを受けてしまった。

いやまあ、やっぱり凄《すご》い人達だったんだなっていう納得は有っても、これまでの付き合いが緩かったから、それ以上の感情が浮かんで来ないんですよね。

「まあ、タロウにはそんなに驚く事じゃないだろうからな」

「驚く事じゃないって、英雄様自体が驚く事だと思うんだけど……」

イナイがシガルちゃんを落ち着けようとするが、彼女は納得いかないという感じだ。

実際普通はそうだろう。国を救った英雄本人に出会えば、憧《あこが》れの目を向けるのが普通だと思う。けど俺はその英雄譚をつい最近知ったばかりだし、英雄譚に憧れるタイプの性格でもない。

「タロウはそもそもこの世界の人間じゃねえしな。そこまで興味もねーだろ。そう思ったから俺達も名前だけしか名乗ってなかったわけだし」

「え、お兄ちゃん、どういう事？」

アロネスさんの説明を聞いて、俺への名乗りが名前だけだった事に納得していると、シガルちゃんが疑問の声を上げてこちらを見つめる。

しまった、そういえば俺まだこの子に自分の事話してなかったっけ。

「おい、タロウ、まさか言ってなかったのか？」

イナイの咎《とが》める言葉と視線にたじろぎながら、シガルちゃんに謝って俺の事を説明した。

なぜ俺がここに居るのか。なぜ鍛えられているのか。これまでの経緯を。

「そっか、お兄ちゃん、大変だったんだね」

「大変は大変だったけど、出会えたのがこの人達だから良かったよ」

「そうだね！　それにそのおかげであたしもお兄ちゃんに会えたし！」

話してなかった事を咎めるではなく、俺の境遇を気遣った上に、そのおかげで出会えたと喜んでくれるシガルちゃん。そんな彼女を見て、思わず笑みがこぼれる。

「じゃあ、話も終わったし、歓迎会再開といくかー」

話がひと段落ついたのを見計らって、アロネスさんが全員に飲み物を渡して乾杯をする。

シガルちゃんもさっきの英雄譚語りで緊張がほぐれたのか、皆と普通に会話出来ている様だ。

流石《さすが》に少しは緊張が有る様だけど、あれならもう大丈夫かな。

「あ、そうそうタロウ」

シガルちゃんの様子を窺っていると、酒で若干顔を赤くしたリンさんが俺の肩を叩いて呼んだ。

「タロウさ、もう結構強くなったし、ちょっと仕上げのテストでもやろうかなって思ってるんだ」

仕上げのテストとな。何やるつもりだ。リンさんの言い出す事って、正直怖いんだよな。

「な、何するんですかね」

「亜竜退治。仕上げには丁度良いっしょ」

亜竜ってあれですよね。多分こっち来て初めて会ったあの恐竜モドキですよね。

「あ、亜竜って、魔物の中では最上位クラスなのに、お兄ちゃん倒せるの？」

「今のタロウなら行ける行ける。明日行くから頑張ってねー」

だから、前の鬼退治の時もそうだったけど唐突過ぎるよ！

いやまあ、今は以前と違って色々作ってある物が有るから、何とかなるとは思うけどさ。それにイナイから貰った魔導技工剣も有るし。

「あ、技工剣と魔剣は使っちゃ駄目《ダメ》だからね。それ以外なら良いよー」

マジかよ……思わず白目むきそうな程きつい条件だよそれ……。

技工剣の火力無しで、あの鬼より強い魔物倒せってか。無茶振りだと思うんですけど。

「タロウ、自分の意志を通す力が欲しいなら、結果を残すしかない。私は、私達はそうして生きて来たし、その為の力をタロウに教えた。だから、その成果を見せて」

突き出された条件に項垂れていると、ミルカさんが何時《いつ》にない真剣な表情でそう言った。

「だな、条件はさっきの禁止以外は何でも有りだ。なら、出来る事が有るだろ？」

アロネスさんがニヤッとしながら、ミルカさんに続く。

「俺は教えた期間が短いから何とも言い難《がた》いが、成果が見られるのは確かに良いな」

そしてアルネさんまでもが、俺の肩を叩《たた》いて楽しそうに言った。

成果、か。確かにこの先、この人達に恩を返せる機会が有るかどうかも解らない。ならせめて、鍛えて貰った成果ぐらいは見せるべきか。

少なくともミルカさんに対しては、それが多少の恩返しになるだろう。

「解りました。やります」

鬼の時と違い、嫌々じゃない。今回は嫌々やるんじゃ駄目だ。

前にイナイが言っていた。もうあまり時間が無いと。ミルカさんの言葉はきっとそれが理由だ。

それにミルカさんの言った意志を通す力は、俺にとって必要な物だ。だから、自分の為にもやらなきゃいけない事だと思う。

リンさんの言葉は唐突だったけど、良い機会を貰った。

ちゃんと見せよう。今までの成果を。

◆◆◆

翌日、予定通りテストをする為に樹海に向かった。今回は皆も一緒に。

亜竜は樹海のかなり奥に居る事が多いとの事で、セルエスさんの転移魔術で、亜竜が居そうな所まで移動させて貰った。

詠唱無しで多人数の長距離転移をしたセルエスさんに、シガルちゃんは大興奮だった。

「あーん、この子可愛《かわい》いー」

セルエスさんはシガルちゃんを大変お気に召した様です。この人に気に入られたのは良かった。

だってセルエスさんに気に入られないとか、後が怖いじゃん?

「居たな。丁度狩りの最中だな」

イナイの言葉を受けて彼女の見ている方向に目を向けると、あの鬼の様な魔物を見つめる恐竜モドキの亜竜の姿が有った。亜竜の大きさは鬼よりも更に大きく威圧感が有る。

鬼は咆哮《ほうこう》を上げて亜竜に突っ込み拳《こぶし》を振るうが、亜竜は何でもない様にその拳を躱《かわ》す。

それどころか鬼が付いていけない速度で周囲を跳ねまわり、何処《どこ》か鬼をからかって遊んでいる様にすら見えた。

「はっや」

仙術と魔術の二重強化なら何とか追いつけるかなと思うが、鬼と初めて戦った時の俺だと何をされたのかも解らずに殺されそうな速度だ。

勿論《もちろん》当時の俺が、技工剣有りだったからとはいえ、俺が戦えた鬼がその速度について行ける筈《はず》も無く、翻弄《ほんろう》された挙句に強烈な尻尾《しっぽ》の一撃を食らって吹き飛んで行った。

だがそれでも鬼は起き上がって亜竜に向かって行く。そんな鬼をあざ笑うかの様に亜竜は大きな咆哮を上げると、振るわれる拳を避《さ》けずに食らいながら鬼の上半身をかみ砕いた。

鬼の拳が当たった瞬間凄《すさ》まじい衝撃音が周囲に轟《とどろ》いたが、亜竜には一切の動揺もダメージも無い様子だった。硬さも相当みたいだ。

亜竜は嚙《か》み千切った鬼を骨ごと咀嚼《そしゃく》し、残った下半身はゆっくりと食べていた。

「あいつ、滅茶苦茶強いですね」

「そりゃそうだよ。樹海で一番強い魔物だからね。グオスドゥエルト程度じゃ話にならないよ」

リンさんが当然とばかりに言う。そうでしたね。あの魔物、樹海では弱い方なんでしたね。

「さてタロウ、覚悟は良い？」

リンさんがこちらを見て笑顔で聞いてくるが、覚悟は昨日のうちに決まってる。

「頑張れー、タロウ君ー」

セルエスさん、凄く気のない声援をありがとうございます。全く嬉《うれ》しくない。

「あれを倒せれば、文句無し。そこで満足されても、困るけど」

ミルカさんはそう言って、俺の背中をポンと叩く。この人の期待にも応えないとなぁ。

あの魔物が出してる魔力は禍々しいってレベルじゃない。さっきの戦闘を見てなくても、あの鬼なんかより遥《はる》かに強いのが解る。魔導技工剣の禁止がやっぱり痛いなぁ。

今日のテストは俺が作った武器のみだ。予備は複数有るけど、やっぱり不安が残る。

不安が残るからって、今更引けないけど。

「タロウ頑張れよー！」

「お兄ちゃん頑張れー！」

イナイとシガルちゃんも見てるし、殊更情けないとこ見せるわけにはいかないよな。

「落ち着いて相手を見て、その時に最適な動きを選択すれば問題無い」

なんか武闘派鍛冶師が無茶言って来おる。あの人にしたら当たり前なんだろうけどさぁ！

「自分で作った物は許可されてんだろー。頑張れよー」

アロネスさんが笑いながら声援をくれる。この人は明らかに楽しんでらっしゃる。

「しかし、あいつこっち来ませんね」

これだけ悠長に話しているのに、亜竜はこちらに接近して来ない。何でだろう。

「あいつそんなに馬鹿《バカ》じゃないもん。向かって行ったら殺される相手くらい認識してるよ」

リンさんの言葉を聞いて納得。要はあいつ、この人達を怖がってるのか。

「だから様子を見て、逃げようとしてる。今もじりじりと下がってるしね」

言われないと気が付かなかったが、確かに鬼を食べながら少しずつ離れているような気がする。でもそれじゃテストにならないんじゃ。

「まあ、タロウの事は怖がってないから、タロウ一人になったら向かって来ると思うけどね」

リンさんのその言葉を最後に、今までそこに居た全員が消えた。多分セルエスさんが転移させたんだろうけど、いきなり過ぎる。

周囲に誰も居ない事を確認してから亜竜を見ると、亜竜も消えた怖い存在を捜すかの様に周囲を見回していた。だが俺だけが残っているのを確認すると、視線を俺に固定させる。

うん、ロックオンされたわこれ。

「――――――――!」

亜竜はびりびりと空気が震える咆哮で俺を威嚇してきた。奴が無意識に放っている魔力が、すぐ傍まで届いて来る。つまりは、この魔力が届く範囲はあいつの攻撃範囲ってわけか。

「居ないけど、どっかで見てんだろうなぁ……」

俺は心を切り替え、目の前の魔物を倒す為に剣を握る。

俺が戦う気だと理解したのか、亜竜が突っ込んでくる。あれ、何かさっきより遅い。

それでも生身では対抗できる速度ではないし、まずは強化しないと。

『この体、その可能性の全てを使う』

剣を青眼に構え、最初から思いっきり強化をかけていく。技工剣が無い以上、まともに受けたら死んでしまう。強化と保護無しで戦えるわけが無い。

「ふっ！」

眼前に迫る亜竜の噛みつきを、柄尻《つかじり》で歯を殴る様に逸らして躱し、そのまま首を狙って上段から剣を振り下ろす。だが亜竜は後ろ足を軸に素早く回転して躱し、尻尾で俺を攻撃してきた。

「ぐっ！」

食らう寸前に仙術強化も使ってガードし、なるべく衝撃を和らげようと自らも飛ぶ。けど、衝撃を殺しきれなかった。滅茶苦茶いてえ。腕が痺《しび》れる。

「さっきの突進は様子見か。そりゃそうだよな、鬼を倒してた時はあれだけ速かったんだから」

噛みつきの速度は俺を舐《な》めてたのか、そこまで速くなかった。あの鬼と同じぐらいか、それより遅かった。けど、俺の剣を躱した時の速度は間違いなく俺より速い。

容易《たやす》く倒せるとは思ってなかったけど、強化でごり押しは無理だな、これ。

仙術も、あの速さじゃ絶対当たるタイミングと距離じゃないと、無駄打ちしてこっちが潰《つぶ》れる。その前にあの図体にちゃんと効くのかどうかが、少し不安だ。

倒す手段は用意してはいるけど、それもあの速さじゃ当てられるか怪しいな。

「とりあえずは、やれる事片っ端からやってくかね」

以前鬼を倒しに行った時と違い、今回は色々と用意が出来ている。亜竜の動きに付いて行けなきゃ話にならないけど、俺より速くても動きはちゃんと見えている。あれぐらいなら行ける。

そもそも俺より遅い動きの人なんて、師匠には居ないんだよ。いや、ミルカさんは俺より動きが遅くても避けられないけどさ。

「――――――――!?」

攻撃を食らった俺が普通に立っていたせいか、亜竜は少し様子を見ていた。だが、痺れを切らしたのかまた咆哮を上げて突っ込んで来る。今度はさっきより速い。

『風よ。刃になって切り裂け！』

ダメ元で風の刃の魔術を放つ。周囲の魔力の歪《ゆが》みはきついが、セルエスさんの妨害に比べたらそよ風みたいなものだし発動は楽勝。ただ問題は当たらないだろうなって事かな。

そしてその予想通り、亜竜は見えない風の刃を綺麗《きれい》に横っ飛びして躱し、速度を落とさずに突っ込んで来る。今度は口を開けていない。このまま体をぶつけるつもりか。なら。

『土壁よ、阻め！』

土壁を作り出して激突させてやろうと、直前で発動させる。だが、俺の思惑は外されてしまう。

「なっ！」

体当たりをして来ると思っていたら、そのまま俺の上を跳び越しながら回転し、また尻尾で攻撃して来た。けど、今度は防御を間に合わせ、剣を下から掬《すく》う様に振り上げて攻撃をずらす。

「あっ」

防御は上手《うま》く行ったが、今の一回で剣がバキンと折れた。見事に鈍《なまくら》ですね！

「このっ！」

亜竜の目にめがけて折れた剣を投げつけ、腕輪をいじって予備の武器の槍《やり》を出す。

投げた剣を難なく躱した亜竜の横っ面を、殴りつける様に槍を振る。だが亜竜はその槍を躱さずに咥《くわ》えてかみ砕いた。

「げ、ちょっと勘弁しろよ！」

ぶつけた衝撃で壊れたんじゃなくて、当たり前に金属をかみ砕かれた。これはヤバイ。

亜竜は一瞬動きの止まった俺を、前足で殴りつけて来る。それを仙術強化を強めてかいくぐり、前足に気功込めて打ち上げでぶち込んでみる。

一瞬前足がぶれたものの、何事も無かったかの様に亜竜の鼻先が迫って来て吹き飛ばされた。

まずい、今度はもろに食らった。

「かはっ……」

あ、ヤバイ、吐血するダメージとか不味《まず》い。全力で治癒魔術を使いつつ、痛む体を起こしてその場から逃げる。その場から離れた瞬間、ついさっきまで居た地点に亜竜が上から降って来た。

踏み潰す気で飛び込んで来てた。止まってたら死んでたな。

「普通に武器での攻撃は効かない。てなると、自力で武器強化するしか！」

一応テストの意味が有ったからそのまま使ったけど、やっぱり俺の作った鈍そのままじゃ役に立たない。アルネさんには申し訳ないけど魔術を使わせて貰《もら》う。

あいつの強度だと、刃物だろうが鈍器だろうが関係無いだろうし、棒が一番使い易そうだ。

鋳造で作った金属棒を手に取り、棒に強化と保護をかける。

「焦るな。大振りに振ったらさっきの槍の二の舞だ」

息を一度深く吐いて、心を落ち着ける。焦っても良い事は無い。

「速いつったってリンさんよりは遅い。捉《とら》えられない筈が無いんだ」

自分に言い聞かせる様に呟《つぶや》き、神経を集中させる。奴は今度は走って来ずに、ゆっくりと近づいて来る。まるで何かを確かめるかの様に、俺を観察しながら。

こいつは俺の動きを見て、その場その場で対応しつつ俺の意表をついて来ようとしてる。素の性能が高いのに、それだけに頼らない厄介な相手だな。

「ふぅ――――」

もう一度息を深く吐いて、棒を構える腕に力を籠《こ》める。視界を広く、それこそ背中まで目があるかの様に、体の全てを使って周囲を見る。

倒すべき相手の存在を見失わない様に、その存在の動きを見逃さない為に。

先に動いたのはこちら。まずは奴の鼻先を棒で突く。亜竜はその動きが完全に見えているとばかりに口を軽く開け、かみ砕こうとして来た。

だが挟まれる前に棒を横に振り、口を閉じた亜竜の横っ面を思いっきり殴りつける。

「らあっ！」

綺麗に決まって頭が跳ね上がったのを確認し、ぶつけた反動も使って体ごと回転して足を狙う。

さっき気功をぶち込んだ所に、寸分違《たが》わず全力で打ち付ける。

「────!?」

その攻撃に亜竜は悲鳴の様に咆哮を上げる。やっぱり効いてたのか。あいつが俺の様子をゆっくり見始めたのは、気功の一撃が効いていたからの様だ。

図体がデカいから、どれ程力を込めれば効くのか解らなくて不安だったけど、あれで効くならまだ何発か打てる。今度は更に力を込めてこのまま足を潰させて貰う！

俺は再度棒を突き出し、先程打った足とは逆の足に棒を突き立てようとする。

だが亜竜は凄まじい速度で後ろに飛び、その攻撃を躱した。けど────。

「甘い！」

突きに気功を乗せていた俺はそのまま棒を思い切り突き出し、奴の足を遠距離から攻撃する。

どうやら魔術は避《さ》けられても仙術は解らないらしい。横に飛ばれたら無理だったけど、真後ろに飛んでくれたおかげで完全に捉える事が出来た。

「────!?」

今度の咆哮は、痛みより驚きという風に感じた。何を食らったのかという驚きに。

だがそれでも亜竜は四つ足で立っている。前足が明らかに変な形に曲がっていても、俺を見据えてしっかりと立っている。崩れればそれが最後だと理解している様に。

「あれで崩れてくれたら簡単だったのに」

あいつを屠《ほふ》れる術は、一応用意している。

俺の仙術が効くなら、俺の攻撃が効くなら、当たれば一撃で倒せる用意はちゃんとしている。

ただ問題は、あいつの速度。攻撃したけど躱《かわ》されましたじゃ意味が無い。

「数も限られてるから、何回も外せない」

自力でやる攻撃なら躱されても次のチャンスを狙えば良いと気楽に思えるけど、道具が有限な以上は出来る限り外したくはない。一応一発勝負じゃないのだけは気が楽だけど。

「さっきまでの目と違って、睨《にら》んでる気がするな」

俺を食おうとする様な目でも、観察する目でもない。怒りの見える目をしている。どうやら両前足を壊されたのがよっぽど腹に据えかねたらしい。

重心を低くして、どちらにでも飛べそうな体勢で構えている。引く気は無いな、あれは。

単純に格下に怪我をさせられた事にも腹を立ててるのかもしれない。それならそれで好都合だ。逃げる相手を倒すのはかなり大変だから、こちらとしてはその方が助かる。

何度か狩りもやったので、大変さは良く解ってる。向かって来てくれる方が攻撃しやすい。

俺は棒を下段に構えて突き出し、奴がどう来ても良いように警戒する。

「なっ！」

奴は全力でこちらに飛び込んで来た。さっきまでの走り込んで来た形じゃない、軌道を一切変える気のないタックル。ここに来て、更に速い速度で突っ込んで来やがった！

「くっ！」

仙術強化をまた強めつつ全力で横に飛び退《の》き、亜竜の軌道を変えるべく棒で殴りつける。

棒をぶつけた瞬間の感触で軌道を変えきれないと確信し、衝撃を堪《こら》えようと体に力を入れる。

亜竜は俺を跳ね飛ばし、そのまま木々をなぎ倒して彼方《かなた》まで飛んで行った。

「っぶねー！」

食らったものの直撃じゃなかったおかげで、そこまで大きなダメージは無い。真面目に訓練してたおかげの判断力が良い仕事してる。保護魔術もかけてて良かった。

「さて、強化してた棒も駄目《ダメ》になったな」

亜竜の起こした惨劇を眺めつつ、壊れた棒を投げ捨てる。残ってるのは剣と斧《おの》と槌《つち》。

槌はあいつ相手には効果が望めないかな。リンさんぐらいの攻撃力が有れば別だけど、俺にそんな力は無い。斧も製作過程が最初の剣と同じだし、簡単に壊される気がする。

「となると、こいつしかないよなぁ」

正直、使うのを渋っていた剣を取り出す。出来るなら使いたくなかった剣を。

この剣は手間暇かけて作った剣だ。他の武器と違いかなりの時間をかけて作った、アルネさんに頑張ったなと初めて褒められた、成功した積層剣だ。

「壊れたらへこみそうだけど、こいつが今一番通用しそうだしな……」

他の武器というか、他の武術は正直まだ付け焼刃にも程が有る。リンさんとミルカさんの訓練のおかげである程度はこなせたけど、使いこなせてるとは言い難《がた》い。

無手と剣技以外はアルネさんに教えて貰っているから、テストである以上そっちの成果も見せたかったけど、流石《さすが》にこれ以上は無理っぽい。

「アルネさんも見てるし、出来れば上手《うま》くやりたかったんだけどな」

こっちは今後の課題にしよう。今日の所は無手と剣術と魔術を上手く使って、とにかく勝つ。この剣なら強化と保護をかければ、最初の剣よりは戦える筈《はず》だ。

亜竜がこちらに歩いて来る音を聞きながら、自分の体の状態を確かめる。

魔術強化は訓練のおかげで長時間使用も平気になったし、魔力はまだまだ全く問題無い。

その代わり仙術強化が少しきつい。体中が少しずつ悲鳴を上げてるのが解る。さっきの強めの一撃は力を込め過ぎたかもしれない。あと数回強めに強化したら体が動かなくなるかな。

「さっきのが最速なら、タイミングは覚えた。次は反撃する」

亜竜へ向けてゆっくりと歩みを進め、奴を視界に捉えると、向こうも同じく俺を見つめていた。

どうやら先程の攻撃は自分の身も砕いたらしい。前足が更に曲がっている。

「テストで倒すっていう完全なこっちの都合で悪いけど、そろそろ倒させて貰う」

こいつの身体能力は高い。速度は、今の俺じゃ魔術と仙術両方を全力で強化して躱せる速度だ。攻撃の威力だって、武器が無ければ受けるのが難しい威力だろう。

けど『難しい』だけで『無理』じゃない。なら、やってみせる。

『風よ、大きく巻き起こり、眼前の敵を切り裂け！』

竜巻を起こすつもりで魔術を発動させる。

勿論《もちろん》、詠唱して俺の傍から向かって行く竜巻を、あの亜竜が食らう筈も無い。木々をなぎ倒し、周囲の物を全て撥《は》ね上げる竜巻をすり抜け、鮮やかに躱してこちらに走って来る。

「やっぱ、あの速度は簡単に出さなかった」

いくら亜竜だって、自分の大きさを超える竜巻に呑《の》まれれば無事では済まないと思う筈。だから自分の身が危ないと判断した場合、躱せる程度の余力を残す。全力で移動はしない。

全力で移動は出来ないっていうのが正しいかな。

「お前強いけど、中途半端な頭の良さとプライドは命取りだと思うよ」

俺は奴が躱した方向に全力で強化して走る。あの速度と今の俺の全力なら同じ程度。その上前足を負傷してる今のあいつは、急な軌道変更は出来ない筈。不意打ちで一気に持って行く！

魔術を躱した亜竜の足下に踏み込むと、予想通り亜竜は反応しきれない様子を見せる。俺はその隙を逃がさずに、強化した剣で前足を一本切り落とした。

よし、行けた。この剣なら強化すれば斬れる。

亜竜は移動中に足を切り落とされた事で体勢を崩し、そのまま倒れて地面を滑って行った。

「まだだ！」

奴が立ち直る前に駆け寄り、もう一本の前足も切ろうと剣を振る。

だが俺が足を切り落とそうとしている事を察知し、剣が足の中程まで行ったところで亜竜は足を無理矢理地面に叩《たた》きつけた。その負荷に耐えられず剣は折れてしまう。

「くっそ、この剣作るの大変だったのに！」

噛《か》みついて来ようとした亜竜の顎《あご》に、下から突き上げる様に折れた剣を突き刺し、仙術で強化した拳《こぶし》で足に刺さった剣を殴りぬく。

剣はそのまま足を切り裂いて吹っ飛んでいき、両前足を失った亜竜は前かがみに崩れ落ちる。

それを確認して、俺は間合いを思い切りとった。

「格下相手にやられたと頭に血が上らなきゃ、まだ負けなかったのにな」

もしこいつが逃げ回りながら戦っていればもっと苦戦した。こいつが俺に向かって来てくれたから有利に運べた。そして、もうあいつに勝つ手段はない。

その証拠に、こいつは最後にあれを俺に向かって使おうとしている。さっき見せた突撃を。その力を逃げる為に使っていれば、もはや逃げても意味の無い負傷は負わなかった筈だ。

一度躱された時点ですぐに逃げるべきだった。まだ奥の手が有るなら別だけど、この最後の最後で打つ手がそれなら、もう何も出来ないと言ってる様なものだ。

「ふっ！」

まっすぐに突っ込んでくる亜竜に向けて、全力で後ろに飛びながら精霊石を投げる。これが俺の奥の手。俺が使える中で、瞬間的に発動できる大火力攻撃。

まだ制御が甘く、近くで使うと自分も巻き添えになるから、投げつけないと使えなかった。でもこいつの速度じゃ、投げつけても間違いなく躱される。だから足を先に潰《つぶ》した。

威力がどれだけあっても、当たらなきゃ意味が無い。そしてこのタイミングは絶対に躱せない！

『弾《はじ》けろ‼』

精霊石が亜竜に触れる寸前の所で、石がその力を開放する。

ただただ暴力的な力と化した魔力が周囲を蹂躙《じゅうりん》し、亜竜も例外無くその暴力に呑まれて行く。

「あ、まずいまずいまずい！」

規模が予想外に大きい。このままだと俺も呑み込まれる。逃げ――――。

「うおお⁉」

衝撃から逃げきれずに吹き飛び、ごろごろと転がってひっくり返った状態で木に激突。逆さまの視界で膨らんだ魔力が霧散して行くのを眺めて、亜竜の撃破と自分の無事を確認する。

「あっぶね。もうちょっとで自分も跡形もなく吹き飛ぶところだった……」

心臓をバクバクさせながらさっきの出来事を反芻《はんすう》していると、リンさん達が目の前に現れた。

「あははは！　タ、タロウ、最後の最後で何してるの！　あ、あははは、お腹《なか》痛い！」

「タロウ君ってば、可愛《かわい》いわねー、ほんと」

「プッ、クフッ、最後のは、流石に、笑える」

「くっくっく。自分で作った精霊石の力が強過ぎて呑まれそうになる奴、初めて見たわ」

「あっはっは！　中々愉快な勝ち方をしたな、タロウ！」

皆は現れると同時に、間抜けな体勢の俺を見下ろして笑っていた。ミルカさんも笑っとるがな。

リンさんすっげー楽しそうですね！

「タロウ、かっこ悪くても成果は成果だから、な」

「で、でも凄《すご》かったよお兄ちゃん！」

何より辛《つら》かったのは、恋人の生暖かい目と言葉であった。駄目出しされた方が気が楽だわ……。

「あー、面白かった。いやー、タロウは色々期待以上だね！」

リンさんがひとしきり笑い終わって、満足そうにしているのを恨めしい目で見つめる。

そんなに笑わなくても良いじゃないですか。

「ごめんごめん。悪かったって。でも良くやったと思うよ。本当に頑張った。初めて会った時は、ここまでやれる様になるとは思ってなかったからね。今日は二重丸をあげよう！」

「うん、あの時は、ここまで頑張るとは思ってなかった。もう力量的には文句無し。合格」

「そうねー。魔術もちゃんと亜竜に通用する域になってたし、お姉さんも満足だわー」

「精霊石も下手な錬金術師より良い物作って、使いこなしてみせたしな。教えた甲斐《かい》が有るわ」

「そうだな、剣もそこそこの物を作れる様になったし、鍛冶師《かじ》としても悪くはない」

「――――え」

皆のその言葉を聞いて、胸から何かが込み上げて来るものを感じた。別に今まで出来を褒められた事が無いわけじゃない。けど、今回のは違う。種類が違う。

普段なら『及第点』とか『とりあえず合格』と言われていた。けど今回は、皆が皆本当の合格をくれたのが、満点に近い合格をくれたのが解った。

「頑張ったな、タロウ」

そしてイナイが、優しく俺の頭を撫《な》でる。それが更に、胸に来た。

「ありがとう、ござい、ます」

口にした礼は、誰に向けたのか自分でも解らない。イナイに言ったのかもしれないし、皆に言ったのかもしれない。ただ、自然と礼の言葉が口から出ていた。

「お、お兄ちゃん、どうしたの？」

シガルちゃんがそんな俺の様子を見て、慌てた様に聞いて来た。

「どうしたって、何が」

「だって、お兄ちゃん、泣いてるよ」

心配そうな顔で俺の目元を拭《ふ》くシガルちゃん。その手には、濡《ぬ》れた跡が有った。

確かに、自分は泣いている様だ。

「大丈夫だよ。うん、大丈夫」

何で泣いているのか、何となく自覚はしている。

泣いている事実には気が付けなかったけど、泣いている理由には自分で心当たりがある。

心配そうにしている彼女に、そして何よりもイナイに、その理由は話したい。

「イナイ、シガル、聞いて欲しい事が有るんだけど、良いかな」

俺がここに居られる理由を。俺が頑張らなきゃいけなかった理由を。

ここに来て初めて、誰かに話したいと、そう思った。

◆◆◆

「これが、イナイのご両親の？」

「ああ、ここに、眠ってる」

「お姉ちゃんの、ご両親……」

亜竜退治のテストの翌日、イナイに案内してもらい、彼女の両親が眠る墓に連れて来て貰《もら》った。場所は旧王都の墓地。イナイが子供の頃過ごした土地だ。

話したい事の前に、話さなきゃいけない事の前に、ここでやっておきたい事があったんだ。

シガルちゃんとはご両親との挨拶《あいさつ》は済ませているし、これからの事もきちんと話している。だからイナイの両親にも、ちゃんと話しておきたかった。

墓に報告する形だから自己満足に近いだろう。けど、この国では今から報告する事は別の意味になる事を、事前に教えて貰っている。アロネスさんに以前聞いた、墓の前でする誓いを。

「初めまして、俺は田中太郎と言います。イナイの恋人をさせて貰ってます。そしてこれからもイナイと共に生きて行く事を、貴方《あなた》達に誓います」

「なっ⁉」

俺の誓いに、イナイは心底驚いた表情を見せた。シガルちゃんも口元を押さえて驚いている。だがイナイは、ふと何かに気が付いた様子を見せ、溜《た》め息を吐《つ》いてから口を開いた。

「お前は知らないかもしれないけど、それはウムルでは、少なくとも昔からウムルで過ごしてきた人間には特別な意味があるんだ。あんまり軽々しく――――」

「知ってるよ。アロネスさんに、前に教えて貰ったから」

俺は彼女の言葉を遮る様に告げる。この誓いの意味を知っていると。知った上でやったのだと。

俺はイナイと一緒に在りたい。中途半端な事はしたくない。しちゃいけない。

見つけた居場所を、手に入れた居場所を、無くしたくはない。だから、ここに誓う。

「本気なんだな?」

「うん、本気」

イナイは俺の返事に「そっか」と小さく呟《つぶや》くと、俺の隣に立って墓前に体を向ける。

「この身を育てて下さった皆様に報告致します。私、イナイ・ステルはタナカ・タロウと添い遂げる事を皆様に誓います」

透き通る声で、彼女は墓前に誓った。死ぬまで隣にいる男を愛すると。俺を愛してくれると。

「良いなぁ……」

シガルちゃんの呟きが耳に入り、イナイがシガルちゃんを抱き寄せる。

「お前のご先祖じゃねえのは悪いけど、ここで誓っとけ。あたしが見届け人だ」

「う、うん!」

見届け人がどういう意味か解らないけど、シガルちゃんは嬉《うれ》しそうに頷《うなず》いた。

「報告します。私、シガル・スタッドラーズは、タナカ・タロウと共に生きて行く事を誓います」

心底嬉しそうな顔で彼女は誓い、満面の笑みを俺に向ける。

イナイに背中を小突かれるが、やる事は解ってる。流石《さすが》にそこまで鈍いつもりはない。

「田中太郎は、シガル・スタッドラーズと共に生きて行く事を、ここに誓います」

俺の宣言を聞き、シガルちゃんは涙目で嬉しそうに笑う。

イナイもつられるように少し涙目になっているが、一度深呼吸をして口を開いた。

「これは正式な式じゃねえから、周りに認められているわけじゃねぇ。けど、あたしらにとっては正式な誓いだ。だからあたしらは、これからは家族だ」

イナイの言葉に、俺もシガルちゃんも顔を見合わせて頷いた。

家族。そっか、二人はもう家族なんだ。俺の、居場所なんだ。居て良い場所なんだ。

なら、やっぱり話しておきたい。二人には、言っておきたい。

「……二人に、聞いて欲しい事があるって話、だけどさ」

二人は俺の言葉を聞いて、真剣な顔で俺を見つめている。

「俺さ、自分の事って殆《ほとん》ど話してなかったでしょ？」

「自分の事って……向こうでのお前の事か。別に話したくない事まで聞こうとは思わねえぜ？」

「うん、けど、二人には聞いて欲しいんだ。家族なら、家族だから、聞いて欲しい。そんなに大した話じゃないんだけどね」

笑顔を作り、気楽に話す。ここに来る前の俺の事を。元の世界の、俺の事を。

と言っても本当に、大した話じゃない。ただ彼女の疑問に答えるだけの話だ。

俺は彼女達が、リンさん達が俺に対し疑問を持っていた事は、何となく気が付いている。

アロネスさんが俺の元の世界での暮らしを聞いたり、家族の事を聞いたりして、それとなく探っていた事もちゃんと気が付いている。

はぐらかしていたその事を、ただ話すだけだ。

「イナイ達はさ、俺が元の世界に未練が無さそうな感じなの、不思議だったんでしょ？」

「まあな。元の世界の平和さを聞いた限りじゃ、帰りたいって泣き言吐いてもおかしくないだろ」

確かに元の世界なら、血反吐《ちへど》を吐く訓練なんてしなくても生きて行ける。平和なあの世界に戻りたいっていうのは、多分普通の事だ。俺だって最初は戻れるなら戻りたかった。

ただそれは元の世界に帰りたいからじゃなく、危険な所が嫌で死にたくなかっただけだ。

戻れないなら、ここで生きて行くしかないなら、それを受け入れられるぐらいに、俺は元の世界への執着が無かった。執着出来る物がもう無かった。

「向こうの世界にはさ、俺の居場所って言える物なんて無かったんだ」

元の世界には俺の居場所は、帰る場所は無い。

そう、ただそれだけの話。元の世界に帰りたいと言うには、帰るべき場所が無いんだ。

「向こうの世界で家族って言えるのは、もう爺《じい》ちゃんしか俺には居ないんだ。けど、その爺ちゃんもボケちゃっててさ。俺の事、誰か解ってないんだよね」

川で溺《おぼ》れたあの日、俺が誰かを認識出来ないだろうと解って遊びに行った。そしたらやっぱり、爺ちゃんは近所の兄ちゃんが世話を焼きに来た程度の認識だった。

「家族は皆死んだ。事故、になってるけど事故じゃない。クソ親父《おやじ》の無理心中でね。理由は良く知らない。知りたくもない」

俺だけ助かった。だから、俺はあの時一度死んでる様なものなのかもしれない。

「爺ちゃんぐらいしか親しい親戚《しんせき》って居なかったんだけど、その爺ちゃんの所にも俺の居場所は無くなった。ガキの頃親父が住居を転々としてたせいか、親しい友人も居なくてね」

軽い付き合いの知り合いが居なかったわけじゃない。それでも、友人と呼べる程の付き合いが出来た人間は居ない。

何より、助かった後暫《しばら》くは心の余裕も無かったから、余計に友人なんか出来なかった。

けどここに来て、見知らぬ他人の俺に皆が世話を焼いてくれて、懐かしい暖かさを感じた。

だからかな、最初こそ生きて行ける為の力を手に入れようと頑張ってた筈《はず》が、気が付いたら別の目的を持って訓練に臨む様になってた。

ここに居場所を作ろうと、ここで頑張ってみようと、気が付いたらそう思ってた。

だから昨日皆に褒められた時、やっと認められたと思ったんだ。ここに居るに相応《ふさわ》しい人間だと、居て良い人間だと認められた気がして、感情が高ぶった。

「そんな訳で元々向こうに居場所は無かったも同然で、戻りたいって気持ちが薄かったんだ。だからここで生きて行くなら死なない様に頑張らなきゃって、ただそれだけの話なんだ」

努めて明るく語り終わると、何故《なぜ》か二人は勢い良く俺に抱き付いて来た。二人共俯《うつむ》いているので表情が窺えない。けど、俺の体に回している手が心なしか震えている様に感じた。

「ふ、二人共どうし――――」

「馬鹿《バカ》野郎。それだけとか、違うだろ。辛《つら》かったんだろうが。今までずっと」

驚く俺の言葉を遮る様に、震えた声でイナイはそう言った。

「そうだよ、笑わなくて良いよ」

シガルちゃんも、同じ様に震えた声で俺にそう言った。涙声で、二人はそう、言ってくれた。

――涙が、溢《あふ》れて来るのを感じる。止めようとしても、止まらない。

「あ、あれ、はは、おかしいな、ここまでになる様な事じゃ、なかったつもりだったんだけど」

「馬鹿、我慢すんな。泣いて良いんだよ。泣いて良いんだ馬鹿野郎」

「そうだよ、お兄ちゃん。我慢なんかしなくて良いよ」

そういう二人は、もう俺以上に泣いてるじゃないか。ああ、良いな、本当にあったかいなぁ。

「く、あ、くうう……ふぐっ、ひぐっ、うぅ……あり、がとう……ふぐぅう……」

俺は二人に抱きしめられながら、今までの辛さを吐き出す様に泣いた。抱きしめている二人の確かな体温がそれを許してくれる様な気がして、気が済むまで泣き続けた。

◆◆◆

「すっきりした顔しやがって」

泣き止《や》んでのイナイの第一声である。でも確かに、今まで感じた事が無い程に心が軽い。

「あはは、皆酷《ひど》い顔！」

三人で泣き腫《は》らした顔は、誰を見ても酷いさまだ。でもそんな二人が、堪《たま》らなく愛《いと》おしい。

「二人とも、大好きだ。ありがとう」

だから、ちゃんと言葉で伝える。好きだという事と、感謝の思いを。

「家族だって言ったろ。思う事があんなら聞いてやんのは当然だろうが、な」

「うん！」

当たり前の事だと同意を求める様に言うイナイと、笑顔で頷くシガルちゃん。

ああ、もうこれはダメだな。俺はこの二人には絶対勝てない。

「すっきりした所でもう一度聞いておこうと思うんだが」

俺が二人への想いを噛《か》みしめていると、イナイが疑問が有ると言って来た。何だろう。

「あたし達が樹海から解散した後、お前はどうするつもりなんだ？」

シガルちゃんの両親へ挨拶に行った時に聞かれた事を、改めて聞かれた。あの時は明確に返事をしなかったし、今回はシガルちゃんも居る。はっきり言わないとな。

「一応解散ギリギリまで鍛えて貰う気なんだけど、その後は出来れば色んな所に行ってみたいかな。折角だし、この世界の色んな物を見てみたい」

ただこれは、イナイが嫌ならする気は無い。あの時も思っていた事だけど、これは別に一番やりたい事じゃない。

今の俺にとって一番やりたい事は、ただ彼女達と在る事だ。俺の居場所を守る事だ。いつか無くなる場所だと思っていたからこそ、俺は一人で生きて行くつもりだったんだ。

リンさんに拾われた時は、そういう約束だったから。

それにイナイは立場もあるし、今の俺に彼女達を蔑《ないがし》ろにするなんていう選択肢は無い。

「ん、解った。じゃあ樹海の仕事が終わったら国外旅行としゃれ込むか」

だが俺の思考を知ってか知らずか、イナイは気軽にそう言った。

「え、いきなり国外？」

「国内は大半行った事有るし、あたしにとっちゃ物珍しいもんあんまり無いしな」

「国外かぁ。楽しみだけど、お父さんがまた騒ぎそうだなぁ」

イナイの提案に少し驚くが、シガルちゃんは乗り気の様だ。

「国外のどこ行くかはお前に任せる。その方が面白そうだしな」

「あー、じゃあ、アロネスさんにまた色々教えて貰《もら》っておく」

「楽しみだね、お姉ちゃん！」

なんだかアッサリと二人共国外に出る事を了承し、むしろ乗り気ですらある感じだ。

割と真面目に、行くのを止《や》める事も選択肢に入ってたんだけどな。

「さて、じゃ帰ろうか」

そう言って両手を出すと、二人共手を取ってくれた。その手がとても暖かい。二人と行くなら何《ど》処《こ》に行くでもきっと楽しいだろうし、心地いいだろうな。

さて、行き先任されちゃったし、何処に行くか決めないとな。

若干不安は有るけど、良さそうな所が無いかアロネスさんに相談してみよう。あの人、錬金術の素材探しに国外に色々行ってた事有るらしいし。

相談相手としては少し不安が有るけど、あの人ぐらいしか相談出来る人居ないんだよな……。

まあ流石のアロネスさんでも、真面目な相談で変な所を教えはしないだろう。

……しないよね？

あとがき

まずは何よりもこの本を手に取って頂き、購入してくれた事に感謝を。

けして安くはない額ですからね。本当にありがとうございます。

それにしても自分が本の後書きなんて物を書く事になるとは、夢にも思いませんでした。

いえ、妄想でだけなら有りましたけどね。創作系でこういう事をやりたいという気持ちは昔から有りましたので。

これも、お誘いをして下さった担当様のおかげでしょう。ありがたや。

そのありがたい相手に結構なご迷惑をおかけした上での本製品ですので、真面目に担当様には感謝と謝罪の両方の気持ちが大きいです。

イラストレーター様にも美麗なイラストを描いて貰《もら》えましたし、本当にありがたく思います。

イナイのキャラデザに関して、何度も後から追加でお願いしたのだけは本当に申し訳ない……。

そしてイナイの外装のデザインは予想の遥《はる》か上の物でした。圧倒的感謝。

さて、本作品はカクヨムで賞を頂けた事で、本になる事が出来た作品です。

なので現状、大筋は元の作品と違いはありません。ただＷＥＢ版とは視点やタイミングが違っていたり、ＷＥＢ版で描かれなかった内容などが含まれた物になっております。

一番大きい変更点はシガルと英雄たちの出会いのタイミングでしょうね。ＷＥＢ版では全く違うタイミングでの出会いとなりますので。

本作品を書く上で一番気を付けた事は、ＷＥＢ版を見た人も目新しく読める物を書こうという気持ちでした。ＷＥＢ版そのままを書いたのでは、買って頂いた方に申し訳ありません。

購入して下さった方々がご満足いただける物になっていれば幸いです。

本作を書籍で初めて読んだ方は、この後書きでＷＥＢ版にご興味が出れば、そちらもご覧下さると嬉《うれ》しく思います。本作以外にも、適当に思いついた時更新の作品が有ったりします。


さて、ここで本作の主人公に関しての話を少し書かせて頂きます。

本作の主人公であるタロウ君は、メンタルが貧弱です。かつ、ただの少年であり、この世界で役に立つような知識という物はほぼ皆無に近いです。

師匠達の様な人間が当たり前に居るのがこの世界です。主人公が無双無敵を走る物語ではなく、タロウという少年が懸命に生きる物語となっております。

きっとタロウの頭の足りなさやヘタレ加減が癇《かん》に障る方も、いなくはないと思っています。ただそんな少年が、何も持っていない普通の少年が頑張る様を見守って頂ければ嬉しく思います。


後書きまで見て下さった方にもう一度お礼を。本当にありがとうございました。

もし次の機会が有れば、心の底から嬉しく思います。

カドカワBOOKS

次元《じげん》の裂《さ》け目《め》に落《お》ちた転移《てんい》の先《さき》で
八英雄《はちえいゆう》との弟子《でし》暮《ぐ》らし

2018年2月10日　初版発行

著者／四《よ》つ目《め》

発行者／三坂泰二

発行／株式会社KADOKAWA

〒102-8177
東京都千代田区富士見2-13-3
電話／0570-002-301（ナビダイヤル）

編集／ゲーム・企画書籍編集部

印刷所／旭印刷

製本所／本間製本

Printed in Japan
ISBN 978-4-04-072613-7 C0093

新文芸宣言

かつて「知」と「美」は特権階級の所有物でした。

15世紀、グーテンベルクが発明した活版印刷技術は、特権階級から「知」と「美」を解放し、ルネサンスや宗教改革を導きました。市民革命や産業革命も、大衆に「知」と「美」が広まらなければ起こりえませんでした。人間は、本を読むことにより、自由と平等を獲得していったのです。

21世紀、インターネット技術により、第二の「知」と「美」の解放が起こりました。一部の選ばれた才能を持つ者だけが文章や絵、映像を発表できる時代は終わり、誰もがネット上で自己表現を出来る時代がやってきました。

UGC（ユーザージェネレイテッドコンテンツ）の波は、今世界を席巻しています。UGCから生まれた小説は、一般大衆からの批評を取り込みながら内容を充実させて行きます。受け手と送り手の情報の交換によって、UGCは量的な評価を獲得し、爆発的にその数を増やしているのです。

こうしたUGCから生まれた小説群を、私たちは「新文芸」と名付けました。

新文芸は、インターネットによる新しい「知」と「美」の形です。

2015年10月10日
井上伸一郎

異世界で待っていたのは――
美味しいご飯とスローライフでした！
森のほとりでジャムを煮る
～異世界ではじめる田舎暮《スローライフ》らし～